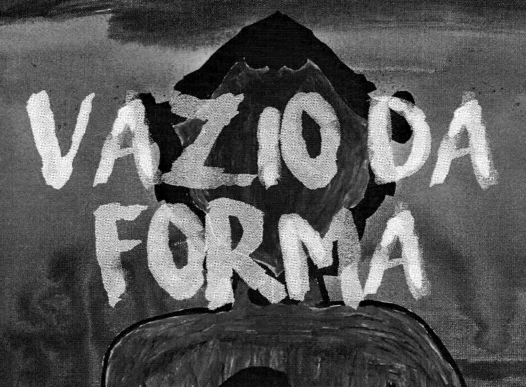

# ANDREW OLIVEIRA

# VAZIO DA FORMA

COPYRIGHT© by Editora Skull 2020
COPYRIGHT© 2020 - Andrew Oliveira

Nenhuma parte dest e livro poderá ser reproduzida ou transmitida, sejam quais forem os meios empregados: eletrônicos, mecânicos, fotográficos, gravação, ou quaisquer outros, sem autorização prévia, por escrito, da editora.
Esta é uma obra de ficção.

Editor Chefe: Fernando Luiz
Produção Editorial: Editora Skull
Capa: Anael medeiros
Ilustração: Andrew Oliveira
Revisão: Fernando Luiz
Diagramação Cris Spezzaferro

Dados Internacionais de Catalogação na Publicação (CIP)
(Ficha catalográfica feita pela Editora.)

Oliveira, Andrew
Vazio da Forma / Andrew Oliveira - São Paulo; Skull Editora 2020
ISBN: 978-65-86022-12-4
1.Literatura Brasileira 2. Suspense 3. título
CDD:869.3

EDITORA SKULL

Todos os direitos reservados, incluindo os direitos de reprodução integral ou em qualquer forma.
Caixa Postal: 97341 - Cep: 00201-971
Jardim Brasil – São Paulo SP
Tel: (11)95885-3264
www.skulleditora.com.br

Para o Michel,
O primeiro que me leu.

# Carcaça

Uma forma se estica e evapora
Uma forma se detém e sem hora
Assombra
Uma forma Calígula-absorta
Remonta
Uma forma dos livres detentos
Afoita
Uma forma que surta satírica
Açoita
Uma forma no ventre parido
Ressalta
Uma forma que forma um indício
Resulta
Na química da grande fórmula
Fatídica
Fantástica
Faminta.

# PRÓLOGO

Perscrutou a casa inteira para arreganhar as cortinas. Não estava certo se aquilo era realmente necessário, provável que fosse um hábito, uma urgência só sua, daquelas que vinham sem motivo e de tempos em tempos voltavam feito um tique, um movimento involuntário de um músculo. Não pensava muito a respeito, naqueles instintos dissonantes, eram tão comuns quanto passar o ferro nas roupas e dobrá-las para colocar no guarda-roupa.

Fez muito bem em ter vindo para um lugar mais quente. Marias pelas ruas marcando seus territórios nas calçadas e nos quiosques na frente do Porto. O sol a pino o dia todo e uma noite fresca como a suculência de uma melancia. Roupas leves para quase todas as ocasiões, terno e gravata se fosse realmente necessário.

Aquela casa fria, cheia de cortinas maltratadas e janelas pequenas, parecia-lhe agora uma casa de bonecas. Apenas para dois ou três personagens, no máximo. Riu-se e condenou a si próprio por rir. Errado rir, quem diria? Errado abrir a porta há muito não envernizada e assustar-se com o ranger do piso de madeira a cada passo, por mais ameno e sutil que tenha tentado ser.

Seus gestos sempre foram comedidos. Pensava o tempo todo neles. Em como gesticularia as mãos para se expressar, em como piscaria os olhos e franziria o cenho. Comemorou o ineditismo das rugas no rosto que uns anos atrás não eram tão perceptíveis. Tirou o pano do espelho de chão do seu antigo quarto como um mágico articulando um lenço branco sobre o chapéu para revelar as pombas que alçariam voo. A plateia, sendo imaginária ou não, aplaudiria de qualquer forma.

Ah, os aplausos. Gostava das multidões aplaudindo nos filmes que assistia. Daquele amontoado de gente comprimida numa tela grande, inventando algo próximo da realidade, mas não em demasia. Não o suficiente para perturbar o espectador.

Restava apenas a moldura de madeira escura do que antes havia sido o seu espelho. Passeou os dedos gelados por ela, sujaram-se com o pó que descansava nos detalhes. Não haviam cortinas em seu antigo quarto. Janela veneziana, só abrir e fechar e assim a iluminação lusco-fusco do céu nublado invadiria o recinto. A única distinta das outras janelas da casa. A janela dela era de vidro, colocada depois, pois antes fora um depósito. E a janela do pai e da mãe também, porque assim eles quiseram.

Quanto tempo havia se passado desde que ele retornara para a casa fria? Checou o relógio de pulso e tudo parecia estar bem. Os dias lá dentro não tinham as mesmas regras dos dias lá fora. Disso ele sabia muito bem. Era importante checar as horas, pois invadira um lugar proibido, indo contra tudo o que ele acreditava que não faria novamente: entrar naquela casa, checar os cômodos empoeirados, descortinar as janelas da sala e dos quartos ao lado do seu. Quer dizer, que antes já havia sido seu.

Entrar ali lhe causava um teor de crime. Algo que ninguém poderia saber, como um segredo que se esconde dos filhos. *"O cachorro foi atropelado, mas eu disse para ela que ele fugiu e foi viver nas montanhas. O enterramos no quintal antes que ela chegasse da escola"*.

Havia enterrado um pássaro no quintal uma vez. Ele também não queria que ela visse. Ela havia torcido todos os dias para que o animalzinho melhorasse, mas ele morreu de frio. Daí ele disse: *"o passarinho melhorou enquanto você estava na escola, e alçou voo"*. Ela acreditou e sorriu, voltando a brincar com suas pelúcias, solitária.

Era mais cômodo inventar palavras belas para os pequenos, porque ninguém – nem ele mesmo – tinha coragem de começar a conversar sobre a chegada da morte. Era também difícil cuidar dela com a sombra ao seu lado. A penumbra alta que dançava naquele quarto. Seguia seus passos. Proferia sua perversidade voluntariosa.

Pois nem a sombra estava mais na casa fria. Que despautério. Não quis mais voltar. E por fim os anos, tantos anos, tentando sair daquele temor de que um dia ela voltaria, mais forte e inabalável. Tantos anos tentando ser alguém que não fosse a sombra, a penumbra, a maldita. A dona da sua cabeça, do movimento involuntário de seu corpo quando ele se deitava. Ao escovar dos seus dentes, ela acordava logo em seguida. Ao vestir das roupas, ela lhe fazia companhia. Ao sair de casa, ela enfraquecia, mas ainda estava por ali, mesmo com os sussurros quase inaudíveis como se alguém tivesse lhe golpeado a garganta.

O que havia mudado desde então? Foi por esse motivo que ele precisou retornar e tomar para si a almejada visitação. Pois sim. Do que mais precisava para fazê-lo acreditar de que ele não morreria novamente? Se por coragem ou estupidez, ou ambos, já não podia mais se enchafurdar na natureza inviolável das perdas. Nem a da sua, nem a de mais ninguém.

E ele gostaria muito que essa última visitação não fosse apenas um sonho. Mas ela é. Todas essas linhas que você leu até aqui, é apenas o desejo amargo advindo do impossível. Pois uma casa fria como essa, uma casa com histórias nas paredes, presenças tristonhas nos quartos e choros altos à noite, pertencera a um lugar fadado ao destino da inundação.

Esta história é a vida de Frey Aequor, e ele adoraria que você a lesse com bastante atenção. Tire os sapatos antes de entrar. Aqui nada se esconde, neste firmamento de memórias tempestuosas.

# A MARIPOSA NA LÂMPADA

É constrangedor demais não ter forças para se levantar da cama. Seu corpo está tão pesado debaixo dos lençóis que os músculos parecem injetados por ferro líquido. E em qualquer posição em que se esteja, torna-se até mesmo um desrespeito mover alguma parte do corpo. Este corpo que não parece ser mais meu. Esta pele inventada, com as cicatrizes que um tempo atrás me esqueci de continuar contando. Este corpo que é também um espectro, se esforça para se materializar, algo como um demônio que tenta se apossar da carne da vítima.

Meu marido, Jacinto, acorda mais cedo do que o de costume, habituou-se a me ajudar a tomar banho antes de ir para o trabalho. Acorda nossa menina Lírio em seguida, faz sua lancheira para o colégio e prepara o café para nós três. Levando-me até a mesa da cozinha. Nossa cozinha é branca e marrom-clara. Tem uma janela de frente para a pia onde pode-se ver as cercas e as casas do subúrbio. Aqui o ar é adocicado e quente. Nada como a casa fria em que nasci, cresci e morei até uns sete anos atrás. Aqui se chama Porto das Oliveiras. Lá se chamava Praia de Pérola.

Jacinto faz um ritual para me convencer a tirar a cabeça do travesseiro. Ele me diz palavras bonitas de encorajamento, e meus ouvidos captam um idioma diferente. Minha frequência auditiva está em outro lugar, talvez numa dimensão distinta. E esta pessoa que vive aqui agora, ou tenta viver, é uma invenção do que já fui. Passo a me perguntar quando foi que me tornei assim, imóvel, minha atenção em outro espaço da mente enquanto Jacinto continua falando coisas aos quais não tenho capacidade de absorver.

– Vamos lá, você consegue – ele diz, me acompanhando até o banheiro e me entregando a escova de dentes.

Meu braço direito dói ao insistir em levar a escova até a boca. Eu movo, lentamente, sabendo que só me disponho a isso por conta de sua insistência.

Jacinto vence mais uma vez, ainda que essa não seja uma batalha. O espelho novo do banheiro é brando e irritante. Mostra-me a cara que não quero ver. Queria socá-lo para não termos nenhum espelho, como fiz com o antigo. Não o faço porque isso o magoaria. Não por precisar gastar com mais um espelho, mas pela minha condição.

Sei que o deixo esgotado, gradativamente, no decorrer das últimas semanas em que a lentidão tomou conta de mim novamente. Ele só não fala porque ele é Jacinto, o solícito, o afetuoso, meu bem querer. Imagino o quanto ele deve estar detestando tudo isso, dormindo ao lado deste espectro. Eu inexisto e o corpo dele continua quente. Eu me aprumo em seu corpo para roubar o seu calor, e ainda não me basta. Sinto que sou uma alma penada, presa no mundo terreno, tentando se convencer de que ainda está viva. E Jacinto me ajuda com a minha mentira. Eu o odeio por isso. Queria que ele fosse verdadeiro e partisse, seria mais justo com ele e comigo. Que me enterrasse de uma vez.

Mas Jacinto é muito fraco para isso. Quando lhe dei a ideia, semana passada, ele se engolfou numa discussão repleta de lágrimas desnecessárias. Eu, é claro, não conseguia fazer com que minha voz ficasse alta o suficiente para rebater. Na manhã seguinte ele se desculpou, disse que eu não poderia falar coisas tão cruéis para tentar machucá-lo, coisas tão absurdas como me abandonar. Entramos numa trégua.

Movo-me para beijar Lírio em sua testa. Ela é mestiça como eu. A mesma pele herdada dos antigos há muito extintos pela chegada dos invasores. Não muito clara nem muito escura. Seu sangue veio da mistura, da violência de outros antepassados, assim como o meu. Lírio ainda não tem idade para saber disso, e isso é apenas uma suposição. Nunca descobrimos sobre onde Lírio nascera e de quem nascera. Nós a encontramos como quem encontra uma cachoeira após longas horas trilhando uma floresta. Banhamo-nos com seu amor e sua necessidade de cuidado. Lírio ainda não sabe o que significa a "decepção" e vejo em seus olhinhos de jabuticaba aquilo que a confunde ali dentro. O desapontamento em ver alguém maior e mais velho que ela precisando de amparos que ela mesma não precisa mais aos seus seis aninhos de idade – quase sete –, como tomar banho, escovar os dentes e vestir as roupas.

– Tchau pai.

– Tchau meu amor.

Meu marido lhe carrega para um forte abraço e abre a porta para ela. Ouço o barulho do ônibus escolar e nossa menina parte veloz.

Jacinto tem um gosto refinado para tudo, coisa de Baltazar. Foi ele quem escolheu as cortinas de veludo azul-escuro para o nosso quarto, as janelas de madeira vitro de correr em arco, imensas e exageradas, eucalipto envernizado. A cama de dossel com suas colunas de carvalho, o closet unido ao banheiro, um escritório para ele ao lado do quarto de Lírio. No primeiro andar há apenas a sala, a cozinha, mais um banheiro e meu estúdio no fim do corredor. O sótão tem uma cúpula de vidro no teto para olharmos as estrelas sem precisarmos sair de casa. O segundo quarto no andar de cima era para os hóspedes antes de Lírio chegar. Jacinto é cheio desses amigos de vários lugares que viajam o tempo todo pelo mundo, e adora abrigá-los para matar as saudades. Hoje, se alguém precisa de estadia, dorme no sofá ou no escritório, ou mesmo no sótão. E olhe, temos também um belo vitral na porta de entrada, cuja luz refratada azul-esverdeada derrama as cores pela sala.

– Quando ela chega? – pergunto, esforçando-me para chegar até a sala onde Jacinto calça os sapatos.

– Semana que vem.

– Ela vai ficar decepcionada.

– Vai nada, relaxa. Vai ser ótimo, pra você e pra ela – Jacinto me diz.

– Como você saberia? – rebato.

– Você mesmo já me chamou de sabe-tudo.

– Era um xingamento...

– Pois pra mim é um elogio. Estou atrasado para o trabalho. Se precisar de alguma coisa, me ligue.

– Você sabe que eu não vou te perturbar no seu trabalho.

– E quem disse que você me perturba? – Jacinto questiona, retoricamente. – Bem, eu também sei que você vai ficar bem. Cuide das rosas, bom que você toma um banho de sol. Qualquer coisa, sabes onde me encontrar.

– Eu sei.

– Ótimo. Te amo, até mais tarde.

Ele me puxa para um beijo rápido, caloroso como sempre, mesmo às pressas. Jacinto é belo segurando sua bolsa retangular de couro, seu terno bem ajustado aos ombros largos. Ainda que eu o prefira nu, pois posso admirar os sinais e a tatuagem do sol em suas costas. As coxas empalidecidas e grossas delgadas por pelos. A barriga pequena, com uma leve protuberância de pele sobre o ventre, e o peitoral inflado como um galo de briga. Há sinais em seu pescoço também, e duas pintas pretas em sua bochecha esquerda. Seu nariz é longo, rapino, e faz um caminho até as sobrancelhas grossas, os telhados dos olhos pequenos. Pequenos se comparados aos meus. Os meus são escuros demais, os dele, caramelados de âmbar e adornados por extensas camadas de cílios.

Assisti-lo indo para o trabalho, na minha perspectiva de espectro, me causa uma fincada no peito. Às vezes acho que ele não vai mais voltar. Que finalmente vai aceitar que não me aguenta mais. Eu queria que ele fizesse isso apenas para que eu me torturasse de outras formas. Que eu tivesse um novo motivo, um mecanismo inédito que acelerasse a minha destruição. Que me deixasse com a certeza de que eu estaria certo, desde o começo.

Arrasto os pés pela casa vazia, em direção ao meu estúdio no fim do corredor. Costumo fazer colagens com bordados e pinturas, uso fios e tintas e tesouras e tudo o que me vier à mente. Minha mente está árida, há três semanas não consigo fazer absolutamente nada. Eu quero me estapear por isso, ou que alguém fizesse por mim. Quem sabe assim eu voltasse a sentir alguma coisa. O único trabalhando naquela casa é Jacinto, mas ele diz para eu não me preocupar com isso. É coisa de artista, quando você menos esperar, você terá novas ideias.

Não sei se gosto da denominação "artista". Parece-me algo destinado aos grandes cérebros que já pereceram na história da humanidade. Trouxeram grandes mudanças para o que entendemos sobre arte. Eu sou apenas este espectro imitando um corpo humano, que consegue um bom dinheiro aqui e ali e umas exposições modestas em lugares alugados. Alguma casa-estúdio com um belo jardim, ou mesmo um restaurante acolhedor nos quiosques do Porto das Oliveiras. Jacinto move o mundo para conseguir público e fazer comercial do meu trabalho. Ele faz tudo por mim. Eu não tenho nem capacidade de vender o meu trabalho por conta própria. Sempre precisando do amparo de alguém. Podia me jogar da escada e me desafiar a ir ao hospital sozinho.

O estúdio me engole, faz-me uma ameaça silenciosa. Ele me pesa no assombro de um abismo sob um olhar curioso de alguém que caminha até o precipício dos rochedos. *O que você está esperando?* – ele deve estar perguntando nesse momento. Eu não sei o que espero ou o que quero fazer. Tenho alguma ideia nova? Não, nenhuma. Me desculpe por isso, vou fechar a porta.

Ligo a televisão e uma notícia agourenta na Metrópole me tira dos devaneios. Um caso antigo, de sete anos atrás, quando eu ainda morava na Praia de Pérola, volta para perturbar os conterrâneos. Ontem, uma segunda menina desapareceu, naquele tempo haviam sido sete. Encontraram-nas num prédio abandonado, próximo das fábricas que faliram meio século atrás quando uma grave recessão econômica tomou conta da capital. Moramos a trinta e três quilômetros dela, uma horinha de carro, dependendo do trânsito. O Porto fica a oeste da capital da Metrópole. É um lugar datado, cheio de casas antigas como a nossa, costumes repassados para os nossos descendentes e levados muito à sério.

As sete meninas encontradas, sete anos atrás, foram balsamificadas e tiveram seus defuntos eternizados em posições estratégicas. Foram transformadas em bonecas de cera. Duas sentadas em uma mesinha, segurando brinquedos. Outras duas sentadas logo ao lado, de pernas cruzadas, imitando um sorriso marcado por lâmina. Uma chegava com uma cestinha cheia de biscoitos, para agregar-se ao chá. A sexta segurava uma chaleira, o braço livre acenando. E a sétima crucificada e suspensa na parede, com uma coroa de rosas vermelhas sintéticas, e um rosário preto em seu pescoço. Formavam um heptágono naquela cenografia tenebrosa. Fizeram de tudo para abafarem a situação da imprensa, mas alguém vazara as fotos e um jornalista escolhera a pior delas para estampar o jornal da capital. Ele é famoso por lá, ganhou prêmios e tudo pela sua minuciosa matéria sobre o caso. Sorte a dele.

Bem, é por isso que decidimos morar longe da Metrópole. Pelos assassinatos, desaparecimentos e pelo tráfego incansável. Jacinto ficava enraivecido quando eu me lembrava do caso. Decidi não mais falar a respeito. Ele condena qualquer um que ponha a mão numa criança. Ele é diferente dos nascidos na Praia de Pérola. Há muitos pais que batem em seus filhos por lá. Se eu criasse Lírio sozinho, provavelmente bateria nela, e ele me condenaria também.

Para ser sincero, Jacinto não sabe tanto de mim quanto eu gostaria que soubesse. É incrivelmente adaptável a tudo, incluindo a nossa relação. Ele sabe do meu nome, Frey. Ele sabe um pouco de Loki, meu pai. E sabe da minha mãe também. Além de uma e outra coisa sobre Forseti e Hermod. As vezes tento lhe falar com mais detalhes de alguma memória que tenha entrado em erupção repentinamente. Então eu começo a escrever tudo mentalmente e me esqueço de falar. Não é por mal, minha cabeça falha as vezes, como agora.

Estou me esforçando ao máximo para não chegar naquele ponto novamente. Não quero que a sombra me faça companhia. Ela já tirou muito de mim e o que restou agora é um emaranhado de lembranças na caixa torácica plasmática de um fantasma.

Freya era quem me tirava o peso.

Decido cuidar do jardim, tomar aquele banho de sol que meu marido me aconselhou. Ele é tão bonito nesses momentos. O nosso jardim rodeia toda a parte frontal da casa por onde as rosas brancas se espalham, com caminhos de pedras em seus entornos. As flores das glicínias nas grades de ferro explodirão num tom púrpura forte na primavera. Temos que cortar as vinhas que crescem na entrada do carro. E daqui a um mês a frente da nossa casa estará tímida atrás de um grande leque de flores infestando os arabescos.

As flores foram ideia minha. Sempre quis uma casa colorida, com duas colunas de gesso na porta de entrada, um telhado esbranquiçado para a varandinha, rosas ao redor, trepadeiras nos portões. A casa fria em que nasci e cresci na Praia de Pérola era bege, bem iluminada apenas na sala que era atrelada à cozinha. Três quartos, um banheiro, nenhum andar em cima, o "segundo andar" já era o telhado alaranjado.

Sou incapaz de fazer qualquer coisa pelas rosas, a não ser ter vestido as mãos com as luvas de jardinagem. Ajoelho-me ali, e isso é tudo.

Imagino Freya entrando nesta casa, com seu risinho solto e leve, seus cabelos ondulados e cheios que chegam até seus quadris, esvoaçando enquanto corre feito uma capa marrom em suas costas. Freya ajoelha-se ao meu lado para adubar a terra, brinca de me sujar o rosto com suas mãozinhas sapecas, me conta um segredo do colégio: *eles não gostam de mim.*

– Por que diz isso, menina? – perguntei quando a vi tristonha chegar da aula, entrando em meu quarto sem pedir permissão. Tarde enevoada na Praia de Pérola.

– Não gostam do que eu conto. Das histórias.

– Tudo bem, pois eu gosto.

– Jura? – ela questionou.

– Juro.

– Jura mesmo? – ela insistiu.

– Não juraria se não fosse verdade.

A imagem de Freya ao meu lado se dilui na chegada de palmas batidas no meu portão. Não sei se essa conversa aconteceu ou se eu queria que ela tivesse acontecido. Aproximo-me para receber um adolescente esguio, alto e magricela, com cabelos lisos e grossos escondendo seus olhos. Ao seu lado, uma mulher gorda e radiante segurando uma cestinha com biscoitos. O aroma de amêndoas me seduz.

– Bom dia – a mulher me entrega um sorriso de orelha a orelha. Covinhas bonitas ela tem em suas bochechas. – Acabamos de nos mudar para este bairro. Queremos nos apresentar aos vizinhos, para vermos logo os rostos e não perdermos tempo com fofocas. Bem, pelo menos alguns, já que os outros estão no trabalho.

– Bom dia... – eu digo, ou acho que disse. Não sei se só pensei e não falei. Isso acontece demais.

A mulher me avalia, sem tirar o sorriso do rosto, esperando que eu faça alguma coisa.

– Me desculpe, é... Bem, me chamo Frey. Prazer.

– Muito prazer, Frey. Meu nome é Samantha, este é meu filho, Bartolomeu – ela enfia a mãozinha roliça entre a grade para que eu a aperte.

Ah, o toque. Não consigo reagir ao toque de um estranho. Eu a deixo constrangida e ela tira rapidamente a mão, como se os dedos houvessem tocado numa superfície quente.

– Não vai falar nada menino? Cadê os bons modos? – ela repreende o filho.

– Prazer, Frey. É, sou eu, Bartolomeu – ele se atropela nas próprias palavras.

– Quer um biscoito, meu querido? – Samantha oferta a cestinha cheirosa. – Estão recém-saídos do forno. Não começamos muito bem na vizinhança antiga, então desta vez eu quero fazer tudo certinho.

Agora é ela quem me constrange. Não a perguntei em nenhum momento sobre o seu passado, mas ela diz mesmo assim, como se não fosse nada demais. Percebo que Bartolomeu está envergonhado também. Mas os meninos vivem envergonhados quando saem com suas mães, até aí, nada fora do lugar.

– Não, obrigado – respondo.

– Ora, vamos lá, eu vi a sua cara quando notou o cheiro. Ninguém resiste aos meus biscoitos – ela me joga uma piscadela, me deixando com uma imensa vontade de lhes dar as costas e entrar.

– Certo.

Retiro a luva de jardinagem da mão direita. Minha vez de enfiar o braço através da grade para buscar o doce. Toda aquela situação me faz pensar que agi exatamente do jeito que Samantha gostaria. Essa é uma tática antiga, a da confissão das palavras seguida do constrangimento. Coisa de raposa velha.

O biscoito estava realmente saboroso. Aquele café forçado que tomei por insistência de Jacinto, umas duas horas atrás, não tinha gosto de nada. Talvez o banho de sol tenha trabalhado em meu paladar sem eu perceber.

Não sairei amanhã, prefiro a indiferença.

– Obrigado, Samantha.

– Precisando de qualquer coisa, só nos chamar. Sua casa é a última da rua, mas ainda bem que sobraram alguns biscoitos. Os vizinhos daqui são simpáticos. Moramos no número trinta e três, aquele com os sabugueiros – ela me revela.

– Ah sim.

– Sabes o que aconteceu com a antiga moradora? – Samantha prossegue aquele torto diálogo que quero logo terminar. – Consegui um preço bastante razoável por esta casa. Graças a Deus fui abençoada nesta mudança.

– Ela... Se mudou – respondo.

Samantha ri, não sei do quê.

– Eu sei que você deve saber de alguma coisa. Mas ninguém quer me falar. De qualquer forma irei descobrir uma hora ou outra. Bem, estamos indo. Tenha um belo dia, Frey.

– Igualmente.

Assisto os dois se distanciarem. Bartolomeu olha para trás, para mim, e volta correndo, aproveitando que ainda estou perto da grade.

– Você é o Frey das pinturas, não é? Aquelas com colagens e fotos.

– Sim.

– Massa... Me ensina qualquer dia? Eu estou tentando pensar em coisas novas pra fazer. Também desenho, sabe. E gosto muito do que você faz.

Ainda não consigo enxergar seus olhos debaixo daquelas mechas escuras, seu pescoço se encurva como se estivesse sempre procurando por algo perdido no chão. Acho que é porque é alto demais. Suponho que àquela altura veio do pai, ou de quem quer que seja, pois Samantha é mais baixa que eu. Ela é amarronzada e Bartolomeu é pálido feito o céu da Praia de Pérola.

– Não posso.

– Certo... Certo, desculpa pela intromissão – ele diz, corado, e volta a correr em direção a mãe, que lhe aguarda impaciente.

Entro em casa, suado e confuso com o que acabara de acontecer. Não sou muito de conversar com os vizinhos, é Jacinto e Lírio que fazem o trabalho por mim. Para os vizinhos eu sou a criatura excêntrica que olha feio para tudo e todos. Na verdade, eu não estou olhando feio para ninguém, só quero que me deixem em paz. E não é como se eu fosse antipático nas festas e convites que acontecem, embora eu raramente vá neles. Faço apenas questão de ser extremamente dócil quando preciso vender meus quadros. Mas no momento não tenho a devida disposição para isso.

Abro as cortinas e a janela e deito-me no sofá da sala, aquela conversa sugou o restante das minhas forças e eu detesto ter tomado a decisão de cumprimentá-los ao invés de simplesmente ignorar. Afundo-me no calor de meu pai, antes das coisas se tornarem o que elas são. Aquele quarto pequeno na casa fria não significava tanta coisa. Qualquer lugar com Loki era bom.

Uma mariposa invade a sala e pousa na lâmpada. A lâmpada está apagada, ainda é dia e a casa é bem iluminada. Minha cabeça afunda no acolchoado do sofá. É uma mariposa enorme, escura, lá na Praia de Pérola chamavam mariposas como essa de *Maléficas*. As malditas, as agourentas. Nunca entendi o porquê. Talvez Forseti soubesse me explicar o significado de uma mariposa como essa, mas ela não está aqui agora. Nem Freya ou Hermod. Nem meu pai. E mamãe tornou-se inalcançável. E o terreiro da velha Frigga não existe mais.

Nenhum deles, e é tudo culpa minha.

Eu convivo com a culpa. A culpa é o sangue que percorre pelas minhas veias. A culpa me detém, me aprisiona e também me liberta. Eu sou um corpo de culpa, este espectro esmaecido. Acho que está na hora de não estar mais aqui também. Afundar-me de vez. Desaparecer.

# DESAFIO

Hermod costumava vir me ver durante meus intervalos da lanchonete. Fazia questão de pagar pelo hambúrguer, mesmo quando eu lhe dizia que podia lhe trazer um sem que ninguém percebesse. Não queria me causar problemas, já estávamos rodeados demais destes.

Hermod não era dos mais altos, como os atletas do colégio. Não era dos mais fortes, nem dos mais talentosos, e se virava como podia. Os atletas só lhe procuravam para que ele arranjasse os anabolizantes às escondidas. Então aprenderam a deixá-lo em paz. Tornava-se uma ponte no colégio São Pedro. E numa cidade como aquelas, todos lhe procuravam para que ele trouxesse alguma coisa que os fizessem se sentir mais afoitos. Ou submersos naquele véu de ensandecimento.

Ele, no entanto, não usava nada daquilo. Usou numa única ocasião, comigo, quando fomos forçados a usar. Conseguia uma grana boa para o tio, que sabia de tudo o que Hermod vendia e não lhe perturbava com perguntas. Só o aconselhava a ser cauteloso no colégio.

O mar na Praia de Pérola era cheio de acontecimentos. De tal modo que, como preciso reorganizá-los na minha cabeça neste momento, não sei se seria uma boa ideia pular tão rapidamente para este ponto. Minha biblioteca de memórias está bagunçada como se arruaceiros tivessem entrado, invadido e destruído tudo ali dentro. Livros, mesas, cadeiras, estantes, ordens alfabéticas, gêneros. Tudo pichado, rasgado, molhado ou queimado. A primeira vez que entrei nela, assustei-me ao me ver com oito anos correndo com um livrinho de ilustração pelos corredores.

Adorava aqueles livrinhos, eram baratos e mamãe sempre chegava com um aos fins de semana, após uma intensa jornada como enfermeira no hospital municipal. As vezes vinha pela madrugada, e a fazia acreditar que estava dormindo enquanto ela punha um livrinho novo no pé da minha cama e me dava um beijo na testa. Eu já sabia ficar sozinho em casa, mesmo sabendo que a vó de Forseti vinha me checar a pedido da mãe.

Pela manhã, eu colocava um fino papel sobre as ilustrações para seguir com um lápis o contorno dos desenhos em segundo plano. E lhe mostrava todos em suas folgas. Era apenas nós dois naquela época, naquela casa que, aos meus olhos infantes, era grande demais para a gente. Via o pai as vezes, me levava para as pracinhas arborizadas ou para ver um filme. Ficava com ele em seu trailer por uns dois dias, e em seguida voltava para os braços da mãe. O pai era sujo, vivia com odor de graxa, estava sempre com alguma parte do corpo escura, que logo esfregava incansavelmente para se limpar. Num banheiro improvisado ao lado do trailer, livrava-se de todas as roupas e me pedia para ajudá-lo a esfregar as costas. O pai era branco e musculoso, a mãe era preta e cabeluda, de seios fartos que lhe doíam os ombros e ancas largas que batiam em tudo quando se apressava para sair.

Quando mamãe não tinha ninguém para me velar, ela me trazia até a oficina do pai e eu passava o restante do dia ali com ele. Não sei se ele gostava muito, ficava com medo de que eu me acidentasse ou me queimasse. Sua oficina ficava numa rua muitíssimo movimentada, e era a apenas algumas quadras da minha creche. Tinha medo também de que eu resolvesse brincar de correr pela rua e o pior acontecesse. De todo jeito, estava familiarizado com sua oficina e seu trailer desde que me entendo por gente, não faria nada daquilo. Mamãe disse que eu tinha uns três anos e meio, por aí, quando ela o expulsou de casa. *Mas não inventa de dar as costas pro teu menino, senão te mato*, ela confirmava que tinha dito exatamente com essas mesmas palavras.

Era difícil de entender a "separação". O pai era apenas um amigo que me fazia companhia ocasionalmente e cuidava de mim também. Tanto que era estranho chamá-lo de pai, então eu o chamava pelo seu nome, Loki. E ele não se importava, muito pelo contrário, lhe trazia um ar de rejuvenescimento. Seu rosto brilhava quando minha voz aguda e pequena declamava Loki.

Loki, estou com fome. Loki, aqui é muito chato. Loki, quero ir pra casa.

Loki assoviava e chegava um senhor marrom, com o rosto marcado pelo tempo, de bicicleta, com uma caixa organizadora de plástico na parte do passageiro repleta de salgadinhos. Havia provado todos os que o senhor fazia. Quando cheguei aos dezesseis e Loki já morando conosco, não soube mais deste senhor. Se ainda vive, espero que esteja bem, pois é um ótimo confeiteiro.

Adianto as coisas novamente. Sei disso. Não é minha intenção. Nunca sei por onde começar a não ser tentar desembolar estes fios emaranhados aqui dentro. Se começo pela mãe, se prossigo para o pai, se adianto para Hermod ou mesmo Forseti que me dói em demasia lembrar de que não conseguimos resgatá-la. Forseti fora do nosso alcance foi algo que a sombra usou como um motivo diário para me obrigar a pensar em coisas que eu não queria.

Eu, o escravo.

Subo até o sótão e deito com a cabeça exatamente onde o halo do sol reflete, entrando pela cúpula de vidro. Como um mundo transparente cortado pela metade, uma laranja achatada de vidro. Já se passaram dois dias desde que Samantha e Bartolomeu vieram até o meu portão darem as boas-vindas. Talvez três. Acho que me esqueci de comer em um desses dois ou três dias. Foi hoje ou ontem? Isso tem alguma relevância? Tenho vontade de provar novamente os biscoitos de amêndoas de Samantha, eles tinham gosto de alguma coisa nova. Algo que deixei passar batido.

Ergo o braço como que querendo tocar o vidro a dois metros de distância de mim deitado. Aquele sótão já estava ali quando Jacinto escolheu a casa. A maior parte dela fora reformada porque ele é um homem exigente. Mas não o deixei mexer em nada no sótão, exceto uns reparos necessários aqui e ali. O sótão na casa fria não era sótão, era apenas um teto que escondia os caminhos da eletricidade. No depósito que fora transformado em quarto para o bebê Freya, havia uma mancha escura e mofada que crescia lentamente a cada ano. Tive que jogar fora caixas e caixas de revistas que colecionei durante os dez anos com a mãe, antes de Freya chegar e Loki reconquistar a mulher por quem ele ainda era demasiadamente apaixonado.

Não o julguei por isso. Só tentava entender porque era tão difícil para ele ser do jeito que era, o motivo pelo qual a mãe o expulsou. Imaginei se ele não queria reconquistá-la porque tínhamos a vista para o mar a apenas trezentos metros de distância de casa e seu trailer era apertado demais para o seu corpanzil. E tão logo apaguei aquela suposição da mente. Loki não era ligado às coisas materiais, já trabalhava demais com elas. Não, não era isso. Era pura e simples paixão. Uma paixão muito diferente de qualquer outro sentimento que eu tenha sentido, ou tentado sentir.

Eu tinha pesadelos com a mancha no teto do depósito – Freya ainda no ventre da mãe enferma –. A mancha crescia e tomava conta da casa inteira, e a casa virava uma grande penumbra lodosa e fedorenta. Como se as paredes tivessem sido lambidas pela lama de um pântano. E no núcleo da mancha nascia uma criatura, uma esfera flutuante que borbulhava e fazia barulhos gorgolejantes. Ela chegava até o meu quarto e me engolia. E minha pele se dissolvia e eu me tornava a essência daquela esfera. Fiquei tão desesperado que pedi ajuda para Forseti e lhe contei tudo. Forseti me aconselhou a comprar uma vela branca de sete dias e escrever o meu nome nela, sete vezes, do pavio da vela para baixo. O nome completo. E colocar um copo de água ao lado da vela num lugar alto.

– Você precisa rezar também, para a vela.

– E para quem eu rezo?

– Reze para o seu anjo da guarda e para a Deusa Concha. Ela é a protetora. Ela te ouvirá. Ela ouve a todos nós, os que vivem na Praia de Pérola. E a mancha não irá mais te perturbar.

Eu não sabia que tinha um anjo da guarda, ou mesmo que haviam anjos protegendo as pessoas. Mamãe não tinha tempo para a religiosidade de nossa cidade, exceto para momentos em que ela considerasse de muita urgência, e Loki só acreditava no mundo que víamos a olho nu. Mas Forseti volta e meia me contava sobre as aventuras da Deusa Concha, a guardiã da Praia de Pérola. E de sua irmã mais velha: a Senhora Despedida. E a irmã caçula de ambas, a terceira: a Filha Maior.

Loki deu um jeito de fazer aquela mancha no depósito desaparecer, uns três meses antes do nascimento da irmãzinha. Eu já sabia que ele voltaria, porque mamãe também sentia falta dele. Eu não sentia, não da maneira dela. Foi como aceitar que um amigo ocasional viria morar conosco, e mais outro estranho chegaria logo depois.

Meu ódio acriançado por Freya ainda na barriga da mãe era movido pelo fato de que precisei jogar muitas coisas fora. Já a detestava de antemão. Não queria saber dela. Era ela a intrusa que me roubaria toda a atenção da mãe. Era ela quem havia me obrigado a me desvencilhar das minhas coleções, pois meu quarto era pequeno para caber tantas caixas. E a casa ficou menor ainda quando Loki se mudou (ou retornou, na perspectiva da mãe). Um homem grande como ele ocupava muito espaço, em qualquer parte da casa em que estivesse.

Mamãe costumava me contar de uma época em que eu ainda era novo demais para me lembrar das coisas. Um período em que ela adoecera severamente e precisei morar um tempo na casa da vó de Forseti. Fiquei tantos meses lá que passei a chamar a velha Frigga de "mãe". E minha mãe de "tia". E Forseti, Forseti era minha irmã. Assim que mamãe melhorou, Loki – que até então não era atormentado pela separação – chegou do trabalho e disse:

– Amanhã quero meu filho aqui em casa. Sinto muita falta dele. Durante o dia ele fica aqui comigo na oficina. E chegaremos em casa juntos para te esperar.

Ele acolchoava uma caixa de papelão para me deitar, e a enchia de brinquedinhos que pudessem me distrair. Eu queria me lembrar de Loki como mamãe lembrava. Se tivesse sido desta maneira, como as coisas entre nós poderiam se desenrolar? Sei que ainda posso fazer alguma coisa a respeito, no entanto, continuo aqui deitado neste sótão queimando o meu rosto com o sol. Preciso do sol para voltar a sentir. A minha parte de fora não sente mais dor. E a de dentro está enchafurdada naquela casa de lama que a casa fria se tornou em meus sonhos.

Apodreço por dentro, torno-me a esfera que me engolia naqueles pesadelos. Nas perseguições. Na minha sombra que dançava sozinha sob a luz do poste amarelado quando eu voltava tarde para casa, bêbado e paranoico. Sob o efeito daquela merda, Hermod trotando ao meu lado. Alguma coisa em meu encalço. Alguma coisa está lutando para retornar.

A campainha estridente ressoa lá embaixo. Reviro os olhos e suspiro. Talvez Sofia tenha chegado mais cedo do que o planejado, então não posso deixar de atender. Desço a escadinha e a dobro novamente para fechar a portinhola do sótão.

Pelo olho mágico avisto a forma de Samantha, acenando, alegre e sapeca. Dou mais um suspiro, sei que ela sabe que estou em casa e resolvo abrir a porta para chegar ao portão. O que mais essa mulher quer de mim?

– Olá, Frey. Desculpa o incômodo, mas preciso de ajuda com alguns dos meus móveis que acabaram de chegar.

Franzo o cenho, ela percebe.

– Desculpa. Houve um atraso no segundo caminhão do frete, não sei bem o que aconteceu. Mas já estou a dois dias brigando com esses irresponsáveis por telefone. O caminhão com as minhas coisas foi lá pra casa do caralho, e só agora retornou. Você poderia? Se não for muito incômodo, claro.

Mais uma vez, ela me dá satisfações de coisas que não perguntei e não tenho qualquer interesse em saber. Acho que é assim com os vizinhos de maneira geral, eu só faço me driblar dessas conveniências. Entretanto, com Samantha, parece impossível fazer isso.

– Não posso.

– Está ocupado com suas artes? Bartolomeu me contou. Me desculpe mais uma vez, eu não pediria se fosse realmente necessário.

– Estou.

Ela me encara com certo espanto, como se houvesse cometido um crime e eu acabara de flagrá-la. Ela franze o cenho, mas não por confusão. Acho que é por pena, ou súplica. Agora me sinto um monstro por recusar. Um pobre coitado que mal consegue pôr a porra dos pés para fora de casa. Fracassado de merda. Seu imbecil do caralho. Por que você está fazendo isso? É só uma ajuda, você não vai morrer por isso. Você pode simplesmente ajudá-la e voltar para planejar o que deve fazer. Antes que aquilo volte, antes que te pegue novamente. Antes que você tenha mais uma culpa para adicionar ao purgatório em que viverá assim que decidir.

Samantha me dá as costas, tristonha com o meu silêncio, e eu me viro em direção à porta. Preciso permanecer no sótão pelo restante do dia. Até que Lírio retorne do colégio e eu tenha que lhe dar atenção. Lírio está segura. Jacinto está seguro e ocupado. Só eu aqui, protelando como o inútil que eu sou.

Ouço a risadinha de Freya e corro para abrir o portão.

– Espere. Vamos lá – eu digo, me arrependendo no mesmo instante.

Ela me abre aquele sorriso enorme que sorri o seu rosto por inteiro, as covinhas ressaltadas. Samantha tem uma alma infante no corpo de uma senhora, ou pode ser só a impressão que o seu sorriso me causa. Ela me incomoda e me aporrinha, mas não tem muito que eu possa fazer a respeito.

Caminho ao seu lado até a casa de número trinta e três, com o sabugueiro no quintal. Há uns três anos não olho para aquela casa. Todos da vizinhança ainda se lembram dela, de Ofélia. E dói pensar em Ofélia. Mas Samantha não precisa saber disso.

Olho para trás e minha casa continua intacta, sem nenhum risco iminente, nenhum invasor imaterial. Lá no fim da rua a casa me olha de volta e parece me sussurrar alguma coisa que não consigo escutar. O chilrear frondoso das árvores me impedem de prestar atenção.

– Meu Bartô é igual tu, vive no mundo da lua – Samantha me diz, abrindo a porta. Sua sala entupida de móveis, duas estantes e dois guarda-roupas. Dois espelhos de chão enormes. Um sofá sobre o outro. Sempre dois, para ela e para o seu menino. – Deve ser coisa de artista.

Ai, essa palavra que abomino. Estávamos indo tão bem.

– MENINO, FREY ESTÁ AQUI, NÃO VEM RECEBER AS VISITAS? – Samantha grita bem do meu lado. Ugh.

Ouço passos e Bartolomeu chega descabelado e descamisado, usando uma samba-canção estampada com raiozinhos. Fones de ouvido externos pendendo em seu pescoço largo, segurando um toca-fitas com uma das mãos. Ele se aproxima para me oferecer um aperto de mãos, e eu apenas as avalio e faço um aceno de cabeça. Suas mãos são longas e ossudas.

– Que honra você por aqui – ele diz.

– Não exagere – respondo.

Merda, saiu sem querer. Só o deixo mais corado do que já está. Samantha percebe o clima e muda de assunto.

– Bem, vamos começar – ela se direciona a mim.

– Desculpa não poder ajudar. Tenho um problema nos ossos, não posso fazer muito esforço – Bartolomeu justifica.

– Sim, sim. Mas você pode fazer uma limonada pra gente, não vai te desmontar – Samantha retruca.

Uma curiosidade sobre aqueles dois me acomete. Mas prefiro não falar nada. Movemos os móveis para os quartos e organizamos a sala em completo silêncio, exceto pelo som de Bartolomeu na cozinha ao lado. Seu jeito me lembra Hermod naquela mesma idade. Hermod não era estupidamente alto, é claro, e não era branco feito uma folha de papel. Tinha somente uma timidez parecida com aquela, uma timidez de fachada, por assim dizer. Porque assim que você trocava as primeiras palavras com Hermod, ele já se sentia à vontade com você. Tinha um charme audacioso que te pegava de surpresa e, quando você menos esperava, já estava próximo demais do seu rosto para você recusar. Quanto a este charme específico, eu não vi em mais ninguém. Nem em Jacinto. Jacinto é o homem dos trabalhos de coração mole. Ardiloso entre os lençóis e inexorável no mundo lá fora.

Jogo-me no sofá ao lado de Samantha assim que terminamos. Meu rosto continua do mesmo jeito em que estava quando saí de casa, imóvel. Toda aquela trabalheira me tirou qualquer vontade de me esforçar para fazer expressões faciais. Bartolomeu chega com as limonadas e se senta ao meu lado, ainda com seu ar de surpresa pela minha presença. A limonada está muito boa, eu a bebo em grandes goladas.

— Preciso voltar, não demora muito minha filha chega – eu digo, ou sussurro, não sei.

— Muito obrigada pela ajuda, Frey. Venha nos ver quando quiser, será sempre bem-vindo aqui – Samantha se derrete ao meu lado. – Eu só mandei aqueles irresponsáveis deixarem tudo na sala, de tão puta da vida que estava.

— Certo.

Caminhando de volta para casa, Bartolomeu corre para me alcançar, do mesmo jeito que o encontrei em sua casa. Despudorado como os adolescentes são. A senhora Gertrude nos assiste, sentada em sua cadeira de balanço na varandinha de sua casa. Detesto aquela velha, parece um urubu enrugado procurando carniça. Os vestidos pretos com golas brancas de renda que costuma usar me remetem a este bicho.

— Obrigado, senhor Frey.

— Não precisa me chamar de senhor.

— Ok, ok, você poderia ver meus desenhos qualquer dia? É muito importante pra mim.

Menino esperto, aprende rápido com a mãe. Só não é tão sutil na escolha de palavras, é claro, mas ele quer me fazer ter um motivo para retornar a visitá-los. Arriscando receber a minha indiferença. Bem, não sou tão especial assim, nunca achei que fosse, por que não? Percebo que é uma criança solitária, se não fosse, estaria falando com rapazes e moças da sua idade, não com um recluso com seus quase trinta anos chegando e nenhuma ideia nova na cabeça.

— Você pode vir em casa amanhã, traga os desenhos. Venha pela tarde.

— Tudo bem. Muito obrigado, de verdade.

— Não fique me agradecendo toda hora, é irritante.

— Certo, certo, me desculpe.

— Nem se desculpando também – acrescento.

Bartolomeu fica calado, confuso, sem saber o que fazer. Eu lhe dou as costas e esta é a resposta. Arrasto-me de volta para o meu casulo, o meu mundinho protegido por rosas brancas e glicínias, com uma janela para o céu, convidando as estrelas e a quietude divina.

Percebo o barulho do ônibus escolar e vejo da janela mãozinhas destrancando o cadeado do portão. É minha menina. Nossa menina. Pequena Lírio das mãos pequenas. Pequena Lírio leve e solta dos cabelos escuros. Não como os de Jacinto, e os meus são castanhos porque os da mãe eram castanhos. Ela não é parecida com ninguém, todavia, parece bastante conosco à sua maneira.

– Ainda triste papai? – ela me pergunta, tirando a mochila para se sentar ao meu lado.

– Não agora que você chegou – respondo.

– Por que o senhor ficou tão triste?

– Estou doente, meu amor.

– Não tem que ir no hospital?

– Irei amanhã a um médico especial para o meu caso.

– O senhor não trabalha mais no restaurante?

– Por que diz isso?

– Nunca mais foi...

– Ah, sim. Eles sabem que estou doente.

– E ainda vai voltar pra lá?

– Espero que sim.

Lírio se referia ao meu trabalho de garçom. Não tinha problemas com o ritmo de lanchonetes e restaurantes. Lavar as louças e preparar os pratos me faziam pensar menos e agir mais. Uma pena que uma crise nervosa no meio da cozinha me tirou de lá contra a minha vontade. Minha chefe, Anja, chegou no hospital com um buquê de crisântemos e a sua palavra de que eu teria meu lugar no restaurante assim que me recuperasse. Mas acho difícil isso acontecer, este retorno, a essa altura já devo ter sido substituído por alguém melhor e mais capaz. Alguém que tenha provado a Anja o seu valor durante essas três últimas semanas. Não invejo este alguém nem lhe desejo mal, talvez tenha precisado naquele exato momento. Jacinto achou ótimo o fato de que agora eu dependia completamente do seu dinheiro, porque segundo ele, já tinha grana o suficiente para nós três e eu poderia me focar apenas nas pinturas quando bem quisesse. Não sei se isso é bom, não me pareceu bom quando ele falou.

É tão ruim assim eu prover pela casa também?

Mando Lírio tomar banho e arrumar seus brinquedos espalhados pelo seu quarto amarelado. Sua cor favorita. Lacrimeja do tanto que gosta de fitar o sol. Dobre a cama também, Lírio, assim será mais confortável na hora de dormir.

Jacinto chega enquanto me deito na banheira. Já fazem uns dois dias, ou três, que não tomo banho. Meu cheiro deve estar insuportável para ele, e nos últimos dois ou três dias eu o empurrei para longe de mim e não o deixei me levar até o banheiro. Vá trabalhar Jacinto, você tem mais o que fazer do que servir de babá. É patético me colocar nessa situação. É patético esses seus discursinhos de encorajamento como se eles fossem resolver magicamente a minha vontade de sumir. E na filha? Na filha você não pensa? Não, não tanto quanto gostaria. Acho que o amor ainda está aqui em algum lugar, não sei. Mas Lírio me parece estranha as vezes, como uma criança que entra nesta casa sem permissão. Então tenho que ensaiar, para não dizer que isso é cruel da minha parte.

Afundo minha cabeça na água e consigo prender a respiração por quase três minutos, sem soltar nenhuma bolha do nariz. Algo invade a água e me puxa para a superfície. É Jacinto, desesperado sem motivo algum. As mangas da camisa branca, encharcadas.

– O que foi?

– Que susto você me deu. Está louco? – ele questiona.

– Estou tomando banho. Não vou me matar nessa banheira, se é essa a pergunta.

– Eu fico preocupado contigo o dia todo, sabe? E você não atende o telefone quando te ligo no meu intervalo. Já comeu hoje?

– Tomei café com vocês. Continuo cheio, parece que vou explodir. Nem precisava.

– Você precisa se alimentar direito. Sabes o que o médico disse.

– Claro.

– Não se esqueça da sua consulta amanhã. Vou fugir uma horinha do trabalho pra te levar.

– Que horas vai ser mesmo?

– Às quatro, por quê? Algum problema? – Jacinto franze a testa.

– Nada demais. Uma criança vai aparecer aqui, quer me mostrar seus desenhos.

– Entendo... E atenda o telefone, pelo amor de Deus, Frey.

– Eu estava ajudando a vizinha nova com a mudança.

– Ótimo.

– Por que você parece bravo com isso?

– Não estou, juro que não estou. Acho ótimo que tenha saído um pouco.

– Eu não nasci ontem, Jacinto.

– Eu sei. Me perdoe por te tratar desse jeito.

– Não precisa pedir perdão por nada. Não ligo. É só você sendo você.

– Certo. Termine seu banho, vou preparar o jantar.

Jacinto faz almôndegas com pasta, um molho secreto e especial que Sofia lhe passou. Coisa de família, apenas os Baltazar conhecem a receita deste molho.

Deito-me primeiro que ele na cama, enquanto ele lê alguns poemas adocicados para Lírio. Lírio ama a poesia. Puxou isso de Jacinto, que tem poetas e poetisas na família. Nunca prestei tanta atenção nisso, ou acho que só não dei a devida oportunidade. Hermod as vezes me declamava alguns, antes de nos enroscarmos nos lençóis, mas eu acabava reparando mais em como seus lábios vermelhos se moviam, do que na sua declamação. Lábios carnudos, boêmios, olhos grandes e castanhos, cílios grossos e arrebitados, sorriso de danado, de quem sabe exatamente o que vai fazer.

Jacinto fecha a porta e apaga o abajur, tira o pijama e decide me apertar na cama, como se eu fosse um longo travesseiro. Estou de bruços, afasto as pernas, empino a bunda, ele faz todo o trabalho. Cospe nos dedos, enfia um, enfia dois, enfia três. Se lambuza e ofega. Ele adora me lamber, seu passatempo favorito. Então percebo que o seu calor não está mais ali conosco. Meu Jacinto quente na cama não existe mais. Sou eu que não existo mais? Para onde fui agora? Deusa Concha, me ajude. Ele me penetra, e é frio como o vento da Praia de Pérola. O vento que invade as casas e chilreia pelos rangidos das madeiras. As cortinas valsam e os cabelos embaraçam.

Jacinto goza, travo o meu choro. Seu corpo está frio como o meu corpo, e eu me padeço num silencioso desespero.

# RETORNO

Mamãe apenas tolerava a presença de Hermod, como um parente distante e inconveniente ao qual ela não poderia fechar as portas. Achava-o um menino afetuoso quando criança, e na adolescência passou a estranhá-lo. Quanto a Forseti, a amava e a tratava como uma filha. Ainda que Forseti não precisasse de uma segunda mãe, já tinha a sua vó, Frigga, que era mãe e vó para ela. Dois espíritos num corpo enrugado e marrom, madeixas brancas e rebeldes similares às formas de nuvens aleatórias nos céus. Uma mulher de terra e ar. Forseti, aos dezessete, era idêntica aos retratos em sépia da velha Frigga.

Loki gostava dos dois por igual. Talvez um pouco mais de Hermod. Alguém que ele esperava que eu pudesse me tornar na adolescência, acho. De lábia cativante, jeito troncudo e conhecedor dos esportes. Eu só queria saber de desenhar. E de ter Hermod comigo entre os lençóis.

Crescemos juntos e aprendemos juntos. Forseti, Hermod e eu. Conhecíamos o porto leste de cima a baixo. E o outro bairro ao oeste também. O nosso ficava no centro-oeste, ao lado de uma grande colina verde-terra-e-areia que nos entregava a vista de afiadas rochas lá embaixo, por entre as ondas que as violentavam feito mãos de água e espuma. Então podíamos ver o sol saindo no bairro leste por aquela colina, passando pelo nosso bairro e terminando, bem ao longe, quase no extremo oposto, no lugar onde os marinheiros montaram suas casas, para si mesmos ou para suas famílias, ao que se tornou o bairro dos marinheiros. Marinheiros com famílias eram vistos como abençoados pela Deusa Concha, era mais comum serem solitários, já que viviam viajando. Assoviávamos para eles e atirávamos algas nas pescadoras e em suas crianças. Dependendo de quem fosse, atirava algumas de volta e uma guerra de algas e areia era inventada. Uma delas já nos jogou um peixe vivo, aporrinhada, então roubamos o peixe para assá-lo numa fogueirinha feita às pressas no quintal da casa fria. Forseti sabia das ervas, Hermod trouxe o azeite, e eu limpei as escamas e tirei os órgãos da barriga para enfiar as verduras dentro, como Loki havia me ensinado. Enrolamos o bicho morto num papel alumínio e o colocamos sobre a grelha, ansiosos para devorá-lo naquela tarde que era fria como todas as tardes na Praia de Pérola.

Eu poderia viver apenas ali, nos primeiros anos da adolescência. Loki estava sorridente como nunca, sempre o via de maneira melancólica, e seu tamanho denunciava isso, claramente. Freya era um neném muitíssimo chorão, ficava horas gastando a garganta, tínhamos muito medo dos vizinhos acharem que a machucávamos, de tão altos que eram os seus gritos. A irmãzinha viera prematura, aos sete meses, mamãe gritara a notícia de que ela estava vindo, recém-recuperada de sua enfermidade. Eu cochilava nas coxas de Loki e acordei esperando que o pior acontecesse. Até os treze anos eu ainda sentava em seu colo, depois disso, me parecia desnecessário procurar pelo seu calor. Pelo menos antes do porão acontecer...

Mamãe e Loki haviam conseguido comprar um carro usado e antigo, confortável o suficiente para caber nós quatro. Eu quase não entrava nele, vivia andando de ônibus com Hermod e Forseti antes de Hermod herdar a motocicleta do tio. Mas isso sou eu adiantando as coisas novamente.

Bem, na ocasião de mamãe prestes a parir, entrei no carro sem pensar duas vezes. Estava ansioso com aquela intrusa, a menina que roubaria toda a atenção de mim. Eu a odiava e havia prometido que a trataria mal. Faria questão de fazê-la se sentir desnecessária naquela casa. Seria o irmão cruel. O amargo, o frustrado, menino cáustico.

Amava ter o calor do pai e da mãe só para mim. Havia uma espécie de poder em tê-los trabalhando para a minha devida atenção. O pai imenso, dormia sobre ele na época da separação, naquele trailer que mal lhe cabia. O trailer fora vendido para custear o carro e, se sobrasse alguma coisa, preparar-se para a chegada de Freya. E a mãe larga, de ombros fortes, peituda, tinha mais calor em sua pele. Tinha uma conexão. Porque o pai era apenas Loki, e a mãe sempre foi a mãe. A mãe afastava tudo quando eu me deitava com ela. E Loki as vezes tinha pesadelos, o que me deixava com medo de que fosse morrer esmagado se ele se mexesse muito. Acordava assustado com o batimento acelerado em seu peito.

Ouço palmas no portão. Talvez o barulho da campainha não tenha vindo aos meus ouvidos. Estou deitado na mesma posição desde que Jacinto saiu para trabalhar. Pode ser Sofia, que decidiu chegar dois dias antes do prazo, mas sei que é Bartolomeu, o menino de leite, delicado.

Merda, por que fui inventar de chamá-lo? Tenho que me arrastar e vestir alguma coisa, pois ainda estou nu da noite passada. Jacinto chegando, direto e reto, *quero foder*. Vá em frente, Jacinto. E depois a transa vampírica de dois corpos gelados em atrito. Foi bom, foi muito bom, e foi pernicioso, beirando ao maldito.

Destranco o grosso cadeado do portão e ele me puxa para um abraço. Agradece, beija-me a testa. Eu o afasto olhando a rua para ter certeza de que ninguém vira aquela cena asquerosa.

– O que você tá fazendo?

– Perdão, é que eu tô muito feliz de você ter aceitado – ele responde.

– Não é nada demais. E não faça isso novamente. Vamos entrar.

Ele pede mais perdões. Não sei quem ele acha que eu sou, para acreditar que tenho o papel de perdoá-lo ou coisa parecida. Ou mesmo que eu tenha poder para isso. Não importa agora. Ele se senta na poltrona de Jacinto, que ele usa para prostrar as pernas sobre a mesinha defronte quando chega do trabalho, sonolento. Faço um café para o marido. Costumava fazer um café, não faço mais. Só fico deitado, submerso, indiferente ou tentando ser.

Bartolomeu abre a pasta e vai me entregando aos poucos os desenhos. Ele gosta de formas masculinas como a dele, magricelas e altas, delgadas pelo carvão, algumas em aquarela e outras em lápis B2. Os corpos geralmente estão fazendo algo cotidiano, como varrer a casa ou lavar a louça. Aguardando a roupa terminar de centrifugar na máquina com um cigarro na boca. São todos muito parecidos, provável que sejam o mesmo personagem cuidando do seu lar. Ele me entrega quase todas as folhas de sua pasta para eu avaliar, exceto uma. Essa que me atiça.

– Certo, e essa daí que você está tentando esconder? – pergunto.

– Eu? Escondendo? Nada. Não é nada demais. É só um rascunho – ele fala essas palavras que registro agora, mas demorei alguns segundos para entender, porque ele atropelou todas elas.

– Anda, me mostre.

Ele bufa, é a primeira vez que o vejo expressando algo além da alegria indisfarçada.

– Estou esperando – prossigo secamente.

Bartolomeu me entrega o desenho a contragosto. É um rosto distinto dos outros, desenhado em perfil, mais velho, com barba e usando uma camisa xadrez vermelho e preta colorida com giz de cera. Um pingente de pássaro pendendo num colar em seu pescoço rústico. Tem sobrancelhas delicadas como as de Jacinto, mas seu nariz é redondo, nariz de batata.

– Quem é? – pergunto. – Não é como esses outros que você desenhou.

– Não importa.

– Certo.

– É só isso? – ele rebate.

– Só isso o quê?

– Não vai querer saber mais? – ele continua.

– Olha, não vou ficar perguntando mais do que isso. Você fala se quiser. Sinceramente não me importo, Bartolomeu, foi só uma pergunta automática.

– Essa foi a frase mais longa que já te escutei falar – ele ri, não sei do quê. Parece a mãe que também ri do nada. Um riso que não é de achar alguma coisa engraçada. Um reflexo de estranhamento.

– Bem, são só esses desenhos que você tem pra me mostrar?

– Eu faço uns quadros pequenos que ainda estão encaixotados. Conseguia vender alguns na minha antiga cidade. Mas eles têm a mesma história que esses.

– Então essas folhas são só rascunhos?

– Não vejo exatamente como rascunhos... – Bartolomeu justifica.

– Mas são.

– É, são. Acho que sim, são meus testes antes de arriscar colocar num quadro.

– Certo. Gostei deste – eu levanto a folha em minhas mãos para ele. – Você pode variar mais, use mais ele do que esses outros que parecem o seu irmão gêmeo.

Bartolomeu engole em seco como um réu que recebeu a culpa. Analiso o que a minha opinião lhe causou. Avalio as ínfimas expressões que vão se formando delicadamente até a tentativa de disfarçá-las.

– Também gostei da forma que você usou as aquarelas nestes outros – eu aponto para os papéis que espalhei na mesinha –, tem muito cuidado nos traços, quase cirúrgico. Mas como todo cirurgião pode melhorar – prossigo, tentando fazê-lo voltar a relaxar.

– Posso ver o seu estúdio? – ele pergunta. – Sei que tem um, essa casa é grande.

– Não.

– Por favor – ele faz uma voz melodiosa e afeminada que destoa completamente de sua postura modesta.

– Já disse que não. Vá pra casa. Já terminamos aqui.

– Obrigado, senhor Frey.

– E também já disse para não me chamar de senhor.

Bartolomeu inventa de querer me abraçar novamente. Não o empurro desta vez, mas também não ergo meus braços para corresponder. Não consigo diferenciar se aquele calor é do dia ou dele. É uma criança solitária, uma leve compaixão me acomete ao pensar nisso.

Deixo-o no portão e tranco o cadeado. O subúrbio de Santa Cecília é quieto à tarde, e muito seguro também. Não há motivos para colocar aquele cadeado, mas eu o coloco. Comprei duas semanas atrás, senti a necessidade de tê-lo no portão de minha casa. De nossa casa, ou da casa de Jacinto agora que não faço nada por ela além de assombrá-la.

Ainda estou com cheiro do sexo da noite anterior e não quero chegar assim no consultório. Poderia ignorar esta preocupação boba, a médica não vai me cheirar. No entanto, ela provavelmente vai sentir, dependendo do quão arejada sua sala seja. E estou todo babado por Jacinto, minha pele prega. Bartolomeu provavelmente sentiu, deveria me preocupar com isso? Adolescentes vivem fedidos também, de masturbação ou dos esportes, mas não Bartolomeu. Ele tem um cheirinho de lavanda, como um menino arrumado e enfeitado pela mãe.

Deito-me na banheira e consigo ficar submerso por três minutos e dez segundos. Um novo recorde. Ouço a risada de Freya e penso nas tatuagens de Hermod. Visito Forseti em sua casa, há uma estatueta da Deusa Concha e suas irmãs num altar que sua vó Frigga construiu. A Deusa Concha é uma figura de ouro cuja bainha do longo vestido imita as ondas, segurando uma grande concha aberta em suas mãos. E no manto onde deveriam estar os pequenos órgãos da concha, ou talvez uma pérola, há uma miniatura do mundo. Os cabelos de ouro da deusa também imitam ondas em suas costas e derramam-se nos ombros. Sua irmã mais nova à sua esquerda, a Filha Maior, usa uma armadura de prata cujos detalhes insinuam as formas de pequenos cavalos-marinhos, e as madeixas de prata são curtas e mal chegam aos ombros, pois é mais viável para uma guerreira usar cabelos curtos. A Filha Maior ergue um tridente afiado de prata, ao passo que a irmã mais velha das duas, a Senhora Despedida, é humilde e encurvada em sua forma de bronze. A Senhora Despedida é a primogênita, a anciã, a que ensina sobre a morte. Ela não precisa de prata e tampouco ouro para se adornar, ela está satisfeita com sua forma de bronze e o manto de bronze que cobre sua cabeça formando ondulações ao redor do rostinho enrugado. Velas azuis, pretas e brancas de mel e incensos acesos ao entorno das Três Irmãs bruxuleiam as figuras e lhes dão sutis movimentos. Flores sintéticas, seixos, opalas, obsidianas, turquesas, pérolas e pequenos bilhetes rascunhados com palavras que não consigo ler, espalham-se pelo altar.

Senhora Despedida, me ajude. Quero morrer.

Irei morrer. Talvez antes que Sofia chegue. Ainda preciso planejar. Mas antes, tenho que ir ao médico pela insistência de Jacinto nas semanas que se passaram. Já o decepcionei demais, não tenho o direito de adicionar mais uma decepção para a lista. Tenho muitas delas, tantas que saio da água ao ouvir uma risada que não é de Freya ou de mais ninguém. A casa está silenciosa e estou sozinho, mas tenho a sensação, desde que acordei, de que havia eu e mais alguém. Na companhia de Bartolomeu haviam três pessoas na sala. As vezes há quatro quando Jacinto e Lírio estão em casa. Alguém no sótão ou no escritório de Jacinto quando ele vem para a cama. Alguém na sala estalando os móveis.

Saio às pressas da banheira, passo a toalha no corpo e sento na cama. Alguém senta do meu lado, alguém se seca também. Ouço uma respiração e vou até a sala. Abro a janela e a cortina é aberta sozinha. Ou fui eu quem abriu e não percebeu o que estava fazendo.

Jacinto chega e eu corro para abraçá-lo, ainda nu, e começo a chorar. Choro de soluçar. Meu corpo inteiro treme, não consigo controlá-lo. Meu corpo treme e o corpo de Jacinto está quente novamente. Nós transamos ontem? Não tenho mais tanta certeza disso e prefiro não perguntar.

– Calma, calma, já estou aqui. O que houve?

Ele acaricia os meus cabelos úmidos, as gotículas que escorrem pelas minhas costas me causam arrepios. Eu me dissolvo em Jacinto e meu peito desacelera. Sei como fazer isso, acordava Loki de madrugada para ele parar de sussurrar e chorar enquanto dormia.

– Foi só uma impressão.

– Vamos lá, eu te ajudo a se vestir.

Voltamos para o quarto e há apenas nós dois. Eu e meu amado Jacinto. Jacinto que ontem era um vampiro, e que encontrara um elixir que o fez ressuscitar. Ele abotoa uma camisa azul-turquesa em meu corpo. Pede para eu levantar um pé de cada vez enquanto me põe a cueca de algodão e a calça preta social. Beija-me os pés antes de colocar as meias. Amarra os cadarços dos meus sapatos. Ele parece tão menino ajoelhado à minha frente. Tão devoto a mim. E quem sou eu que merece alguém como ele?

Essa devoção, esse cuidado, me assusta. Tenho a certeza de que a risada vai ressurgir naquele momento nosso. E Jacinto continua sendo ele, me carrega com seus braços até a sala e a vontade de chorar retorna feito um estalo. Caminhamos pelo quintal aos beijos, quero mais deste homem que me acende. E enfim entramos no carro estacionado na frente da garagem fechada. Para guardar o carro nela, é preciso sair do automóvel para abrir o portão de ferro, na entrada à esquerda onde não é tão ramificado pelas glicínias. De tempos em tempos temos que cortá-las.

– Você está sabendo o que tá rolando na capital da Metrópole? – ele pergunta, fazendo a curva para sair do subúrbio de Santa Cecília.

– Depende, o quê?

– Dos assassinatos, das menininhas desaparecidas.

– Teve um caso parecido sete anos atrás, não teve? Mas eu havia acabado de me mudar... e achei que você não gostasse de falar sobre essas coisas.

– Não gosto, mas sempre penso em Lírio.

– Eu também.

– Pensa em voltar lá? Para a Praia? – Jacinto quer saber.

– Não.

– Entendo. De qualquer forma, que bom que nos mudamos pra cá. A Metrópole é um lugar louco, Lírio correria perigo o tempo todo. E aquelas meninas, Deus Misericordioso... Elas tinham a mesma idade de Lírio.

– Isso te preocupa? Ela sobreviveu bastante naquele lugar, você sabe – eu digo.

– Sim, é uma garotinha com nervos de aço. Mesmo que estejamos numa distância segura, não consigo deixar de me preocupar. Mas fico feliz de não estarmos na capital, não sei se aguentaria morar lá – ele confessa.

– Você fala agora por Lírio ou por você?

– Por nós dois. E você?

– Mal estou dando conta aqui. Sinto falta do restaurante, acho que vou ficar melhor se pedir pra voltar – respondo, mesmo que seja da boca pra fora. Gosto de fazê-lo acreditar que posso melhorar em pouquíssimo tempo.

– Foque em você primeiro, e tudo vai dar certo.

– Não é isso. Você não entende.

– Então me explique, meu amor – Jacinto aguarda o sinal vermelho e abre as janelas, a tarde está fresca no Porto das Oliveiras. Aqui tem cheiro de grama ensolarada, flores e folhas secas nas calçadas. E de azeite de oliva, muita oliva. As plantações ficam ao sul, comandadas pelos herdeiros das primeiras fazendas que construíram a cidade. O subúrbio de Santa Cecília fica ao norte, nunca morei no lado norte de qualquer lugar. Este é o primeiro. E o vento aromático do sul derrama-se pelos subúrbios do Porto.

– O ritmo do restaurante me faz pensar menos. Isso é bom, mas acho que se entrar antes da hora terei outro colapso. Não pelo trabalho, mas por mim.

– Vamos ao médico primeiro, e depois você decide o que for melhor. O que acha? – Jacinto pergunta.

– Acho ótimo – aquiesço. – Sofia vai chegar depois de amanhã, né?

– Pra ser sincero, acho que não. Ela me ligou hoje mais cedo, disse que tiveram uns imprevistos. Talvez demore pra vir agora, mas com certeza vem. Você a conhece, ela é louca por Lírio.

– De fato. Acho que ela só vem pra ver Lírio. Nós dois a deixamos entediada.

– Não seja cruel com a minha mãe – Jacinto diz sarcasticamente.

– Sabes que é verdade.

– Chegamos, é logo ali. Vá na frente, vou estacionar o carro – ele aponta para um prédio simpático, de arquitetura antiga como a maior parte dos edifícios do Porto das Oliveiras, e reformado de modo a manter seus detalhes de outra época.

Como o descreveria? Um prédio que antes já fora chamado de palacete, de seis andares. Poderiam haver janelas de madeira venezianas, como a minha na casa fria, mas agora são janelas de vidro temperado e carvalho de lei. Colunas de gesso na entrada que imitam a forma de eucaliptos. Mas não há eucaliptos no Porto das Oliveiras, ao menos, não num raio de pelo menos trezentos quilômetros de distância chegando a outro estado que cultive estas árvores agressivas. Um estado que não seja próximo do oceano.

As portas imensas abrem-se em duas, um grande arco. Poderia ser facilmente um tribunal, mas não há corredores tão extensos e salas para isso.

Minha médica, Eurídice, aluga seu consultório no sexto andar. Jacinto me dá um beijo e diz que precisa ir, e que retorna para me deixar em casa.

Não sei se consegui falar o que gostaria. Na verdade, àquela hora que não passava me deixou com a sensação de que estava perdendo tempo. O meu tempo e o de Eurídice, ainda que ela estivesse sendo paga para isso. E não foi com o meu dinheiro, pois Jacinto está providenciando tudo. O dinheiro dos Baltazar. Passei a sessão inteira pensando no maldito dinheiro, olhando para a sua expressão fria. Eurídice é uma mulher alta, de ombros largos como os de minha mãe. Seu cabelo afro preso num coque lhe dá a imponência de uma coroa. Sua voz é rouca, porém agradável de se escutar pela sua dicção envolvente, mantendo o mesmo tom sereno.

Seu consultório também é lindo, todo marrom e bege, neutro até nos livros nas estantes. As plantas nos parapeitos da imensa janela refrescam o ambiente, defronte às poltronas que colocou para seus pacientes deitarem ou sentarem. Ou mesmo para ficarem em pé perambulando pelo espaço. Eu decidi ficar sentado, olhando para ela e depois para a vista da cidade na janela e por fim voltando a encará-la. Ela não me expressou nada porque é o seu trabalho, apenas aguardava o momento em que me sentisse à vontade para começar a falar.

Nos últimos dez minutos que ainda restavam, comecei a me apresentar. Falei de Jacinto e de Lírio. Notei que havia me esquecido de que amava Lírio, não sei por quê. Espero que Eurídice não tenha notado isso, porque agora sinto vergonha de mim. Meu amor por Lírio foi largado em algum lugar aqui dentro, um lugar que evito caminhar.

Lírio tão pequena, chegou adoecida de medo e tristeza. Alguém lhe cortara as madeixas grosseiramente. Naquela época achei que fosse morrer de preocupação se o pior acontecesse, além de todas as outras coisas que aconteceram e me deixaram resignado com esse amontoado de desgraças ao qual batizamos de alguma outra coisa inédita além das nossas vidas.

A ideia de morrer não me apavora mais. Me apavora que não sejam mais três pessoas vivendo nesta casa que fecha a rua do subúrbio de Santa Cecília. Uma quarta chega para impor sua presença. Me apavora que ela possa me machucar novamente, pois a conheço muito bem. Mais do que gostaria de me lembrar. Não quero que ela roube o meu livre arbítrio de me machucar sozinho, ela não tem esse direito. Sou eu quem tenho, sou eu quem posso muito bem pegar uma faca na cozinha e abrir os meus pulsos e enfiar os dedos na abertura da pele no intuito de arrancar todas as minhas veias manualmente.

Ou beber uma garrafa inteira de solvente.

Ou conseguir uma arma nas favelas do Porto das Oliveiras que se escondem no extremo oposto do centro da cidade. As favelas me lembram a Praia de Pérola, porque há muitas casas de madeira ali, sem os adornos dos subúrbios e a grama tão esverdeada que parece plástico reluzindo ao dia.

— Jacinto, acorde, estou morrendo de frio. Não consigo me aquecer — eu agito o homem deitado ao meu lado. — Feche a janela, por favor.

— Oi, oi, já acordei. A janela já está fechada, meu amor.

— Não está, não lembro de tê-la fechado — eu me levanto e a janela está fechada.

Aquilo me enraivece tanto que começo a chorar. Não lembro de tê-la fechado. Meu peito começa a acelerar, minha vista escurece mesmo que ainda consiga enxergar malmente as lamparinas elétricas acesas nas calçadas lá fora. Os sabugueiros se movem, as glicínias do portão dançam, há uma brisa fresca que não vem até mim porque a janela está fechada.

Esfrego os olhos e os enxugo no meu pijama de flanela. Volto a enxergar mais claramente. Alguém caminha lá fora, uma forma alta, mais alta do que o teto deste quarto. Eu a conheço, sei quem ela é. Ela é antiga e nasceu por minha culpa. A sombra chega até o portão e consigo ver claramente um sorriso distorcido em seu rosto sem olhos. Aquilo que seria a sua pele agita-se como ondas sonoras sobrepostas e ela infecta o ar ao seu redor. Ela olha para mim mesmo que não tenha olhos, porque ela olha para dentro de mim mesmo que eu também não tenha olhos. Onde estão os meus olhos? Estão aqui, nas minhas mãos. Eu seguro meus olhos e os esmago até explodirem em vísceras e algo gelatinoso, e tem um cheiro pútrido.

Jacinto me abraça por trás, percebo que meu corpo treme quando os braços do marido estão tão calmos e quentes e seu peitoral em minhas costas tem um batimento compassado, sutil, quase imperceptível.

Não adianta, agora ela conhece o meu endereço e a minha família. Ela me encontrou. Ela conseguiu. Não posso mais voltar. Preciso morrer antes que ela continue entrando nesta casa como fez hoje mais cedo e nos dias anteriores e mate a todos eles também. Porque é isso o que ela fará.

Como a Grande Onda sem aviso.

Os helicópteros ainda ressoam, as sirenes refulgem a cidade inteira, e não consigo mais ignorar que também morri naquele dia. A primeira morte é a mais inesquecível.

# ANIVERSÁRIO

A velha Frigga nos contara que, cem anos atrás na Praia de Pérola, os marinheiros juravam de pés juntos ter visto a Deusa Concha subir das profundezas do Mar Verde para trazer até a praia as crianças que se afogavam e adentravam as correntes mais perigosas, após a Grande Onda que assolou os perolenses. Muitas delas morreram de hipotermia, além das que morreram no mesmo instante pelo impacto da onda. As mães enlutadas vagaram por várias semanas com véus pretos sobre seus rostos, num pacto de luto que duraria até o fim de suas vidas. E a cidade tornou-se chuvosa e nublada após a tragédia.

Forseti falava que aquilo era um exagero por parte de sua vó. Pesquisara na biblioteca pública da cidade – instalada perto da prefeitura e rodeada por altíssimos coqueiros – os jornais da época, e não encontrou nada sobre mulheres de preto vagando por tanto tempo pela cidade. O luto uma hora tinha que acabar.

– É inviável para uma vida humana ficar desse jeito – ela me disse, mostrando as cópias que fizera dos jornais.

– Bem, também não é como se ficasse nublado o ano todo aqui – acrescentei, querendo parecer tão esperto quanto ela.

– Sei não, tem gente que não se recupera mesmo – Hermod disse. – E muita gente morreu nessa tragédia. O tsunami destruiu metade da cidade e ela se encolheu com o tempo. Talvez sua avó não esteja exagerando, mas não deve ser tão interessante escrever sobre mulheres de preto em todos os cantos da cidade. Me parece um mau agouro.

– Estou sinceramente surpresa de você saber disso – Forseti constatou, incrédula.

– Eu ouço meu tio contar essa história desde sempre – Hermod revelou. – As pessoas daqui não gostam muito de tocar no assunto, mas ele é fascinado pelo que aconteceu. Ou só mórbido demais, não sei. Acredita que a Deusa realmente desceu naquele dia para tentar salvar algumas das crianças, coisa de caipira.

– A Deusa Concha e suas irmãs são as nossas guardiãs, Hermod. Mas não acho que isso realmente tenha acontecido. Deuses não têm o costume de interferir no plano material, não dessa maneira tão literal. A não ser que eles achem realmente necessário.

Fiquei me sentindo um jegue no meio daquela conversa. Culpando Loki e mamãe em silêncio por nunca terem comentado nada comigo.

– Mas eles influenciam, certo? – Hermod questionou.

– Certo, mas não *desse jeito*.

– A Praia é cheia de fantasmas, também não acho que tenha sido tão impossível assim.

– Isso porque você é pintor – Forseti disse, como se aquilo invalidasse o meu argumento. – Você precisa acreditar em tudo que te contam, para pintar.

– Ei, peraí, também não sou tão lunático assim – disse em minha defesa.

– É sim – Forseti e Hermod esbravejaram em uníssono, e todos caímos em gargalhadas.

Era bom gargalhar com eles, um calor específico emanava no ar ao nosso redor quando ríamos por qualquer besteira. Podendo ser causado pela euforia dos hormônios ou da curiosidade.

– Aliás, Hermod, seu tio é marinheiro, e opinião de marinheiro não conta também. Eles inventam um monte de lorotas pra nos assustar – Forseti disse, com uma postura de quem vencera a discussão.

– Não é bem assim, também – Hermod inflou o peito, daquele jeito de machinho – Ele conheceu uma oceânida, e eu já o vi conversar com as águas. Acho que estava discutindo com ela.

– Conversar pra água também não prova nada – ela continuou, sem abrir mão. – Mas eu gosto das oceânidas, se pudesse, me transformaria em uma.

– Você adora refutar tudo que a gente fala, sua chata – eu disse.

– Vocês acham que o mundo espiritual é um livrinho infantil... O mundo de lá não é muito diferente do daqui, sabe. É só isso – Forseti disse, com uma falsa humildade na voz.

– Que tédio deve ser por lá também.

– Não tanto quanto você pensa, mas não muito como você imagina.

– Que pena – sussurrei, e acho que nenhum dos dois escutou, a discussão sobre o etéreo voltou a se inflamar entre Forseti e Hermod e minha voz não era tão alta assim. Ainda não é. Quando falo alto parece que estou finalmente conseguindo conversar normalmente como as outras pessoas. Jacinto e Lírio estão acostumados, e entendem perfeitamente tudo que falo – ou penso falar –, mas não posso confirmar a compreensão de estranhos.

Fiquei realmente triste com as constatações de Forseti. Embora ela tenha me falado um tempo depois sobre os elementais. E sobre algumas pessoas que trabalhavam com eles, sobretudo mulheres. Os elementais não eram "fadas" ou criaturas vindas de livrinhos infantis, tinham outros nomes, nomes secretos.

Jacinto e eu deixamos Lírio mal-acostumada com a literatura que apresentávamos a ela. Sempre foi uma menina curiosa para tudo, e decidimos mostrá-la a literaturas mais elaboradas para alguém da sua idade. Nada com fadas e dragões vindos de terras distantes, isso ela já tem conhecimento na escola.

Lírio vive com um dicionário em sua mochilinha amarela. Lê em voz alta eloquentemente e arrisca escrever alguns poemas. A maioria de seus poemas são amontoados de palavras bonitas que, juntas, não formam nenhum significado específico. São apenas palavras que ele gostou de reunir num mesmo papel por serem as suas favoritas.

As professoras a amam, o colégio inteiro lhe dá uma atenção ainda mais especial do que com os outros alunos. Situação que me deixou preocupado, porque não queria que Lírio se tornasse uma segunda versão minha na escola, tão cedo quanto também fui, um alvo fácil para perseguições.

Bem, diferente de mim, Lírio não é de criar inimizades apenas pela sua postura. É uma criança que nasceu com o dom do envolvimento. Assim como Jacinto, sabe ser diplomática e dividir as atenções. Ela com certeza puxou isso dele, ou sempre esteve com ela e a figura de seu pai somente ampliou essa característica.

Uma semana se passou tão rapidamente e, completamente submerso dentro de mim, não me dei conta até checar o calendário na porta lateral da cozinha, por onde Jacinto entra na garagem para tirar o carro. É como se eu estivesse vivendo o mesmo dia repetidamente, tenho sentido isso com certa frequência, e me assusta. Não vi a sombra nem senti sua presença na casa nesta última semana, o que não significa que ela não esteja por perto. Eu acordo, não durmo mais do que duas ou três horas. Jacinto desistiu de me puxar para o banheiro todos os dias, consegue as vezes quando eu deixo. Lírio chega do colégio e, duas horas depois, o marido chega também. Não olho para o fim do corredor onde se encontra o meu estúdio, abaixo a cabeça e subo as escadas para ficar horas deitado na banheira ignorando as fincadas de dor no meu estômago. Minha gastrite deve ter voltado, é claro que voltou. Como pelas beiradas, finjo comer também, ontem a comida tinha gosto de sangue. Posso estar com gengivite de novo, tive na adolescência e me esqueço de continuar cuidando do meu canal. Minha pele coça e avermelha na barriga, nas pernas e no rosto. Não é porque estou comendo alguma coisa que me faz mal. É pela minha imunidade descendo as escadas do porão. Um porão úmido, mofado, com raízes se infiltrando nos canos e musgo crescendo nas laterais da janelinha que bate na altura da grama lá fora.

Setembro está chegando também. Sei disso pelo cheiro. As árvores no subúrbio de Santa Cecília impõem suas nuances e seus aromas. Dos sabugueiros aos carvalhos. Há uma casa com dois coqueiros no começo da nossa rua, cortando a avenida principal, a oitocentos metros de distância da minha, e os donos das outras casas naquela avenida imitaram com outros coqueiros, invejosos. Os coqueiros me lembram a Praia de Pérola. Haviam muitos espalhados por lá, ainda mais arrogantes que estes do subúrbio. Aqui são apenas adornos, nem tenho tanta certeza se são coqueiros. Acho que são, espero que sejam. Senão, precisarei voltar aqui para registrar novamente com novas palavras. Posso dizer que é uma árvore parecida com um coqueiro, mas não há nenhuma como ela.

Hoje mais cedo Jacinto veio me buscar para ter minha consulta com a doutora Eurídice. A segunda sessão não foi tão diferente da primeira. Penso na beleza da doutora, em sua voz rouca, receptiva e paciente. Na entonação de suas poucas palavras, apenas aquelas que fazem perguntas sutis. Sei que não estou ajudando em nada. Invento de falar coisas triviais, como a figura de ouro da Deusa Concha no altar da casa de Frigga. Ou do quanto era desconfortável ficar no antigo trailer de Loki. Ou sobre os lábios de Hermod. Fiquei uns vinte minutos falando daqueles lábios, eu acho. Ou até mais. A doutora Eurídice solta mais uma pergunta para que eu consiga falar de mim, mas não sei bem o que falar. Só gasto o dinheiro de Jacinto e faço um profissional perder seu tempo comigo. Se não tenho nem capacidade de falar sobre a minha primeira morte com Jacinto, não vai ser com a doutora Eurídice que isso acontecerá.

Penso em coisas horríveis a respeito dela. Penso no que ela tem que esconder para se arrumar e entrar naquela casa e ouvir as minhas banalidades e ganhar dinheiro com isso. Sei que ela estudou, que conquistou o seu espaço, que agora tem um bom lugar para executar seu trabalho. Talvez seja dissimulada fora daquele consultório. Talvez seja uma puta. Aqueles lábios carnudos devem servir para alguma coisa.

– Não é a mim que você tem que perguntar – ela me disse, assim que notou a quantidade de perguntas que comecei a fazer sobre a sua vida. As palavras entonadas no mesmo tom pacífico e sem significado. – Você pode levar o tempo que quiser para falar de si mesmo, mas terá que fazer em algum momento, estamos aqui para isso.

Eu a mandei se foder e saí de seu consultório. Achei aquilo agressivo e desrespeitoso. No meu ponto de vista foi. Saí do prédio-palacete e não esperei por Jacinto vir me buscar. Sei pegar um ônibus ou um táxi, sei voltar para casa. Continuei andando, a tarde parada e monótona me agrediu tanto quanto. E não houve agressão nenhuma.

Entrei num ônibus que para próximo do subúrbio de Santa Cecília. Cujo ponto fica na avenida daqueles coqueiros-que-não-são-coqueiros a oitocentos metros de distância da minha casa, a casa que fecha a rua. Tive que andar e suportar os olhares dos vizinhos que estavam em casa, e daqueles que estavam chegando. Percebi de canto de olho que dois deles estavam acenando e prossegui na caminhada da vergonha. Avistei a senhora Gertrude em sua cadeira de balanço, fazendo seu tricô vespertino, um urubu segurando os fios. Sua casa a trezentos e cinquenta metros de distância da minha. Poderia ela ser a sombra que vi no meu portão semana passada? Morando sozinha naquela casa carcomida, pode muito bem mexer com entidades soturnas que lhe possuem o corpo para assombrar a vizinhança. Eu a vejo fazendo isso naturalmente. É do feitio dela, a velha maldita.

Quem estou querendo enganar?

Caminhei mais rápido. Bartolomeu saiu de casa, de cuecas e com seus habituais fones de ouvido no pescoço, me perguntando alguma coisa que meus ouvidos não captaram. Tristonho, voltou para dentro. A criança solitária, o menino de leite dos ossos frágeis.

Afundo a cabeça na água e ouço a risadinha de Freya. Sinto os beijos de Hermod em minhas pernas. A mãe queima o doce na cozinha, distraiu-se com as notícias na televisão sobre as vindouras tempestades. Loki na oficina, o último a chegar, dá a ideia de pedir uma pizza. Foi o mais viável para aquela noite. Loki é forte feito um touro, carregava a minha versão com onze anos num braço e a menina Freya noutro. Neste ponto, não o amava mais como um amigo porque ele se tornara frequente. Passei a chamá-lo de pai e ele gostava do som desta palavra. Inflava o peito e nos enchia de beijos.

Ficou mais fácil com o tempo, e depois não ficou mais.

Ouço passos apressados nas escadas e saio do banheiro, Jacinto chega mais cedo do que o de costume, suado e descabelado.

– O que foi? – pergunto.

– Você quer me matar de preocupação? – ele diz, entonando cada sílaba em alto e bom som.

– Estava cansado.

– Por que você não me ligou assim que chegou em casa? Eu fiquei igual um pateta te esperando até a doutora Eurídice abrir a porta. O que houve?

– Eu a mandei se foder.

– Ótimo! E nem pra me ligar?

– Eu esqueci.

– Que maravilha! E por que as bocas de gás no fogão estão abertas lá embaixo? Quer explodir a porra da casa também?

– O quê?

– Por que você está fazendo isso? – ele rebate.

– Eu não fiz isso. Juro que não fiz – me defendo, mas sei que ele não está acreditando, sua cara de raiva e preocupação demonstra isso. E também, é impossível argumentar com este homem.

– Foi aquele fantasma de novo? Seja lá o que você acha que seja.

– Não fale dessa maneira comigo.

– Porra Frey, me ajuda a te ajudar.

– Eu não sei que tipo de ajuda você acha que eu precise.

– Claramente, todas!

– Por que você está tão puto? Já disse que não fui eu.

– Só tem você em casa. – Ele coloca a mão na testa, num gesto que incide chamar a tranquilidade, como ele costuma fazer. Já o vi numa reunião, ele faz exatamente o mesmo gesto quando nota que está prestes a explodir. – Bem, de qualquer forma amanhã é aniversário de Lírio e ainda não preparamos nada. Vamos chamar os vizinhos e fazer alguma coisa aqui em casa, só pra não passar batido.

Decido assumir a culpa, não tem problema algum nisso. Digo que me distraí no fogão, iria esquentar leite e liguei todas as bocas sem perceber. Subi as escadas e enchi a banheira para me deitar. Não queria fazer nenhum mal a casa, jamais faria. Jacinto respira fundo e eu fico na ponta dos pés para abraçá-lo pelo pescoço. Ele aceita, passeia as mãos ásperas em minhas costas, aperta as bandas da minha bunda. Jacinto adora a minha bunda. Mordê-la, estapeá-la, lambê-la, cheirá-la como um lobo faminto.

Eu pulo sobre o seu corpo e ele me carrega pelas coxas molhadas. Joga-me na cama, começa a tirar a gravata e o terno e eu digo que não.

— Fode assim.

Jacinto arria a calça e liberta a pica arredando a cueca cinza para o lado. Sua pica dura balançando aponta para o teto, a cabecinha rosada brilha e ele escala sobre o meu corpo para eu chupá-la. Adoro o cheiro do seu pau, adoro suas bolas gordas e peludas. Ele me fode pela boca até gozar. Em seguida, deita-se ao meu lado e me beija para compartilhar da sua porra. Eu a engulo.

— Deus, as vezes me dá muita vontade de fumar — Jacinto me diz. — Acho que é hábito, eu fumava pra caralho depois de transar.

— Você está bem desbocado hoje.

— Desculpa. Estresse de reunião. Quase mando eles se foderem também. — Ele ri ao imaginar a cena. Jacinto tem um riso grave.

— Já tá há quanto tempo sem? Me esqueci de continuar contando os dias contigo.

— Eu lembro. Faz quase quatro anos, no dia em que buscamos Lírio no fim de agosto. Foi quando parei de fumar.

— Fez bem. Nunca fui de fumar em casa também. Por conta de Freya, e mamãe condenava. Acho que ela detestava o meu ex-namorado porque ele fumava muito.

De repente me dou conta de que Jacinto não sabe sobre Freya. Ele sabe de mamãe e de Loki. Sabe um pouco de Forseti e de Hermod, até mesmo da velha Frigga. Ele franze o cenho, não de maneira tensa, mas curiosa.

— Freya era minha irmãzinha.

— Você nunca me disse que tinha uma irmã. Ela ainda mora na Praia de Pérola?

— Espero que sim. Mas...

Minha voz trava. Estava indo tão bem. A minha própria repressão me impede de continuar. Quem ligou as bocas do fogão lá embaixo enquanto eu tomava banho? Tenho certeza de que foi ela, a sombra. Invadiu a casa em silêncio e fez sua algazarra para que Jacinto se enfurecesse comigo.

– Temos que pensar no que fazer para Lírio amanhã – Jacinto retoma o assunto, ao perceber que eu não prosseguiria. – Já está meio em cima da hora, mas podemos ligar para uma padaria e encomendar uns salgadinhos e um bolo. Deve dar tempo, pago uma quantia a mais ou algo do tipo, já deve resolver.

– Que péssimos pais nós somos, a gente esquece do dia em que buscamos a nossa filha – eu digo envolto em ironia, Jacinto volta a rir aquele riso baixo.

– Será que precisaremos falar para ela um dia que esse aniversário é inventado? Que a gente não sabe a data exata em que ela nasceu? – ele me pergunta.

– Não, acho que não. Melhor não. Isso não importa, né? É como se ela tivesse tido uma segunda chance de nascer com a gente. E eu gosto de pensar assim – respondo.

– Eu te amo, você sabe disso, certo?

– Eu também te amo, Jacinto. Sou grato por tudo.

– Não fale como se estivesse se despedindo. Vou fazer as ligações lá embaixo. Encomendar as coisas e chamar os vizinhos – ele me dá mais um beijo e volta a vestir a calça. Adoro ver sua bunda sob a luz da tarde que escapa da janela. Ela se move graciosamente e se empina quando ele coloca a cueca.

Às vezes é fácil perceber que ainda estou aqui, com ele e com Lírio. Que podemos conversar e alcançar a possibilidade de lhe contar sobre tudo. A voz preocupada e tensa de Jacinto ressoa como um estalo dentro de mim. Um ofegar que me faz voltar a ser sólido. E me sinto mal por conta disso, porque não quero que ele seja a única coisa que me reconecta a este mundo sólido, sem as perseguições e os olhares invisíveis. Sem a fúria iminente daquilo que é imaterial.

Como poderia explicar nestas palavras que te registro agora?

Eu posso conversar e dar opiniões, eu posso falar sobre o que me lembra Hermod e Forseti para a doutora Eurídice, antes de mandá-la se foder. Eu posso revelar a Jacinto que tenho uma irmã. Assim como posso caminhar até a parada de ônibus e caminhar os oitocentos metros do subúrbio de Santa Cecília para chegar ao fim da rua onde se encontra o nosso lar. E evitar os olhares e ignorar as palavras de um Bartolomeu despudorado que chega até mim e percebe que não quero papo. Posso transar com Jacinto e chupar o seu pau, grosso e veiúdo, e ficar com hálito de sexo sem me importar em escovar os dentes assim que terminamos. Jacinto pode me penetrar e me meter na sua fúria que aguento muito bem. Gosto que Jacinto meta forte e gosto que ele me estapeie o rosto quando arreganho as minhas pernas olhando para ele. E fazer todas essas coisas como se eu ainda tivesse planos de um futuro brando me faz sentir ainda pior. Um hipócrita que imita uma segunda vida, um relicário de impulsos magnéticos que não está exatamente ali e provavelmente inexiste no meio disso tudo. Rapidamente após esses impulsos eu volto a ser um espectro. Eu reúno estes átomos da minha existência em momentos aleatórios e em seguida me desfaço novamente porque fico cansado demais e me arrasto novamente para o porão da indiferença. O céu fica azul-turquesa quando desço essas escadas mesmo que seja cinco e meia da tarde e o céu do Porto das Oliveiras demore a escurecer.

Por que ainda faço isso?

Chega o dia seguinte, chega o céu preguiçoso de sábado e os vizinhos se reúnem em nossa casa com seus filhos para brincar com Lírio. Trouxeram balões e Jacinto fez um cartaz colorido escrito "Feliz aniversário, Lírio!". Nossa menina completa sete anos e é tão inteligente quanto uma menina de sua idade possa ser. Ela gargalha e corre e sua e se suja com as outras crianças. Nosso quintal é espaçoso para os infantes. Os adultos se espalham pela cozinha e pela sala, alguns curiosos vão até o corredor para tentar ver o estúdio e Jacinto os proíbe. Mas permite que eles possam ver o segundo andar e o quase-terceiro que é o porão com a janela no telhado. A velha Gertrude também aparece, segurando um presente com estampa de rosas brancas, como aquelas que crescem em meu quintal. É a primeira vez que a vejo sorrindo, acho estranho. Aprendi a odiá-la de longe porque tive preguiça demais de perguntar sobre a sua vida e agora ela me parece humana. Transformou-se em humana na minha frente porque descobri que ela também pode sorrir e adorar a beleza pueril das crianças espalhadas no quintal. E veja, as crianças gostam dela também porque ela lhes faz cosquinhas, reúnem-se ao seu redor feito andorinhas bicando sementes na calçada.

Os aniversários de Freya eram restritos à nossa família, a Hermod, seu tio Teseu e a namorada dele, Tulipa, a Forseti e sua vó Frigga. Apenas nós ali de casa e aqueles mais íntimos. Raramente haviam vizinhos e outras crianças. Por algum motivo não gostavam de Freya e as histórias que ela inventava. Uma vizinha certa vez chegara para discutir com mamãe sobre os terrores que Freya havia contado para o seu filho, e que desde então ele não parava de ter pesadelos.

Freya não fazia por mal. Era fascinada pelo obscuro, mas sua intenção de repassar aquelas histórias assombradas era pura vontade de não ficar sozinha. Acostumei-me a fazer tudo sozinho e ter somente a companhia de Hermod e de Forseti quando necessário. Não era o caso da irmãzinha, com a irmãzinha era muito difícil conquistar o mundo. Freya solitária, escondia-se em seus cabelos, tornava-se uma criança azul como o mar do Porto das Oliveiras. Na Praia de Pérola é o Mar Verde, assim batizado, o mais literalmente possível.

Eu brigava com Freya sem motivo algum, e havia poder em minhas mãos por ser uma das poucas pessoas próximas a ela que escutava atentamente as suas histórias. A condenava por isso, e também não deixava de prestar atenção no que falava. Logo após, decidia ficar longas semanas sem lhe dirigir a palavra ou mesmo olhar na cara dela. Quando ouvia o seu choro no quarto, o único quarto reformado para a sua chegada, o quarto que eu invejava e me enraivecia por não ter uma janela tão bonita quanto a dela, batia na sua porta e ela me recebia com um sorriso de orelha a orelha, esfregando o rostinho com as mãozinhas delicadas. Era a sua nova chance de reconquistar o meu olhar.

Forseti me esculhambava por isso. Hermod apenas movia a cabeça negativamente estalando um *tsc tsc* com a língua, mas as minhas ordens já haviam sido proferidas. Não daria o braço a torcer até ouvi-la chorando e implorando por atenção. Era boa a minha crueldade exacerbada longe da vista de Loki e de mamãe. Freya não desabafava com eles sobre nada do que acontecia conosco, mesmo tão pequena, respeitava aquilo que chamávamos de uma relação entre irmãos. Era fiel ao mais velho até o fim.

Caminho em direção ao estúdio e me desfaço das conversas triviais entre os vizinhos. Jacinto é o único a notar e resolve tomar a atenção dos presentes para si, para que não haja interrupções naquela minha andança no corredor esticado. Estou descalço como estive a maior parte dos dias, e o carpete marrom-claro é gostoso e elevam os meus passos como se eu flutuasse.

Fecho a porta e os quadros ainda estão ali. O cheiro de tinta, solvente, verniz e cola ainda estão ali. Há um quadro com o rosto de Hermod que fiz com acrílica e colei folhas secas em cima. Que se desfizeram em poucas semanas e só restaram alguns rastros na camisa pintada e nos cabelos marrons. Há um quadro de Freya na colina alta de nosso bairro, ao lado de Hermod e de Forseti, mas eu não estou ali. Embora estivesse no dia, não me pintei no rascunho. Criei uma nova realidade daquele momento porque ele fora especial demais para macular com a minha presença. Há um quadro com mamãe na cozinha e a Deusa Concha ao seu lado preparando um doce que não queimaria, de sessenta centímetros de altura e cem de largura.

São os quadros visíveis. Quanto aos outros, reuni num canto da sala e pus um lençol branco em cima, como mortos recém-descobertos pela polícia ou por algum vizinho xereta. Também há um quadro da Grande Onda, a onda secular que enxugou as almas e encolheu a Praia de Pérola. A primeira Grande Onda, a histórica. Não a segunda, a inviolável.

Deito-me no centro do estúdio e Freya abre a porta. Ela solta sua risadinha curta e se aproxima.

– Papai, vamos lá pra fora.

– Lírio, o que você está fazendo aqui?

Vejo outras crianças curiosas se aproximando e me levanto. Alguns dos vizinhos chegam também, não querendo perder a oportunidade de checar o meu estúdio. Samantha entre eles. Bartolomeu não está ao seu lado, pois ele respeitou o que eu lhe pedi.

– Vá para fora, daqui uns minutos irei lá contigo brincar.

– Mas eu quero agora, vamos! – Lírio insiste.

– Já disse que daqui a pouco estou indo.

– Vamos, por favor, pai! A gente quer fazer uma guerra de balões!

– VÁ EMBORA DAQUI, PORRA! TU ÉS SURDA POR UM ACASO?

Lírio solta um gritinho de espanto e sai correndo, aos prantos. As crianças vão atrás dela, como crianças que nunca foram atrás de Freya. Jacinto chega e afasta os vizinhos que me encaram numa intensa consternação, ou choque, ou julgamento. Há vários rostos que Jacinto esconde quando fecha a porta atrás de si.

Ele se aproxima a passos firmes e ergue a mão no que parece ser a intenção de me dar um tabefe, sonoro o suficiente para aqueles atrás da porta escutarem, se ainda estiverem escutando. Eu sei que ele quer fazer isso, e não me encolho nem tento me proteger. Mas ele para, pousa a mão no meu ombro, aperta a mão cheia de veias em minha clavícula, e aproxima o rosto o suficiente para eu sentir sua respiração em meus lábios:

– Nunca mais grite com ela desse jeito.

# MENINA CULPA

Nos aniversários de Freya, ouvíamos atentamente as lendas marítimas que Teseu, tio de Hermod, nos contava. Forseti cruzava os braços e virava o rosto, contudo, também não deixava de escutar as suas palavras. Os olhinhos de Freya brilhavam quando ele falava das oceânidas, sentava-se em seu colo para ouvir. Algo que eu também fazia antes dela nascer. Ficara envergonhado demais quando meu corpo começou a espichar. Teseu notava e fazia questão de me acalentar longe da vista de todos, alimentando a minha carência infantil.

As oceânidas eram criaturas que se fingiam de humanas para seduzir os homens e levá-los para o fundo do Mar Verde. Diferente das sereias, não haviam caudas em seus corpos originais, possuíam pernas largas que terminavam em duas nadadeiras imitando o formato dos pés, estes que eram cartilaginosos e com barbatanas caudais. Eram azuladas e/ou verdes, com a pele escamosa e úmida, e esponjas-do-mar cresciam em suas cabeças para se camuflarem dos predadores – ou da visita do Leviatã – quando dormiam enterradas nas areias mais profundas. Eram ardilosas e traiçoeiras quando assumiam a forma de mulheres. E algumas, de homens, pois conseguiam adentrar a mente dos marinheiros e extrair a forma de seus desejos.

Também soubemos que a Praia de Pérola já tivera outro nome, e era um lugar comandado por uma velha bruxa que vivera por cento e um anos. Esta que trouxe as outras tribos remanescentes para aquelas terras, guiando-as na escuridão do mundo. Imaginávamos que a velha Frigga também chegaria aos cem, já tinha seus oitenta e sete e a saúde de um tubarão.

– É claro que viverá. Bruxas espertas vivem mais do que os homens – Forseti dizia, mau humorada, arrancando risos de todos.

Teseu veio da Terra das Pimentas, junto com seu sobrinho ainda no colo. E assim como ele, tinha a mesma pele bronzeada que não era negra e tampouco branca. Na Praia de Pérola, batizaram esta pele de latina, quando os primeiros daquela cor começaram a surgir e ajudar a construir o centro da cidade, uns dois séculos atrás, pelo que soube no colégio. Hermod nunca conheceu seus pais biológicos e não se importava com aquele fato. Sempre houve Teseu para cuidar dele, e posteriormente na companhia de Tulipa, a mulher por quem Teseu se apaixonara na Praia de Pérola assim que migraram para as nossas terras.

Na Terra das Pimentas, Teseu trabalhava nas plantações e sua família era dona de uma fazenda. Por algum motivo que ele se recusava a nos revelar, precisou sair de lá e iniciou os estudos na Praia de Pérola para se tornar marinheiro. Forseti e eu fazíamos suposições de que ele roubou Hermod do berço. Mas Hermod achava aquilo um absurdo. Não teria sido mais fácil ir embora sozinho? A responsabilidade pela vida do sobrinho foi dada a ele, era nisso em que acreditava.

– Quem imagina as coisas é Frey, Forseti. Não sei por que você tá indo na onda desse garoto – ele disse.

– Ei! Eu estou aqui! – respondi, indignado. O sorriso cínico e boêmio de Hermod era idêntico ao de Teseu.

– Seu tio nunca nos fala nada da Terra das Pimentas, sabe. E nem de como era lá na fazenda – Forseti retrucou. – De qualquer forma, eu pesquisei. Não tem muitos livros sobre esse lugar. É bastante coronelista e datado. Não há muita coletividade e, pelo que também li, muitas crianças já começam a trabalhar lá desde cedo, e não recebem nada a não ser alimento em troca, e dormem em casebres construídos por seus pais. Então é basicamente escravidão disfarçada.

– Eu não precisava saber disso – Hermod disse, pensativo.

– Por que não? – A escolha pela ignorância parecia um absurdo a Forseti.

Estávamos sentados na colina naquela tarde, atirando pedras nas gaivotas e fitando o horizonte verde-nublado.

– Porque eu gostava de imaginar esse lugar de outra forma. Você me tirou isso. Às vezes você consegue ser extremamente estúpida e insensível quando quer provar que sabe mais que a gente.

Forseti corou e abaixou a cabeça, abraçando as pernas e deitando o queixo sobre os joelhos. Era do seu feitio pesquisar sobre tudo, e é claro que Hermod e eu sabíamos que ela faria aquilo assim que Teseu nos revelou o nome da sua terra natal. Ele estava apenas tristonho e estressado como ficava as vezes, sem se dar ao trabalho de nos explicar o motivo de seus aborrecimentos.

– Me desculpe, Hermod – ela falou humildemente.

– Tudo bem, agora já foi. – Hermod buscou um galho para quebrar em suas mãos.

– Por favor, não fique assim – eu disse, abraçando-o por trás e lhe fazendo cosquinhas no pescoço com meus beijos.

Hermod tinha um silêncio ordenado que eventualmente se tornava uma frase súbita que ninguém esperava que ele fosse dizer, em certa conversa ou circunstância. Acho que nos enganávamos muito com Hermod, quero dizer, pelo jeito sério como ele se portava e em como aquilo facilmente se desfazia no tempo de um segundo para o outro. Sua risada era como um *flash* surpresa.

Era também inconstante em outros aspectos, o moço da Terra das Pimentas que chegou para me pedir em namoro. Já havíamos experimentado as reações de nossos corpos muito cedo. Aos onze, esfregávamos nossos pintinhos tentando entender por que era tão bom. Mamãe nos flagrou naquela ocasião e me deixou de castigo, não comentou nada com Loki, pois tinha medo de sua reação. Por sorte, Loki voltara para casa como um amigo e, como tal, ele não me condenava pelos meus experimentos infantis. Não sei se foi por esse motivo, ele não gastava estresse com nada daquilo, já se aporrinhava em demasia no seu trabalho. E para os filhos gastava a tranquilidade, mesmo em meio aos choros intermináveis do bebê Freya. Não obstante, mamãe também inventou de ir discutir com Teseu sobre o assunto, consternada com o que poderia fazer perante aquela situação que presenciara, e Teseu respondeu com uma sonora gargalhada e lhe disse: "são meninos fazendo coisas de meninos, não te preocupa com isso".

Queria ser como Loki. Flagro-me pensando nisso e não estou afundando a cabeça na banheira desta vez. Ainda estou deitado em meu estúdio, não movi um único músculo para me despedir dos vizinhos ao passo que Jacinto, calmamente, jogou sutis indiretas de despedida para os convidados irem se retirando aos poucos. Sei que ele fez isso porque é o estilo de Jacinto. Diplomacia envolvente e perspicaz, dê o nome que quiser para isso.

Já é domingo, sei que é domingo porque as cortinas do estúdio são delicadas demais e posso ver o céu azul-cobalto através delas, das cortinas. Isso é um problema que preciso resolver. Preciso ainda? É, provavelmente sim. Ainda não me matei. Ainda não estou vivendo integralmente naquele porão.

Tento dormir um pouco enquanto amanhece no subúrbio de Santa Cecília e sonho com oceânidas. Nunca vi nenhuma dessas criaturas que Teseu prometia, pela sua própria honra como marinheiro, que conhecera várias delas. Elas são exatamente como ele as descrevera, todavia, sua descrição sequer se aproxima do quão assustadoras e selvagens elas são em seu habitat natural.

Corri por uma praia enevoada que não era a praia do nosso bairro no recôncavo. Um outro lugar que jamais pus os pés, a não ser que tenha me esquecido disso, o que não é difícil. Eu me lembro de tudo e depois me esvazio. E tudo me drena e tudo me afasta e tudo me aproxima novamente e eu volto a lembrar na perspectiva desse vazio. Não é estranho de se constatar que eu sou este vazio. Coisas aguadas que evaporam aos poucos como se você tivesse se esquecido de uma água fervendo no fogão até que a panela queima e você precisa sair correndo para desligar a boca. É o cheiro de metal tostando que te faz lembrar, não aquilo que evaporou.

Mas como estava dizendo, eu segui por esse lugar novo por horas. Meus pés começaram a endurecer, havia ferro líquido nas articulações resfriando na temperatura da areia. Tornou-se impossível de continuar seguindo, e avistei ao longe uma penumbra na forma de Freya. Ou de uma menina que tinha a mesma altura e idade. A dúvida me acometeu e passei a martelar para mim: "você não consegue mais reconhecer sua própria irmã?".

Freya me viu e começou a correr em direção as ondas, sorrindo, brincalhona, suas longas madeixas sempre cobrindo as suas orelhas. Sua pele e sua altura se esticaram até explodir pedaços de pele por todos os cantos da praia, e sua essência era a de uma oceânida. Alta, ferina, com aqueles olhos enormes e completamente pretos. A cabeça repleta de esponjas-do-mar formando uma pequena ilha multicolorida na moleira exposta. A oceânida fez um gesto com a mão, me chamando para ter com ela nas águas. Tive que me arrancar dos meus pés e sentir a dor lancinante golpeando cada articulação do meu corpo. Comecei a me arrastar para chegar na água, olhei um momento para trás e vi meus pés de ferro no mesmo lugar em que os abandonei, encharcados de sangue, o sangue infectando a areia úmida e gelada. Entrei na água e nasceram em mim os pés-nadadeiras que as oceânidas tinham, na mutilação que cometi contra o meu corpo. Estava livre e submerso e não tive medo de procurar por aquela oceânida no breu das águas. Nadava rápido e não precisava mover meus braços para continuar a busca.

Cheguei numa morada de esponjas-do-mar, corais e cavalos-marinhos. Uma casa com apenas uma porta em seu centro e sem nenhuma janela, somente um lugar que imitava uma casa comum. As paredes espongiárias sobrepostas eram protegidas pelos peixes que ali passavam. A oceânida saiu e abriu os braços para mim.

– Volte mais vezes – ela disse.

E então Jacinto me acorda.

Jacinto descansa as coxas sobre as pernas ao meu lado para que eu possa deitar a cabeça em seu colo. Ele não está bravo, nem faz uma ameaça com a mão erguida. Está tentando entender e eu quase ouço as engrenagens em sua cabeça se movendo e criando uma frase para começar o dia. Mas sou eu quem começa:

– Eu fui terrível ontem, eu sei.

– Eu também fui – ele diz, para a minha surpresa. – Dormiu bem?

– Mais ou menos, dormi todo torto, meu pescoço está dolorido.

– Senta aí.

Eu obedeço de prontidão, bocejando e me ajeitando na sua frente. Jacinto tira a minha camisa de moletom e me faz uma massagem no pescoço. Aquilo definitivamente me faz acordar por inteiro. Jacinto Baltazar é como todo homem de sua família, que é prático para aprender sobre tudo, até mesmo massagens mais elaboradas. Na Praia de Pérola, somos lembrados apenas pelo nosso primeiro nome: Frey, Freya, Hermod, Forseti, Loki, Frigga, Teseu, Tulipa. Mamãe disse que o nosso sobrenome é Aequor, Frey Aequor e Freya Aequor. É um sobrenome comum naquelas terras, então para que não nos confundíssemos com parentes distantes, era melhor continuar apenas com o primeiro nome, o principal.

Baltazar, no entanto, é um nome importante no Porto das Oliveiras e na Metrópole. Os Baltazar têm bibliotecas, escritórios de advocacia, uma escola pública que abriram com seu nome no centro da cidade e empregaram vários professores de sua família nesta, doam grandes quantias de dinheiro para hospitais, importam-se com os mais emergentes, e importam-se de maneira genuína, não como uma conveniência. Imagino que seja porque eles têm dinheiro demais para gastar, e precisam fazer algo a respeito. Já têm o suficiente para os filhos e os filhos de seus filhos, e os netos destes filhos, e assim por diante.

Jacinto se vê como o meu príncipe abastado que pode me proporcionar tudo que eu quiser, pelo histórico de sua família. Não o culpo por isso, ele foi criado assim. Tanto quanto fui criado para ser o que sou, embora eu pense constantemente na minha mãe decepcionada pela forma que gritei com Lírio. Mamãe não gritava e não batia, e Loki tampouco. Mamãe e Loki chamavam a atenção de maneira afetuosa e solícita no cotidiano, preocupando-se mais comigo do que com qualquer erro que eu tenha cometido.

– Vamos ao circo hoje – Jacinto diz, interrompendo meu devaneio. – Como formas de desculpas, para todos nós, o que acha?

– Não sei se tenho forças para isso.

– Você precisa participar. Ela sente a sua falta.

– Como sentiria? Eu estou logo aqui.

– Você sabe o que quero dizer. Você nem vai mais ao quarto dela, não pergunta sobre a escola, não lhe compra nenhum livro, não ouve os seus poemas. Ela está com medo, Frey.

Suspiro.

– Eu sei, eu também estou.

– Certo, e o que você quer fazer a respeito?

– Vamos ao circo. Sua ideia é ótima.

Jacinto termina a massagem para percorrer a sua boca pelo meu pescoço. Suas mãos chegam ao meu peitoral e eu deito minha cabeça em seu ombro, viro o rosto para vê-lo, sorridente, atrás de mim. Ele usa uma camiseta branca e uma calça de moletom, como gosta de fazer aos fins de semana. Eu gosto quando ele se veste assim, as coxas grossas se ressaltam no tecido e o peitoral aperta na camiseta. Seus pés descalços são grandes, número quarenta e quatro. Seus dedões avermelham quando ele se excita, assim como as suas orelhas.

Hemord calçava o mesmo número que o meu. Exceto a altura, que era uns três centímetros a mais, tínhamos a mesma silhueta, as mesmas mãos. Hermod não veio de uma família abastada que se espalhou pela Metrópole e pelo Porto das Oliveiras. Seu sobrenome não era conhecido, ele era apenas um Viridi, como muitos Viridis que haviam migrado para a Praia de Pérola, salvarem suas crianças dos coronéis da Terra das Pimentas. Forseti e eu supomos que, mesmo que a família desconhecida de Hermod tivesse uma fazenda, ele teria que começar a trabalhar desde muito cedo também. Algo que Teseu não permitiu que acontecesse ao chegar em nossas terras com um bebê no colo.

Não sinto tanta falta de Hermod quanto sinto dos outros. Senti quando fui embora, sua falta me destroçou por um tempo. Eu havia me habituado tanto com a sua presença, na escola, em casa, nos intervalos da lanchonete, na biblioteca com Forseti, na colina do bairro, que eu parecia estar incompleto e incongruente naquele mundo sem o seu calor. A sombra me culpava o tempo inteiro por isso, ela vinha de mansinho debaixo das cobertas para me falar *"foi por sua causa que isso aconteceu, você sabe disso"*. Sua voz era mais grossa que a minha, e vibrava por cada partícula do meu corpo. O arrepio que me acometia era sinal de que ela estava se aproximando.

Ela tinha razão, a sombra. O tempo inteiro tinha razão sobre tudo e eu não podia fazer muita coisa a respeito para mascarar o fato de que ela me contava a pura e simples verdade. Assim como ela me conhece por completo, eu conheço a sua origem. Não há nada tão claro para mim quanto a noite em que ela nasceu daquela mancha, antes que eu acendesse uma vela de sete dias e pedisse proteção para a Deusa Concha, seguindo os conselhos de Forseti. Ela foi parida daquela mancha no teto antes que Loki tirasse o mofo e repintasse o quarto para o bebê Freya fazer morada conosco.

E ela se fortaleceu e se nutriu justamente quando Hermod foi expulso do colégio.

Pegaram-no de bode expiatório. Alguém chegou na diretoria, alguém que não tem importância para esta história que te testemunho. E contou sobre os *serviços extracurriculares* que Hermod fazia no colégio. Vendendo as coisas para os alunos, os entorpecentes, os hormônios, os anabolizantes, alguma coisa que era novidade entre os rapazes. Teseu foi chamado para conversar e não foi exatamente uma conversa que aconteceu, foram apenas acusações escabrosas. Soube disso por Forseti. A nossa cidade conseguia ser cruel as vezes. Para que algo acontecesse na tediosa Praia de Pérola, era necessário um novo mártir. Coisa de cidade pequena, um fogo eventual num lugar que era só água e odor de peixe.

Tornou-se cada vez mais raro que Hermod fizesse companhia a mim e a Forseti depois de tudo. Teseu o pegou para trabalhar nas docas, sob a sua vista, para que mais tarde se tornasse marinheiro como ele. Não descobrimos se aquilo era o que Hermod realmente queria para a sua vida, pelo menos não naquela época, porque ele se recusava a nos contar. Ou desconversava, ou apenas concordava com a cabeça baixa ao lado do tio.

Marquei com Forseti de irmos em sua casa para conversar com Teseu, que se tornara tão rígido e inflexível para com o sobrinho. Forseti acabou furando comigo, pois tinha um compromisso ritualístico com a vó, de última hora. Uma vizinha adoentada pelos espíritos precisava do amparo da velha Frigga para se salvar. Alguém – que também não é importante para esta história – mexeu com os esqueletos para amaldiçoar aquela mulher. Uma vizinha do nosso bairro que criara sozinha suas três filhas, todas já crescidas e trabalhadoras. Não conseguia pensar em ninguém que tivesse a intenção de prejudicar esta mulher, mas tinha. Sempre há. De qualquer forma, acabei indo sozinho até a casa do tio de Hermod. Não conseguia mais segurar as palavras perante àquela situação.

Hermod não estava em casa. E Tulipa estava no hospital, era enfermeira como mamãe era.

– Hoje estou de folga, mas ele não – Teseu me disse, tragando um cigarro e estirado em seu sofá marrom.

– Ele não vai voltar pra escola? – perguntei, manhosamente.

– Não, Frey. Sinto muito. Não o querem lá, e irão machucá-lo se ele voltar.

– Não tem nada que a gente possa fazer? Hermod é ótimo nos cálculos, pode até ser professor.

– Ele já decidiu que será marinheiro – o tio respondeu, inexpressivo.

Hermod era como uma versão mais nova de Teseu. Mais magra, menos imponente de ombros e músculos, e com certeza não alcançaria a sua altura, mas a herança ainda estava ali. O rosto redondo, o lábio superior desenhado na silhueta de uma gaivota no horizonte. Os olhos grandes que já conversavam com qualquer espectador, olhos de quem toma a atenção de todos no recinto.

– Isso foi ele que decidiu ou o senhor? – questionei, arrumando a minha postura para que não emanasse qualquer sinal de nervosismo.

Teseu enfim tirou os olhos da televisão para me encarar, atônito. Terminou sua cerveja e soltou um grande arroto.

– Sente-se aqui. – Ele bateu no acolchoado do sofá, cruzando as pernas.

O convite que Teseu me fez causou um rebuliço no meu estômago. Acho que já estava esperando por aquilo, não sei bem dizer o porquê.

Sei? Sim, sim, acredito que saiba.

Eu só costumo bagunçar as coisas aqui dentro para evitar pensar demais nisso, quando começou pelo convite e, constantemente, não parou mais. Os convites para descer ao porão.

– Você quer tanto assim que ele volte pra escola? Talvez não seja esse o destino dele – Teseu disse, depositando o braço pesado em meus ombros, descruzando as pernas.

– Como o senhor pode saber disso?

– Nós, os adultos, sabemos o que é melhor para os meninos.

– Certo.

– Você quer continuar com Hermod também, não é? Ele te faz feliz?

– Que pergunta... É claro que faz. Por que isso agora?

– Porque estava pensando em me mudar com meu sobrinho daqui, junto com Tulipa. E zarparmos para outra cidade. Você já conheceu o Porto das Oliveiras, Frey?

– Não. Fica em outro estado, acho que na região do nordeste, é mais quente do que aqui, é só o que eu sei. Não sou muito bom com geografia. Forseti saberia dizer melhor.

– E o que você vai fazer a respeito? – ele quis saber.

– Não posso impedir ninguém de se mudar. Se é isso o que ele quer.

– Você quer que ele vá embora?

– Não, nunca.

– Sabe, eu posso pensar a respeito disso, com pequenos favores que você pode me fazer.

– Eu preciso conversar com Hermod, senhor.

– Não antes de resolver comigo.

Teseu puxou a minha mão, que suava, fria e trêmula, para colocar em sua virilha. Havia uma tempestade de areia em minha garganta seca.

– Não precisa chorar, você já sabe fazer isso direitinho, não sabe?

Eu concordei com a cabeça, ele me empurrou pela nuca e eu fechei os olhos. Acho que rezei pela Deusa Concha, não tenho tanta certeza disso. Nessas horas nunca tenho certeza de nada. Talvez eu tenha chamado pela irmã mais nova de Concha: a Filha Maior. A Filha Maior era quem comandava os homens e as mulheres e lhes disciplinava para as guerras, como uma verdadeira general dos mares. E não havia sentido em chamar pela irmã mais velha das duas, a Senhora Despedida, a anciã. Então acho que sim, devo ter chamado pela Deusa Concha, a protetora, naquele momento.

Era fim de tarde e o horizonte do Mar Verde se espreguiçava em tons alaranjados, causando uma nova tonalidade nas águas, como um âmbar muito raro de se encontrar. Meu choro já havia acabado e caminhar doía. Sentar doía. Perto de casa, fiquei de cuecas para pular nas ondas. Agora não consigo discernir se fiz isso no mesmo dia ou no dia seguinte. Isso não tem relevância, foram em horas próximas.

Pela noite, mamãe bateu na minha porta me chamando para jantar. Não atendi, ela me chamou novamente e eu disse que já havia comido na rua. O que era mentira. Ela preferiu não insistir. Em seguida veio Freya com sua voz notável chilreando atrás daquela porta pintada de branco. Parecia-me impossível chegar até aquela porta repintada quando Freya nasceu. Não só o antigo depósito que passara por uma reforma, mas a casa inteira se encheu de vida para receber o bebê. Era importante, as deusas gostam da limpeza. Ainda que mamãe não fosse muito ligada a seguir à risca as crenças da Praia de Pérola, ela respeitava as tradições antigas. As vezes a flagrava orando para a Deusa Concha, pedindo que prosperasse para se livrar das dívidas. Em outra ocasião, grávida da irmãzinha, suplicou para a Senhora Despedida. Eram momentos raros, aqueles. Ela se lembrava das Três Irmãs quando necessário, e nada além, e nada mais. Apenas o suficiente. Muito diferente da velha Frigga, que era uma sacerdotisa e como tal tinha regras e demandas a cumprir diariamente para manter seu terreiro e ajudar os desesperados na Praia de Pérola. Os enfermos, os perdidos e os amaldiçoados.

Não atendi ao chamado de Freya também. Gritei mais alto com ela do que com mamãe. Que pecado seria, gritar daquele jeito com a mãe. Com a irmãzinha não havia problemas, era só uma moleca irritante e eu a queria longe de mim.

– Vá embora!

Ela foi, pelo menos até que Loki e mamãe fossem para a cama. De madrugada ela acordou novamente, ouvi o ranger de seus passos no piso. O vento entrava pelas frestas e a casa assoviava, éramos todos acostumados com aquele frio enxerido.

– Abre, maninho. Eu sei que você tá triste – ela insistiu. – Me deixa te abraçar que passa.

– Já disse pra cair fora. Eu tô bem, vá pra cama. Isso não é hora.

– Por favor! – Ela continuou insistindo.

Consigo ficar pronto às duas da tarde. Jacinto preparou uma lasanha de berinjela para comermos antes de irmos para o circo. Lírio me olha, ao sair do quarto, assustada e entristecida.

– Vem cá – eu digo, e a puxo para o meu colo. – Me desculpa por ter gritado com você ontem. O pai não tem estado bem.

Líria começa a chorar alto, pelo visto aliviada ao constatar de que não tinha culpa em nada daquilo. Ela absorveu toda a culpa para si, como as crianças fazem quando gritam com elas. Seus bracinhos apertam o meu pescoço e vejo Jacinto sorrindo, levanta-se da mesa para fazermos um abraço triplo, a filha entre nós. Eles estão quentes, todos eles, e eu continuo com frio, muito frio. Tento ao máximo roubar aquele calor para mim. A sombra não aparece para macular aquele momento com a sua voz pestilenta.

O circo fora instalado no Parque da Realeza. Um terreno imenso repleto de colinas no horizonte distante, com amplos espaços para apresentações de teatro, música e dança. Há três chafarizes espalhados em cada canto do colosso parque, na entrada há um monumento de Petrônia Baltazar, uma das fundadoras do local. Próximo da floricultura e da sala de cinema há um de Hefesto Wolfe, um dos primeiros prefeitos do Porto das Oliveiras. Defronte aos campos esportivos, encontra-se o monumento de Elizabeth Wolfe, esposa de Hefesto que, ao lado de Petrônia, desenharam a planta do futuro parque. Elizabeth é uma grande heroína da cidade, ela também construiu o primeiro orfanato para acolherem os pequenos clandestinos da Babilônia e da Terra das Pimentas. As crianças que conseguiram escapar, e cujos pais não tiveram a mesma sorte de chegarem vivos. Petrônia era um grande mistério para todos, pela proeza dos Baltazar de manterem sua vida privada guardada à sete chaves. Diz-se que era amante de Elizabeth, naquela época era difícil para mulheres como elas. Ainda é, mas hoje a dificuldade esconde-se nos detalhes. Não são mais enforcadas em praça pública, mas ainda são, longe das vistas ordinárias.

A tarde é boa, Lírio está cheia de energia e quer ver todas as atrações. Lhe enchemos de pipoca, algodão-doce, compramos algumas lembranças e pagamos por fotos em *polaroid* de um fotógrafo que ali caminha a procura de clientes. Quem me enche de beijos é Jacinto, enquanto precisamos acompanhar a correria de Lírio logo à nossa frente.

– Por que não fazemos mais uma foto? Agora só nós dois. Lírio roubou todas as atenções – Jacinto dá a ideia.

– Tudo bem... Lírio, onde você está indo?

– Tem um moço que toca flauta para uma serpente logo ali, todo mundo tá indo ver, pai.

– Espere a gente!

Mas Lírio não me ouve.

– Deixa, é logo ali perto – Jacinto mima a garota.

Chamamos o fotógrafo novamente e ele registra Jacinto me estalando um beijo na bochecha. Lhe passa mais uma quantia de dinheiro, até mais do que o moço havia cobrado, e vamos até onde se encontra o encantador de serpentes. Eu acaricio a cabeça de uma menina cujos cabelos são idênticos aos de Lírio, a mãe a puxa para perto, me condenando com o olhar.

– Me desculpe. Achei que fosse a minha filha.

– Certo – ela diz, sem estar convencida disso.

– Lírio! – Jacinto grita ao meu lado, a multidão concentrada no encantador de serpentes engolfa o ar com burburinhos. O parque está agitado e movimentado e a noite se aproxima. As luzes do circo são multicoloridas, há piscas-piscas ao redor das tendas. Os postes do parque começam a se acender.

– Lírio! Cadê você? Estamos aqui! – eu grito também.

– Lírio!

– Lírio!

Nenhuma resposta. Jacinto e eu temos a ideia de nos separarmos e voltarmos a nos encontrar no mesmo ponto assim que um de nós buscar por Lírio. Caminhamos rapidamente em direções opostas, procurando pela filha, e ouço risadas. Risadas que não são de Freya nem de Lírio. Uma risada grave que não pertence a nenhuma das crianças estridentes e a nenhum dos pais que segura as mãos de seus filhos. Continuo procurando por aquele parque imenso, chamo um dos guardas e lhe mostro uma das *polaroids* que fizemos. Ele me olha estranho, feio, ao ver Jacinto me beijando em uma das fotos enquanto eu carrego Lírio. Respira fundo e me ajuda a procurá-la.

Meu peito palpita, minhas mãos começam a formigar, o Parque da Realeza é grande demais. O circo está cheio demais. E tudo me engole e tudo me afasta e tudo me faz sentir frio, muito frio. Mas agora sei que estou vivo, de alguma forma ainda estou vivo. A primeira morte não me levou, porque ela quer levar Lírio em meu lugar.

E eu não posso deixar isso acontecer.

Não, de novo não. Por favor, Senhora Despedida, não me tire Lírio também. A Grande Onda já me tirou demais.

# VERÃO

Existe uma lenda sobre um grande lírio que cresce próximo das cachoeiras nas matas ao extremo norte da Praia de Pérola. Ao contrário do lírio comum com suas seis pétalas e sua coroa amarelo-esverdeada, nasciam-lhe doze pétalas e nenhuma outra flor ao redor que pudesse formar um cacho. Era um lírio egoísta, por assim dizer, tão imenso quanto suas folhas ovaladas pendidas ao redor que lhe davam uma extrema imponência. Suas pétalas dançavam sozinhas à luz do luar, bailando extasiada pelo próprio poder.

É sabido que era cultivada pela Mulher Búfala, uma vez a cada sete anos. A Mulher Búfala era considerada a grande líder de todas as tribos, trouxera aos índios o poder do tabaco e de suas limpezas astrais. (Sincretizavam esta figura lendária com a Deusa Concha, o que me parecia um erro porque eram duas entidades claramente distintas). Quando seu lírio especial florescia, ela fervia as pétalas em seu caldeirão e banhava-se com o concentrado perolado e brilhoso numa noite de lua cheia, para transformar-se num búfalo gigante que percorria pelas florestas, afugentando os inimigos e aqueles que tinham quaisquer intenções destrutivas para com as suas matas.

Ouvi Forseti contar esta história para mamãe no corredor, antes de chegar na minha porta para me chamar. Fazia três dias que eu não ia ao colégio e também não dera sinal de vida na lanchonete, estava cansado demais para isso. Foi o que meu corpo me disse, foi o que a sombra também me contou. Forseti deu três toques e entrou no quarto sem esperar por qualquer resposta. Eu estava encolhido e enrolado nas cobertas, encasulado. Devia ser domingo, porque mamãe e papai estavam em casa.

E Freya brincava sozinha no quintal como de costume, nenhuma outra criança por perto.

– O que foi, Frey? Me conta. – Senti sua mão passear pela colcha sobre mim.

– Não é nada, só estou com enjoo.

– Já tomou algum remédio? Posso fazer um chá ótimo pra ti – ela se dispôs.

– Já. Não precisa do chá – respondi.

– E por que ainda está na cama?

– Estou cansado.

– Você precisa caminhar um pouco, tomar um sol – ela disse. – A gente tem que aproveitar o verão. O restante do ano é sempre gelado.

– Não quero.

Forseti se impacientou e puxou a coberta da minha cara, cobri o rosto com as mãos num reflexo em querer continuar anônimo.

– Eu sou sua amiga, não sou?

– É – eu disse, com a voz abafada.

– Você sabe que pode confiar em mim, não sabe?

– Sei.

– Então por que caralhos não está confiando?

Sentei-me.

– Não é isso, Forseti. Só não quero papo.

– Tudo bem, eu entendo isso. Mas você tem que se levantar, pelo menos. Comer alguma coisa. Estamos preocupados contigo.

– Não precisam. Daqui pra amanhã eu saio.

– Certo.

– Foi mamãe que te chamou aqui, não foi? – questionei.

– Foi, por que pergunta?

– Porque ela age como se eu fosse um estranho morando aqui.

– É assim que você tá se sentindo? Um estranho? – ela quis saber.

– Não é isso.

– Então o que é, Frey? Pelo amor das deusas.

Meu âmago ardia. Quero dizer, não fisicamente. A fincada física já havia passado, embora fazer cocô ainda doesse um pouco. Naquela tarde caguei sangue e fiquei uns trinta minutos sentado no vaso sanitário, e mais uns quarenta debaixo do chuveiro gelado, o bom do verão era poder tomar banhos gelados sem se preocupar em resfriar. Loki bateu na porta dizendo que eu estava demorando demais, o odiei por isso, queria um pouco de privacidade. Tive vontade de mandá-lo se foder. Ele não me bateria, mas um castigo com certeza viria.

Forseti ainda estava ali, esperando pela minha resposta.

– Lembra daquela vez em que te falei daquela coisa? Aquela criatura que veio da mancha mofada no teto nos meus sonhos?

– Lembro, isso faz muito tempo, mas eu lembro. Você fez o que te aconselhei? – Forseti perguntou.

– Fiz sim. Comprei a vela branca de mel de sete dias, e pus o copo de água do lado da vela, num lugar alto, como você me disse pra fazer. Mas eu acho que veio outra coisa depois – respondi. – Acho que ela deixou alguma coisa aqui comigo. Eu tenho quase certeza disso.

– Como assim?

– Não sei. Acho que é só impressão minha, posso estar errado. Mas parece que sempre tem alguém me olhando agora, sobre o meu ombro. Agora mesmo eu tenho essa sensação.

– Você sabe quando isso começou?

– Não – menti. – Mas só quero que isso passe. Eu não aguento mais.

– Tenha calma, Frey. Apareça mais tarde lá em casa, falarei com vovó e prepararemos alguns banhos pra você.

Não, não vá, Frey. Isso é perda de tempo.

Tem razão.

Mesmo aqui deitado, só consigo perturbar os outros.

Jacinto cria a mesma aversão ao sono que eu tenho. Dormir por três horas é um martírio para mim, por duas ainda está viável. Até o fim do mês passado conseguia dormir por cinco horas. Era o meu máximo, era quando estava bem o suficiente para ir ao restaurante servir as mesas e ser um bom funcionário para Anja. Imagino que o meu substituto esteja se saindo bem, porque há tempos ela não liga para esta casa com glicínias no portão.

Apesar de tudo, o marido dorme mais do que eu. Passa parte do dia fora. Fazendo suas ligações, seus contratos e reuniões. A casa está silenciosa e sem vida, escura mesmo com todas as janelas que eu abro para arejar. Deito-me no sótão, volto para a cama, ligo a televisão, uma notícia na Metrópole me agoura. A Metrópole está longe, contudo, ela parece infectar tudo ao seu redor com sua fumaça e seus desaparecimentos. O assassino em série do Chá das Sete ainda está a solta, reunindo novas meninas para um novo chá. Talvez ele tenha vindo para cá, talvez ele tenha raptado Lírio também.

O rosto de Lírio se espalha pela cidade inteira nos cartazes. Lírio Aequor Baltazar. A menina que buscamos apenas para ser levada novamente por mãos intrusas. A cidade está aflita e mórbida, até a quentura dos dias frescos estão mórbidos. Se uma Baltazar não está segura, quem mais poderia estar?

Jacinto chega do trabalho e eu me aproximo, nu, para que ele me penetre. Ele não consegue ficar excitado e eu me sinto um lixo. Nem sei por quê tento, é mais como um piloto automático porque também não estou excitado. Há um tempo já não consigo, não como antes, eu estava apenas servindo ao corpo de Jacinto porque amo este homem. Reformulando melhor, "servindo" não é a palavra correta. Porque faço o que faço na ânsia de querer amar mais daquele corpo e expulsar o frio para longe de mim. Agora que Jacinto não toma a iniciativa, o frio percorre nas minhas entranhas e congela meus ossos e minhas veias, as artérias bombeiam neve, os pulmões respiram chuva e eu me liquefaço na cama. Torno-me a água da banheira. Não há mais nada ali além de uma sopa de vísceras urina e fezes que contaminam o ar e contaminam o homem que dorme comigo. Que tenta dormir ao máximo para que no dia seguinte ele continue fazendo as ligações e saindo de carro para procurá-la.

Eu desisti de ir com Jacinto. Na primeira semana ainda tinha o mesmo pique que ele para passarmos várias horas da noite percorrendo pelas ruas do Porto das Oliveiras. Mostrando fotografias de Lírio a estranhos, procurando por qualquer sinal de sua existência. É como se Lírio tivesse sido varrida da face da terra e tudo que nos restara foram aquelas fotografias. Quando a resgatamos ela já tinha três anos e formava algumas frases pequenas, as mais necessárias. *Tô com fome, tô com frio, tô com sono, quero brincar.* Sabíamos apenas que ela tinha três anos, mas não o dia específico em que nascera. Então supomos que, pela sua estatura, havia sido num fim de agosto, ou foi o que gostamos de inventar para a nossa família. No fim de agosto buscamos Lírio e lhe demos um lar. Então ela nasceu de novo, para a gente. Como se, por magia, Jacinto e eu tivéssemos dado à luz a uma menina de três anos, então tivemos também o poder de lhe dar uma data de aniversário.

Na segunda semana eu retornei para a minha labuta. Jacinto continuou dirigindo pela cidade sem mim. E ele fará isso daqui a pouco. E fará amanhã. É a única coisa que ele continua fazendo agora além, é claro, de trabalhar.

Jacinto chora de madrugada, porque quer dormir para trabalhar no dia seguinte e não consegue. Chora de raiva, chora puto da vida consigo mesmo, chora por chorar. Ele também voltou a fumar. Duas semanas atrás, quando Lírio desapareceu, ele ainda estava escondendo o fato de mim, como se eu fosse julgá-lo se descobrisse. Então apenas lhe disse, "eu não me importo, se isso te tranquiliza, faça".

Acho que não foi um bom conselho, porque agora a casa inteira tem cheiro de cigarro. Até no sótão onde gosto de fitar a janela no telhado. Nas noites de sábado ele compra uma garrafa de uísque e a bebe inteira, sozinho. Pelo menos de sábado para domingo ele consegue dormir por umas boas oito ou nove horas. Acorda morto de fome e liga para uma pizzaria, pois está sem pique para cozinhar.

Já comemos tanta pizza de tantos sabores que agora não suporto o cheiro de muçarela derretida. Assusto-me ao constatar de que meu olfato retornara nos últimos dias. Mas sei que ele vai embora uma hora ou outra. Meu olfato tem vontade própria, assim como a temperatura do meu corpo.

E a sombra.

Eu a vejo sentada no sofá da sala, ela assiste televisão comigo. A sombra enorme, vibrando como se fosse possível materializar rabiscos de carvão no ar. Seu sorriso enorme é debochado. Não tenho mais medo dela, ela me faz companhia. Já me resignei e acredito que isso tenha acontecido sem eu perceber. De madrugada é mais difícil, ela tenta entrar no meu corpo, sinto um repuxo nas costelas e, na minha vigília, meu corpo não consegue se mover. Eu rezo pela Deusa Concha e acordo. Talvez eu precise comprar algumas velas.

Da vez em que Freya desapareceu por uma tarde inteira, a sensação foi a mesma. Da presença da sombra e do meu corpo derretendo na água.

Pela manhã ela queria que eu a ensinasse a andar de bicicleta sem rodinhas e eu disse que não. Ela continuou insistindo daquele jeito dela, até me convencer. Então me dei ao trabalho de interromper meus desenhos para ter com ela na praia.

– Você só sabe andar com rodinhas – eu disse.

– Eu sei que consigo andar sem, já consigo me equilibrar – ela rebateu, impetuosa. – Às vezes eu levanto as rodinhas pra pedalar e dá certo.

– Tudo bem, então façamos o seguinte. Eu vou te empurrando devagarinho e você tenta manter seu peso no centro da bicicleta. Não faça manobras ainda, faça uma linha reta até conseguir. Vamos para uma calçada, é melhor.

– Tá bom!

Seu rostinho se abriu num gigante e brilhante sorriso. Ela gostava quando eu lhe dava atenção. Ela subiu na sua bicicleta com rodinhas atrás de mim e eu pedalei até encontrar as ruas asfaltadas. O verão rescindia sobre nós. O verão na Praia de Pérola era especial. Fazíamos festivais, os religiosos organizavam fogueiras e danças para as Três Irmãs, muitas coisas aconteciam que acaloravam os nossos peitos.

– Certo, agora não se esqueça do que lhe falei – eu disse, ao terminar de desparafusar as rodinhas de sua bicicleta.

Freya estava nervosíssima, provavelmente ansiosa para me impressionar. O que eu não achava nem um pouco necessário. Não tinha nada com que me impressionar. Se ela queria fazer isso, andar de bicicleta sem rodinhas, tinha que ser por ela. Nos seus recém-sete aninhos, seu corpo havia dado uma espichada e as pernas cresceram, logo imaginei que ela teria a mesma silhueta que mamãe depois de uns anos. Alta, forte, toda ombros, ancas largas. Eu era o mais mediano da casa. E Freya, Freya seria mamãe.

Na primeira tentativa ela caiu feiamente e ralou a perna esquerda, e não desistiu de continuar. Fizemos mais uma vez. Foi só na quinta tentativa que ela começou a pedalar e não parou mais. Ria alto, voltava pedalando em minha direção. A vitória era apenas sua e ela fazia questão de compartilhar aquele momento comigo. Não pude deixar de sorrir também, meu rosto havia calcificado e eu sentia falta de Hermod. Se eu quisesse vê-lo, teria que voltar a casa de Teseu para fazer os favores que ele me pedia.

Aquela certeza fez meu rosto endurecer novamente.

Forseti e a velha Frigga me prepararam os banhos. Eu demorei para aparecer, na noite retrasada, mas apareci. Estava implorando por umas horas de sono e sabia que elas me ajudariam com aquilo.

O primeiro banho fora preparado com folhas de alfazema, arruda, hortelã, eucalipto, café, folhas de laranjeiras, palha de alho e dentes de alho, cascas de cebola, pedaços de canela e sal grosso. Jogaram-me um balde com o concentrado do pescoço para baixo e um peso invisível foi afastado do meu corpo. No segundo banho também havia alfazema, alecrim e eucalipto, com adição de malva e sem o sal grosso. Forseti me explicou tranquilamente o efeito de cada uma daquelas ervas. Embora eu não lembre agora com tantos detalhes, eram ervas que lavavam a minha aura, afastavam as larvas astrais, e outras voltavam a me dar a energia necessária para me sentir protegido.

Por fim, a velha Frigga encheu uma grande panela e despejou arroz. Não para cozinhar, apenas para tirar a brancura do arroz. Coou os grãos e me pediu para que eu banhasse a minha cabeça com a água pálida.

– Agora você escreve um pedido numa folha de papel. Coloca neste prato, e faça um círculo ao redor do papel com o arroz. Firme esta vela – ela me entregou uma vela azul-clara –, queimando-a pela base e cole em cima do papel. Acenda e ore para a Deusa Concha, para que o seu pedido chegue até ela.

Os banhos até mesmo haviam me dado um bom humor para ficar mais tempo com Freya. Algo que eu realmente não fazia muita questão. Eu ainda a via como o bebê estridente que se esgoelava por horas no cesto de vime, o bebê que apertou a casa e tomou todas as atenções para si. Eu sei, eu sou péssimo por isso. Não era exatamente culpa dela ter nascido. A própria Frigga me disse uma vez: *foi sua mãe quem pediu por ela, e Freya ouviu o seu chamado. Mas quando nascemos, não nos lembramos de nada disso.* Se eu tinha que culpar alguém por aquela nova pessoa em nossa vida, teria que culpar mamãe. E eu não culpava mamãe por nada, então sobrava para Freya – ela querendo ou não.

Freya era acostumada à minha arrogância, me admirava de qualquer jeito sem que eu desse motivos para isso. Admirava meus desenhos e o meu cotidiano. Observava os meus gestos e a minha concentração para rascunhar coisas nos papéis. Eu gostava de vê-la também, só que de longe, bem longe. Aconteceu que na ausência de Hermod eu fiquei tão solitário que fui obrigado a prestar atenção nas pessoas que viviam no mesmo teto que o meu.

A partir deste ponto foi onde comecei a me afeiçoar a Freya, após sete anos fazendo-a se sentir uma inútil na casa. Não sabia como fazer isso muito bem, o ódio e a raiva eram costumeiros e mais fáceis de lidar. Freya começou a querer saber dos meus segredos, da minha amizade com Forseti, da minha relação com Hermod. Fazia mil perguntas e eu decidia responder apenas algumas delas.

Aquilo começou a me assustar, e muito. A proximidade, a ideia de vê-la como alguém ao qual eu não poderia viver sem.

E eu corri, corri até a casa de Teseu porque não aguentava mais de tanta saudade de Hermod. Se eu fosse até ele sem ir a Teseu antes, sei que algo de muito ruim aconteceria. Teseu havia deixado isso bastante claro. Absorvi a ameaça como uma maneira de proteger Hermod do que o seu tio poderia ou não fazer. Estava nas minhas mãos, ele também deixou bem claro que estava nas minhas mãos e eu tinha que ser um garoto grandinho que poderia tomar suas próprias decisões.

Teseu me recebeu de braços abertos, descemos até o porão enquanto ele me carregava e aconteceu. E foi pior. E doeu mais. Teseu era pior do que a sombra, ou ele poderia ser um cúmplice de suas artimanhas. A sombra fazia parte de mim, lutava para ter controle sobre o meu corpo. Teseu era a criatura externa, a fera que desviava dos troncos caídos enquanto corria e pulava pela mata, para me encontrar nu numa caverna. E juntos, Teseu e a sombra, me estilhaçavam em meio aos risos e à excitação. Não a excitação sexual, mas aquela excitação que nascia do poder e da conquista.

Os banhos que a velha Frigga e Forseti me prepararam tiveram um efeito temporário. Voltei a fazer tudo de novo e a cura das ervas fora violada. E era a minha culpa de querer ver Hermod no porto, chegar ao navio pesqueiro onde ele puxava as redes cheias de peixes se debatendo na iminência da morte. O ar.

– Estava morrendo de saudades – eu disse.

Ele só me abraçou, não disse nada. Fomos até a cabine onde ele dormia, de mãos dadas, os marinheiros ao nosso redor apenas rindo e assoviando. Não condenando, eles não condenavam, estavam felizes com a cena. Hermod viu os roxos nas minhas costas e nas minhas pernas quando tirou minhas roupas e parou. Não fez nada e tampouco insistiu. Acho que ele chorou, ou era eu quem estava chorando, ou éramos nós. Como faço com Jacinto em nossa cama, imaginando se Lírio ainda respira.

Hermod me abraçou e não fez nada além disso, do abraço. Era do abraço que eu precisava, do calor e do seu rosto de menino peralta junto ao meu. Seus braços e seu tronco haviam ganhado mais forma, por conta das cargas que levava e trazia. Das âncoras que puxava e dos lemes que dirigia na ausência dos capitães. Ele não era mais tão magricela quanto antes.

– Não chora, Hermod. Eu não vim aqui pra isso.

Hermod enxugou os olhos na camisa que havia despido e voltou a me envolver, deitados naquela cama de solteiro apertadíssima. A cabine tinha um cheiro forte de madeira molhada, e o odor de peixe se intensificava no verão.

– Eu não aguento isso, Frey – foi a primeira frase que ele formou naquele dia. *Ele* não aguentar me parecia grosseiro, mas eu guardei aquele pensamento para mim.

– Está tudo bem – respondi.

– Como você pode falar isso? – ele rebateu.

– Porque a gente tá aqui agora. E isso vai acabar, uma hora acaba. Tem que acabar.

– E se não acabar?

Resolvi não responder. Estava sem forças para isso.

Voltei para casa na alvorada do dia seguinte. Mamãe já preparava o café e Freya sentava-se no colo de Loki para contar suas histórias de assombração, aquelas que as crianças detestavam e passaram a lhe chamar de Corvo por esse motivo. Freya, o Corvo, Freya, a maldita, Freya, a menina que fez pacto com o mal.

Mamãe me chamou para participar do café em família e eu a ignorei. Entrei no meu quarto e tranquei a porta e fiquei parado olhando para o teto por umas cinco ou seis horas. Havia dormido bem ao lado de Hermod, ele afastava a presença da sombra. E a lembrança da última noite doía mais do que os hematomas que Teseu me causara em pontos estratégicos para que as minhas roupas pudessem esconder. Posso estar exagerando neste aspecto. Não é difícil dimensionar o tamanho de uma dor como essa, ela é mais crua e intensa do que assombrações ou as sombras que me fazem companhia na calada da noite. Mas Hermod ao meu lado doera porque a nossa união havia sido deturpada e manchada pelos favores. Que não eram favores, eram ordens e ameaças. Era a desgraçada da pulga atrás da orelha que dizia que, se era fácil fazer aquilo comigo, também era fácil fazer com Hermod.

Freya chegou para me chamar na hora do almoço, eu a enxotei e ela insistiu.

– Vamos maninho, o papai fez aquele assado de forno que só ele sabe fazer.

– Não quero. Diga que como depois.

Ela abriu a minha porta sem pedir licença e eu me levantei na mesma hora.

– O que você pensa que tá fazendo? Saia daqui.

– Mas maninho...

– Já disse pra ir embora.

– Vamos maninho, por favor, por favor, por favor.

– Freya. Não me irrite, já disse pra cair fora.

– Por quê? Você tá triste de novo?

– Não, eu não tô triste. Sabe por que eu tô assim? Por causa de você. Você veio morar nessa casa só para me irritar. Para encher a porra do meu saco. Você não passa de uma moleca insuportável que ninguém quer por perto. Você é como uma doença, Freya. Sempre que você se aproxima, as coisas pioram. Eu não suporto a sua existência e a ideia de que tenho que viver no mesmo teto que você.

Freya bateu a minha porta e desapareceu.

Mamãe e papai me esculhambaram e me mandaram procurá-la, haviam escutado tudo que eu dissera. Falei aquilo alto e claro para a casa inteira ouvir.

Liguei para a casa de Frigga e Forseti me ajudou a procurá-la. Andamos de bicicletas pelos bairros, os do centro da capital e os próximos das praias. O bairro dos marinheiros, o bairro das feirantes, o bairro dos ciganos e o bairro dos latinos.

Nunca pedalei tanto quanto aquele dia. Forseti cansou-se e me mandou continuar procurando sozinho, afinal, ela não tinha nada a ver com isso e precisava voltar na hora que Frigga lhe mandara voltar. Uma hora eu também desisti e voltei para casa, e Freya estava na colina do nosso bairro, sentada, fitando as ondas lá embaixo colidindo contra os rochedos afiados.

Caminhei lentamente até ela, mas sabia que ela já tinha notado a minha presença mesmo antes d'eu escalar a colina, pisando firme nas rochas que eram como uma escadaria improvisada pela natureza, para me aproximar.

– Sentiu minha falta? – ela quis saber, sem tirar os olhos das ondas.

– Mamãe e papai me mandaram te procurar.

– Ah, então não sentiu.

– Eu fiquei preocupado. Onde você estava?

– Você me odeia.

– Eu não te odeio, só estava irritado.

– Por quê? Você nunca fala nada com nada. Eu não entendo.

Respirei fundo e comecei a ensaiar alguma coisa na minha cabeça para que, as próximas palavras que fosse proferir, fizessem sentido para ela.

– Freya, estão me roubando de mim. E eu não sei o que fazer. Isso não é sua culpa, é só minha.

– Como? – Ela finalmente tirou os olhos do horizonte para se levantar e me encarar.

Tirei a camiseta e lhe mostrei as marcas. Freya era uma chorona e eu odiava isso. Eu odiava a sua extrema sensibilidade para tudo. Tudo era motivo de choro e solidão. Tudo era motivo de... Não sei, sinceramente eu não sei. Eu odiava aquele seu olhar também, de quem encontrou um cervo acidentado na estrada e não sabe como socorrer. Eu nunca vi um cervo, apenas havia lido a respeito e visto as figuras num livro de biologia. Eles eram belos, muito belos, parecia um crime haver uma beleza como aquela, tão pura e genuína. Os mais velhos relatavam que, uma vez ao ano, cresciam flores vermelhas nas pontas das suas galhadas. Longe da vista de todos. Flores similares a rosas, mas que não eram. Diz-se que brotavam quando a Filha Maior lhes jogava uma ração especial. Era também um presente dos cervos a ela, as flores, que tinham poder curativo nas feridas mais irreversíveis dos soldados da deusa. A Filha Maior pilava as pétalas no seu elmo de prata, mesclava com a sua saliva, e escolhia aqueles que estavam próximos da morte para curar-lhes ou, pelo menos, estancar as hemorragias mais graves. Os gangrenados, os mutilados, os sem pernas.

Freya correu para segurar as minhas mãos e me olhar nos olhos. A noite em veraneio na Praia de Pérola estava fresca e o vento era como um bafo morno. Seus cabelos dançavam como as folhas dos coqueiros.

– Quem? – ela perguntou.

– A sombra – eu respondi.

Se eu colhesse algumas daquelas flores, as flores que só existiam naquele outro mundo onde a Filha Maior batalhava pelas suas terras, poderia estancar o meu sangramento também?

# MULHER BÚFALA

Lírio veio como uma menina que, a muito custo, precisávamos conquistar a confiança.

Conseguiria falar sobre isso com a doutora Eurídice, se não tivesse faltado nas últimas semanas e jogado dinheiro no lixo. A doutora Eurídice é uma mulher requisitada, tem uma venerável reputação no Porto das Oliveiras. Eu não sei se doutores se preocupam com isso, a reputação. Acredito que sim, tantos anos de estudos devem causar uma espécie de busca por um respeito inexorável. Isso está atrelado a maior parte de nós. O respeito que o outro tem (ou deveria ter) por você. No entanto, ela não parece se preocupar com isso. Não me pareceu, nas duas únicas ocasiões em que fiz a sessão e lhe fiz perguntas pessoais para gastar a hora que tinha.

— Você não veio aqui para saber da minha vida, Frey. Esta hora que temos é toda sua – a doutora Eurídice diria. E consigo imaginar perfeitamente essa frase saindo de sua boca.

— Como está com você e Jacinto em casa? – ela perguntaria.

— Ele voltou a fumar, e beber. Tem bebido bastante quando chega do trabalho. Eu não estava vendo isso como um problema, agora estou. Porque era só nos fins de semana e ultimamente tem sido quase todos os dias. Mas não quero chegar e proibir ele de alguma coisa – eu responderia.

— Você pode alertá-lo também. Este é um momento doloroso para ambos – talvez ela dissesse.

— E o que seria esse alerta? Que nada disso vai trazer Lírio de volta? Daqui a três dias farão três semanas que Lírio desapareceu. E a gente não discute nem conversa direito sobre isso porque temos medo de que alguém vai ser culpado nesse processo – eu poderia rebater.

– É esse o medo? O da culpa? – ela prestaria atenção neste detalhe, a culpa.

– Também, mas não é só isso. Sei que ele volta para aquele momento em que fomos buscá-la no orfanato do Porto. Aquele que Elizabeth Wolfe construiu. Foi ele quem viu Lírio, ele quem a enxergou no meio daquelas crianças. As mestiças, as ciganas, as latinas. Todas elas. Se eu pudesse, teria levado todas elas pra casa, mas Jacinto só queria Lírio – eu revelaria.

– Me fale sobre quando vocês foram buscá-la – ela instigaria.

– Bem, nós éramos recém-casados. Estávamos juntos há dois anos – eu confessaria. – Desde o começo da nossa relação falávamos sobre adotar uma criança. De preferência alguma com mais idade. Você sabe, nesses lugares, as pessoas preferem disputar pelos bebês brancos de olhos claros, e as mais velhas, as mestiças e as pretas que não nasceram com olhos claros, continuam lá, esquecidas. Eu acho isso terrível e desumano. Acho isso egoísta e cruel, os bebês serem mais vistos do que aqueles que espicharam, mesmo sendo tão novos.

– Então vocês já tinham em mente de que não seria um recém-nascido – ela pontuaria.

– Sim. Tínhamos. Jacinto e eu falávamos muito sobre isso. A minha sogra, Sofia Baltazar, tem o plano de construir um abrigo para essas crianças. Essas que são ignoradas pelos que anseiam por um bebê. Que já passaram dos oito, dez, treze, dezoito anos. Para lhes dar educação e diplomas e tudo. Não sei se esse plano vai para frente, mas é um ótimo plano, para ser sincero – eu prosseguiria.

– E a época em que vocês foram buscá-la? – ela voltaria a instigar.

– Estava tudo indo perfeitamente bem. Acho que nunca fui tão feliz quanto naquele ano. A ideia de trazer uma criança para morar conosco, de prover para ela, alimentá-la, colocá-la numa escola. Fazer com que ela se sinta segura. Eu não sei se há algo tão bom quanto essa sensação. Se há, eu desconheço – eu cederia e confessaria ainda mais.

"Passado um ano de namoro, nos casamos. E passado mais um ano conseguimos a custódia. Nós assinamos os papéis e trouxemos Lírio. Não entendo essa burocracia absurda, mas sei de sua origem. Ela vem do fato de que não há uma mãe e um pai, mas dois pais, querendo outro ser humano para criar. Então tivemos que recorrer à justiça, e o sobrenome Baltazar ultrapassa qualquer coisa".

"Lírio era difícil, batia em mim e em Jacinto quando tentávamos fazê-la tomar banho. Não queria a gente por perto, não queria os nossos abraços ou nossos presentes. Também não sabia lidar com as visitas. Foram seis meses de trabalho até que trouxéssemos alguém para vê-la. A primeira escolhida, obviamente, foi a minha sogra. Sofia se conectou muito mais facilmente com Lírio, como se Lírio visse nela uma igual. Bem, isso é só suposição minha, não sei como a cabeça das crianças funcionam com essa idade. A minha era particularmente confusa. Eu passava parte do dia na oficina do meu pai, depois da creche, e depois ele me deixava em casa".

Bem, essas frases não passam de uma ficção conveniente, porque estou criando a minha própria sessão com a doutora Eurídice na minha cabeça. É uma Eurídice inventada, a que pontua essas frases e faz essas perguntas. Também não fiz jus à sua inteligência, aliás. Mas todas as coisas que eu disse nesta sessão onírica enquanto afundo na banheira, são a mais pura verdade.

A visão de Jacinto caminhando em direção à menina encolhida num canto das paredes descascadas, ajoelhando-se ao seu lado para dizer: "Olá, meu nome é Jacinto. Tudo bem?", é uma visão que me dá vida, que afasta um pouco do frio (ou me faz ignorá-lo). Jacinto belo e decisivo, queria aquela criança. Aquela. Mesmo que houvéssemos conversado de que adotaríamos uma criança um pouco mais velha. Lírio, todavia, já não é mais um bebê. Lírio é mestiça como eu, ainda que venha de outras etnias, entende as coisas com a idade que tem. Então ele caminha até ela, e não tenta pedir por um aperto de mãos, ele a respeita. Ela nota o respeito, ela é vista por ele. E então eu me aproximo e ela é vista por mim. Ela vê dois homens que estão juntos, dois homens que não lhe fariam mal. Que não lhe carregariam à força, nem tentariam puxar a sua mão para apertar. E sabe-se-lá o que mais acontecera àquela menina. O barulho do tráfego fustigava lá fora, as paredes do orfanato eram finas, e uma chuva que falava sobre o fim do inverno era profética e maledicente.

Estou novamente bagunçando a ordem das coisas. Isso não é uma conclusão ou o ápice de uma vida. É como funciona para mim.

Foi Lírio quem decidiu segurar a minha mão quando me apresentei. "Me chamo Frey, e você?". Ela me fitou com seus olhos enormes e vazios. Sentia falta de algo, eu suponho. Algo que lhe fora arrancado. Foi a única ocasião em que ela me deixou carregá-la até o carro. Nos seis meses seguintes não deixou mais. E depois deixou novamente, e não quis mais sair do nosso colo.

Lírio ainda não se chamava Lírio. Nós perguntamos várias vezes o seu nome e ela só respondia "menina". Até então, usava roupas masculinas e um lencinho encardido na cabeça que escondia os cabelos cortados maldosamente curtos. E no orfanato a tratavam como um garoto. Provavelmente por isso só nos respondia "menina", achando que correria o risco de ser confundida, por conta das roupas e dos cabelos. Um lencinho vermelho que ela não abdicava de jeito nenhum, fazendo Jacinto desistir de comprar lenços novos para ela, já que ela gostava apenas deste. Foram todos engavetados por um tempo. Umas semanas depois, encontramos todos as suas pelúcias com as cabecinhas enroladas pelos lenços novos. Ela apontou para eles e disse: "menina!".

– Nós já entendemos, meu amor. Nós sabemos que você é uma menina – eu lhe dissera.

– Tem certeza de que você não lembra do seu nome? – Jacinto perguntou. – Olha, preste atenção. Nós dois – ele apontou para si mesmo e para mim – somos meninos. Mas meu nome é Jacinto, e o nome dele é Frey. "Menino" não é o nosso nome.

– Menina!

Ela fez uma cara de quem ia começar a chorar.

– Certo, certo. Vamos parar por aqui. Nos desculpe, querida.

A menina voltou correndo para o seu quarto e bateu com a porta na nossa fuça.

Naqueles seis primeiros meses Lírio ainda lutava ferozmente pela própria existência. Como se a qualquer momento fossem confundi-la novamente com o que ela não era, com aquilo que a machucava. No primeiro mês foi a luta dos banhos e das batidas que ela dava na nossa cara com as suas mãozinhas de unhas sujas, feito um gato selvagem. No segundo mês estava mais tranquila, mas não menos arisca por isso. No terceiro apontava para a cor amarela, em qualquer objeto que a visse, e em seguida apontava para as paredes do seu quarto. No quarto mês pintamos o seu quarto de amarelo e ela dormiu conosco por alguns dias até que o odor tóxico da tinta se dissipasse, seu corpinho magricela entre nós se debatia em sonhos ruins. Eu sabia o que ela estava sentindo, me afeiçoava à Lírio por conta de seus pesadelos. No quinto mês se arrumava sozinha, e não fazia questão da nossa ajuda para amarrar os cadarços. Nestes detalhes, Lírio sempre foi muito independente e esperta. E no sexto mês, Sofia Baltazar viera da Metrópole para passar uns dias conosco e conhecer a sua neta.

– Mas que menina linda! Me desculpe a demora para vir te conhecer, pequenina. A vó é uma pessoa muita ocupada – Sofia lhe disse, com Lírio em seu colo. Penteando as madeixas que haviam crescido muito rápido.

– Vó... – Lírio sussurrou, degustando aquela palavra que lhe era tão inédita, buscando na sua cabecinha um significado para ela. Atrelando ao rosto imponente da mulher que lhe carregava.

– Isso mesmo, sou sua vó Sofia. Mas pode me chamar só de vó.

– Vó! – ela gritou, sorridente.

Sofia Baltazar é mais alta que o filho. Ombros imponentes e braços grossos, seu rosto é andrógino como nenhum outro rosto que eu tenha conhecido. Jacinto herdara dela o nariz rapino e os lábios róseos. Acredito que os olhos âmbar do meu marido vieram do pai, pois Sofia tem os olhos verdes como as matas do extremo norte da Praia de Pérola. Suas madeixas lisas e grisalhas são belas e reluzentes, geralmente presas em coques elaboradamente arrumados e sem nenhum fio fora do lugar. Ela gosta (e estou falando no presente porque certamente ela ainda tem as mesmas preferências de vestuário) dos vestidos pretos, violetas e vermelhos-carmesim, a maior parte com mangas que ultrapassam os cotovelos e de gola alta. Enche-se de colares de ouro no pescoço e diamantes nos dedos. Usa meias-calças escuras e sapatos de saltos curtos, que fazem um *clec clec* quando ela caminha com seus passos firmes e sabemos pelo som que é Sofia chegando no recinto. É uma mulher metódica e objetiva. E cada um de seus gestos demonstra a sua força, o seu poder e a sua riqueza – material, intelectual e empática.

Lírio fez questão de que a vó dormisse com ela em seu quarto. Sofia lhe ensinou várias palavras novas enquanto eu fazia minhas pinturas e Jacinto ia ao trabalho. Todos sóbrios, todos funcionando numa química sinérgica e pontual. Sofia tinha essa magia, a sua presença nos dava vontade de fazer mais e mais e descansar apenas no fim dos dias. Se pela sua postura ou pela escolha proseada de suas palavras, com Sofia por perto, tínhamos vontade de nos tornarmos alguém como ela.

E ela com absoluta certeza não iria gostar da forma com que estou tratando o seu filho.

Ou melhor, deixando de tratar.

Não tenho forças para criticar ou discutir com Jacinto nesse momento. Tampouco para cuidar dele. Ele bebe e sonha, ou melhor, tem pesadelos com o que pode estar acontecendo a Lírio – isso partindo do pressuposto de que a nossa filha, após quase três semanas desaparecida, ainda está viva. Ele não pensa mais em me ajudar a me levantar da cama para tomar banho, porque sabe que andei obcecado em ficar deitado na banheira, mesmo que não esteja me esfregando e me lavando direito. Só deixo a pele morta sair e os dedos enrugarem, submerso na minha antiga vida na Praia de Pérola. Apesar disso, insiste para que eu escove os dentes e coma alguma coisa. Os restos de pizza, ou dessas comidas de pronta-entrega que ficam rançosas se você não as come no mesmo dia. Seu suor tem odor de álcool e cigarro, seu bafo poderia causar labaredas se eu acendesse um isqueiro quando ele bocejasse. E numa dessas noites, eu vi a sombra alta e pungente deitando-se ao seu lado, não ao meu. Ela movia a sua cabeça durante o seu sono como se o estapeasse com mãos invisíveis. Jacinto acordou com torcicolo.

Sei que isso está ficando repetitivo. Que alguma mudança a partir daqui tem que ocorrer. Que este é o ponto onde a situação vira e uma grande transformação acontece. Não é isso que se espera destas palavras que te testemunho?

Nossa filha pode ou não estar viva, e Jacinto morre ao meu lado como eu morria ao lado dele. Queria dizer que também sinto falta dela, que é minha culpa ter deixado isso acontecer. Por conta daquele maldito minuto em que não estava olhando para ela. Nós brigamos em silêncio pela culpa. É isso o que fazemos. Nós nos digladiamos famintos por sangue e vísceras sem falar absolutamente nada. E então a casa definha conosco, a casa não respira mais, a casa com glicínias no portão e uma janela especial que olha para o mundo no telhado. E o mundo olha de volta e entra para ter conosco, para o velório da casa.

O que se espera deste momento de fúnebre ausência?

Talvez seja hora de começar a contar sobre a segunda Grande Onda. A inviolável. A minha primeira morte. E sei que a partir do momento em que começar a falar, não tenho tanta certeza se vou ter a mesma força que tive nas palavras que me fizeram chegar até aqui. Eu chamo de força, mas também pode ser chamada de confissão escabrosa. De auto humilhação ou o clássico "masoquismo".

Masoquismo me remete a algo jocoso, debochado e irônico. Uma ironia degradante que não combina com o que eu sou e as coisas que fiz. Então não usarei este termo pobre e raso: "masoquismo".

Fui eu quem decidi ir à casa de Teseu, para ter a permissão de encontrar Hermod. Não considero isso masoquismo, me soa mais como burrice. Eu poderia ter desistido de Hermod antes mesmo de tudo aquilo começar a acontecer e durar por um ano inteiro. A única vez em que fui encontrar Hermod, sem pedir pela *benção* de Teseu, tiveram novas consequências para ambos.

Teseu nos levou a uma casa de banho para nos educar. Um lugar extremamente quente e vaporizado, onde os marinheiros e outros trabalhadores da cidade se reuniam para transar. Foi onde vi a maior quantidade de sombras se reunindo. No teto, uma larva gorda e barulhenta suspensa em fios cintilantes, que aparentemente apenas eu conseguia enxergar, vazava pus e vermes sobre as cabeças dos homens. Os vermes entravam em seus ouvidos e em seus dutos lacrimais, e nenhum deles parecia perceber isso. Achei que fosse por conta daquelas tantas sombras inventando imagens na minha cabeça, ao notarem a minha presença e se alimentarem do meu medo. Da sensação de estar perdido, sem qualquer claridade de rumo. Hoje, não tenho muita certeza se o que vi fora irreal.

Conhecia de rosto vários daqueles homens, alguns deles casados há anos com mulheres que chegavam a velha Frigga para pedir conselhos ou simplesmente para prosear. Outras já vieram até a nossa casa, quando ocorriam pequenas urgências de enfermidade que mamãe resolvia rapidamente. A maior parte dos marinheiros tinha uma vida abertamente sexual, eram fortes e sabiam se defender de qualquer um que tentasse agredi-los. Mas aqueles outros homens, aqueles escondidos nas penumbras que extravasavam na casa de banho, eram melancólicos, compulsivos e desesperados. Naquele lugar saíam metendo, sentando, chupando, cuspindo, gemendo, sem olhar nos rostos ou tentar os beijos. Um deles sentava com tanta força nos paus enrijecidos que era como se quisesse morrer empalado pelas picas. Eu via desespero naquele olhar injetado, ensandecido, não tendo exatamente um discernimento do que poderia estar fazendo. Ou tinha, e sabia muito bem.

Não falo isso em tom de julgamento. Teseu fazia a mesma coisa comigo. Teseu me matava por dentro e deixava os restos para o sobrinho chorar em cima.

Hermod, antes de ser expulso do colégio, havia me contado sobre uma nova droga que o seu chefe (que, pelo que soube, Teseu se resolvera com ele) havia lhe dado para vender aos homens. Uma espécie de óleo num pequeno frasco, em que se cheirava e se sentia uma grande sensação de relaxamento e excitação desenfreada. Havia alguns daqueles frascos ali, sendo compartilhados e causando uma reverberação pútrida nas orgias. E as sombras cresciam e dançavam sob o efeito da droga, e os homens apodreciam naquele pandemônio de fluidos e desespero.

Teseu nos obrigou a usar aquilo.

E acredito que não seja necessário continuar sobre o que veio depois.

Ele deu permissão a Hermod de voltar para casa comigo. E minha visão estava turva. Não haviam sombras apenas lá dentro. As sombras dos postes dançavam também, senti aquele peso voltando para cima dos meus ombros como se quisessem me esmagar completamente no concreto. Senti-me sujo, arrancado de mim, queria tirar minha própria pele, despedaçar os músculos, quebrar os ossos, queria engolir uma bomba para que explodisse de uma vez.

Assim que chegamos no meu bairro, Hermod e eu tiramos as nossas roupas e pulamos no mar. O efeito daquela droga ainda pulsava ardorosamente no meu batimento cardíaco e me senti desprotegido e enclausurado em uma realidade que não era minha. Em olhos que não eram meus. Decidi continuar nadando, mas Hermod me impediu e voltamos para a areia. Dormimos ali, abraçados sob as estrelas. E aquele momento foi bom, pelo menos aquele momento foi bom.

Hermod foi embora bem cedo para chegar ao navio pesqueiro em que trabalhava e eu me recolhi para dentro de casa. Papai já estava na cozinha preparando o café e mamãe, ainda na cama, se espreguiçava lentamente curtindo a sua folga. Deitei-me ao seu lado e me encolhi embaixo das cobertas. Mamãe se virou para me abraçar e apertar meu rosto contra os seus seios. Mamãe quente, me deu um toque de vida.

– O que foi, meu menino? – ela quis saber, não dava para disfarçar tristeza perto dela. Era impossível, mesmo depois de tantos anos tentando. A única forma que consegui encontrar, aos dezessete, fora entrar rápido no meu quarto e trancar a porta sem que ela visse meu rosto.

– Não é nada.

– Fale com a mãezinha.

– Acho que vou me separar de Hermod.

– Vocês brigaram?

– Não, não é isso. Mas não dá mais.

– Você precisa me explicar melhor, Frey. Eu não sei ler enigmas nas águas, quem faz isso é a velha Frigga.

– Não é culpa de Hermod. É culpa minha. É tudo culpa minha. Eu sou um monstro que estraga tudo.

– Não fale isso de você, menino!

– Mas é verdade.

– E o que te faz acreditar nisso?

– Eu só posso ver Hermod se falar com o tio dele antes.

– Não entendi, Frey. Você tem que pedir permissão pra ele? Desde quando? Que coisa absurda.

– É isso o que acontece...

Mamãe arrancou as cobertas da gente e me pediu para sentar, enquanto ela se levantava para me encarar, de braços cruzados, atônita.

– O que mais tem acontecido? Anda, desembucha – ela ordenou, batendo o pé.

– Nada, é só isso. Estou cansado, vou pra cama.

Mamãe me puxou para que eu ficasse de pé e tirou minha camiseta, num instinto sagaz que somente ela possuía. Havia novas marcas, é claro. Mordidas, chupões e arranhões. Menino desmontado, esconde as peças quebradas com um band-aid. Não é muito bom em fazer isso, todavia. Precisa treinar melhor.

– Frey, fale comigo.

Eu não era capaz de produzir som algum. Aquele dia era uma extensão do anterior que não tinha um fim. Não eram mais horas compassadas. Papai entrou no quarto para nos chamar e se deparou comigo, despido e marcado. Eles se entreolharam, papai e mamãe. E papai me carregou para me levar até a cama e ficou do meu lado até que eu dormisse.

Mamãe ficou furiosa, vinha do nome dela, o nome da flor que lhe batizou. A flor especial de doze pétalas que a Mulher Búfala cultivava para banhar-se com o concentrado em noite de lua cheia e proteger as matas na sua forma animalesca. A flor lhe dava a fúria necessária para passar uma noite inteira afugentando os inimigos. Flor mágica, flor de bruxa imortal.

Nos velórios da Praia de Pérola, os conterrâneos tinham o costume de escrever uma carta para a Senhora Despedida e colocar sobre o peito do morto no caixão. Ainda fazem isso, é claro, é um costume antigo. Pelo que li, remonta a quinhentos anos quando a Praia de Pérola não era mais do que um matagal cheio de tribos que veneravam a Mulher Búfala, as Três Irmãs e outros deuses esquecidos na procedência dos séculos. Os indígenas faziam símbolos em folhas, que eram símbolos de poder relacionados à personalidade do moribundo, e prostravam em seu peito junto com sua arma, podendo ser uma lança, um arco e flecha ou um facão de madeira. Quando eram bruxos e curandeiros, depositavam os pilões e os cachimbos que estes usaram em vida. E honravam os mortos em grandes piras na praia que duravam uma noite inteira. Bailando ao redor da fogueira fúnebre ao som de flautas de madeira e tambores.

Os exploradores chegaram, aqueles que vieram das Terras de Sal. E o matagal, a custo de sangue e escravidão, tornou-se uma cidade. As florestas foram dizimadas ao ponto de se encolherem na reserva que vemos hoje no horizonte ao extremo norte da Praia de Pérola. Ainda há tribos nas montanhas mais difíceis de se chegar, mas são poucas. Provavelmente não demorará muito para que sejam extintas também. E só restarão os mestiços daqueles primeiros que pereceram na tentativa de proteger as suas terras.

As Três Irmãs tornaram-se padroeiras da Praia de Pérola, as poucas deusas que não foram enterradas pelos exploradores do Deus Misericordioso. Nos nossos dois únicos museus, há muitas esculturas, estatuetas e vasos com os desenhos de suas formas. Além de fotografias minuciosas sobre as pinturas rupestres que encontraram em vários rochedos e algumas cavernas e recôncavos: a Senhora Despedida com uma tocha, iluminando o caminho dos mortos e daqueles que irão reencarnar. A Deusa Concha com seu vestido de mar, erguendo o globo em suas mãos, e a Filha Maior segurando seu tridente, montada em um gigantesco tubarão.

Há muitas versões de suas histórias. A primeira é de que a Deusa Concha é tanto mãe quanto irmã da Senhora Despedida e da Filha Maior. A segunda é de que ela mesma foi quem criou o mundo como conhecemos, por isso, em muitas de suas figuras, ela segura uma concha aberta em que se mostra um globo. A terceira fala que a Senhora Despedida vivia em um grande jardim com seu companheiro, o Senhor das Boas Vindas. Após um acordo com outros deuses, deram à luz a duas filhas que representariam a construção da humanidade: a Deusa Concha sendo a proteção, a família, a sociedade. A Filha Maior sendo a sobrevivência, a sabedoria das batalhas, dos acordos entre as nações. E a Senhora Despedida assumindo o papel de vida e morte, e neste papel também se encontra a origem das artes, pois a arte é inerente ao que nos torna perecíveis aos anos.

As Três Irmãs são também mães de si, além de irmãs. Crê-se que o nascimento delas representa os ciclos dos mortais. Mulher torna-se mãe, mãe torna-se filha, filha torna-se irmã. Sendo assim, as Três Irmãs – que antigamente tinham outros nomes – foram batizadas pelo idioma dos nativos das Terras de Sal de Senhora Despedida, Deusa Concha e Filha Maior.

A história foi mantida e preservada, os descendentes prosseguiram com os costumes, e a folha com um símbolo fora adaptada para uma carta, com este novo idioma vindo das terras de oceanos longínquos.

No Porto das Oliveiras, as crianças também aprendem sobre as Três Irmãs, embora seja um aprendizado analítico e científico, quase cirúrgico. Como se a região da minha terral natal não fosse mais do que uma ratazana de laboratório. Aqui se acredita muito no Deus Misericordioso, o deus que veio das Terras de Sal. Jacinto ainda frequentava as igrejas deste deus até pouco antes de eu conhecê-lo. E também nos casamos em uma igreja destas crenças, sob as ordens de Sofia Baltazar, a que pagou pelo casamento. A história deste é similar a das Três Irmãs, mas acredito que isso aconteça com certa frequência em regiões diferentes deste mundo. As criações, os nascimentos, os frutos, a humanidade e seus alicerces. As vitórias e as agruras.

"Deus Misericordioso" é um nome muito grande para exclamar no dia-a-dia, adapta-se apenas para "Deus", ou "Meu Deus". Sem dar um nome específico como damos para as nossas entidades. Particularmente, acho isso meio egocêntrico e convencido. Mas ensinamos Lírio sobre ele e sobre elas, para haver uma equivalência de educações. Lírio é muito pequena para decidir se vai seguir algum deles, ou se seguirá nenhum. Chega-me uma raiva ao constatar de que talvez não tenha a chance de ver isso acontecer, a conclusão de suas escolhas.

Não sei se Jacinto pensa nisso. Ele está morrendo de ressaca e teve uma crise de diarreia, por conta do excesso do álcool que andou consumindo nos últimos dias. Tive que ligar para a sua empresa e avisar que ele precisava faltar. É um homem grande, é trabalhoso ajudá-lo a se limpar e entrar no chuveiro.

Mesmo ultrapassando uns dois palmos e meio da minha altura, ele me parece pequeno e delicado assim, todo encurvado, evitando me olhar nos olhos por estar morrendo de vergonha. Eu digo que isso não é necessário, ter vergonha de mim. Desde quando houve essa vergonha na nossa relação? Ah, sim, é claro, partia somente de mim... Ele não me ouve, não consegue captar as palavras que tento colocar em sua cabeça. Sinto que o infectei com a minha sombra, que o último mês foi resultado do que tenho planejado para mim: a minha segunda morte. Eu escureci as paredes da casa, impedi a luz difusa de entrar, fechei as cortinas, gritei com Lírio, tive a sensação de que Lírio era uma intrusa – por um lapso de momento – e agora adoeci o meu marido com a minha crueldade. Eu mesmo me tornei aquela esfera lodosa e fedorenta, procurando uma vítima para engolir e transmutar.

Penso que Lírio percebeu isso, o meu distanciamento. Aparentemente, não aprendi nada com o que fiz por tantos anos com Freya. Enxotá-la, afastá-la, empurrá-la para longe de mim. A corda vermelha que me conecta a Lírio foi tão esticada que se arrebentou, e ela correu para ver o encantador de serpentes. Em sua cintura, uma fina corda ondulando no ar sem ter uma segunda pilastra para ser amarrada. E alguém pegou a criança que flutuava, dispersa, no breu amniótico de uma represa suspensa nos céus.

Não posso fazer o mesmo com Jacinto. Nossa corda é azul-clara, desgasta-se a cada dia e está ficando cada vez mais difícil de impedir que a sombra a arrebente. Porque é isso o que ela pretende fazer. Hoje mais cedo, ela esperou os três minutos em que consigo segurar a respiração debaixo d'água para prostrar suas mãos imensas, de dedos longos e unhas afiadas em meu peito. Me segurando por mais tempo do que consigo aguentar.

*Não é isso o que você quer?*

Sua forma estava distorcida, quando abri os olhos e a vi através da água. Sorrindo obstinadamente. Debati minhas pernas e segurei seus braços frios. Ela desapareceu e eu me joguei para fora da banheira, arfando de dor, tossindo e escarrando. Jacinto dormia, não percebera a agitação no banheiro.

Deitei-me ao lado dele, nu e molhado. Seu suor com fedor de álcool infestou as minhas narinas.

Loki também bebia muito. Não era de beber. Depois dos destroços, passou a beber como Jacinto bebe agora. Os homens tendem a se entregar à natureza da ebriedade, como se o álcool fosse uma entidade consciente que os invoca para o entorpecimento. Eu também bebi bastante, muito mais do que suportava, por não conseguir lembrar muito bem do que acontecera naquela casa de banho em que Teseu levara o seu sobrinho e a mim.

Odeio revisitar essa parte, mas não há muito o que se fazer a respeito. Agora que cheguei até aqui, preciso continuar. Saiba que eu odeio estar fazendo isso.

Já estava com meus dezoito anos, e Freya prestes a completar seu oitavo aniversário. Mamãe não me deixou beber até que completasse a maioridade. Hermod bebia desde os catorze, e Forseti pegava umas cervejinhas aqui e ali, nada exagerado. Dizia ela que o álcool em demasia nos deixava suscetíveis a forças de baixa vibração que poderiam tomar os nossos corpos e nos induzir a agir de maneiras tórridas ou trágicas, ou os dois. Hermod a chamou de puritana e fraca ao ouvir isso. Forseti e eu apenas nos entreolhamos, naquela nossa telepatia de saber exatamente o que cada um estava pensando.

Após a morte de Teseu, conseguíamos nos reunir novamente, o que por um lado achei extremamente ótimo. Por outro, Hermod tornara-se mais distante do que o de costume. Não posso dizer com devida clareza de que ainda era o luto riscando em seu peito, também não posso confirmar o que poderia ser além disso. Foi ele quem avistou o corpo do tio se debatendo nas rochas pontiagudas que avistávamos lá embaixo, na parte íngreme da nossa colina predileta. Disseram que ele foi nadar bêbado nas águas e a Senhora Despedida o levou. Outros disseram que ele estava manejando um veleiro em noite de tempestade e caiu, submergiu-se no meio de uma batalha da Filha Maior.

Realmente houve uma tempestade na noite anterior, que se deteriorou nos céus até se tornar uma garoa que acompanharia o seu velório no dia seguinte. E também encontraram os destroços de um veleiro cuspidos de volta pelas ondas. E ninguém nunca cogitou na possibilidade de um assassinato, Teseu era amado por todos na Praia de Pérola, com suas anedotas sobre a vida no mar e o seu jeito brincalhão e cativante para com as crianças. Ninguém nunca questionava muito sobre Teseu, ele era transparente demais para isso.

Mamãe e papai foram contra eu ir ao enterro, mas eu precisava estar lá por Hermod, que estava estilhaçado por dentro como eu também estava. Eles acabaram indo comigo, e Freya também, pois não queria ficar sozinha em casa num dia como aquele.

Mãe Lírio, pai Loki, irmãzinha Freya, menino Frey.

Foi difícil para todos. Mesmo morto, Teseu ainda tinha a sua presença cáustica e torturante como se nos assistisse de longe com um olhar de escárnio.

– Se eu fosse mais corajosa, cuspiria em seu caixão – mamãe sussurrou ao meu lado, rangendo os dentes.

– Eu também – respondi, e ela segurou minha mão bem forte para confirmar nossa cumplicidade.

Nunca falei para mamãe e papai o que de fato aconteceu. Não achei necessário explicar o óbvio e, de todo jeito, me faltavam forças para pronunciar aquilo. E eu preferi deixá-los acreditar de que aquela fora uma situação isolada, não algo que acontecera durante um ano inteiro.

Freya também nunca soube, não a situação literal. Ela sabia que alguém havia me machucado, e que a mesma pessoa fizera o mesmo com Hermod. Ela amava Teseu e chorou inconsolavelmente em seu enterro. Hermod a carregou durante alguns momentos do enterro para chorarem abraçados, e foi uma ocasião em que meu ódio acriançado pela carência de Freya não me acometeu. Só vinha a pena de ver aquela criança ignorante chorando, como sempre. Quanto a Hermod, eu queria gritar com ele e mandá-lo parar de chorar.

Nos momentos finais, Tulipa, a viúva com um véu escuro sobre o rosto, buscou um papel dobrado escondido no sutiã para fazer um pequeno discurso:

– Teseu foi um homem justo e trabalhador. Como nenhum outro que eu já tenha conhecido. Um homem respeitado e solícito, por onde quer que passasse. Meu amor, sentirei muito a sua falta. Sentirei tanto que não tenho certeza como irei aguentar pelos próximos anos. Mas te prometo que irei cuidar de Hermod enquanto estiver viva. E juntos, lhe daremos orgulho enquanto você nos assiste das Ilhas Celestiais. Que a Senhora Despedida ilumine o seu caminho até o começo de sua próxima vida. Você merece todo amor e luz que as Três Irmãs possam lhe dar.

Bem, foi esse o discurso. Mamãe se retirou durante metade dele, papai a acompanhou e eu abaixei a cabeça, num constrangimento automático. Tulipa não notou, haviam muitas pessoas ali, ou preferiu ignorar, estava absorta demais em seu luto para dar qualquer atenção ao seu redor. Ao invés disso, depositou uma carta lacrada para a Senhora Despedida sobre o peito do falecido Teseu.

Naquela manhã de folga em que mamãe tirou minha camiseta à força e papai ficou ao meu lado me assistindo dormir, eu queria dizer que sentia muito. Que sentia tanto que era impossível de fazer aquele sentimento ser colocado em frases. Frases não me bastavam, via as frases como alicerces convenientes e simplistas demais. Todas as noites dos meses seguintes em que fiquei sem poder encontrar Hermod, papai ficou do meu lado até que eu caísse no sono. A presença robusta de meu pai afastou a sombra por um tempo, ela nem mesmo tentava entrar em meu corpo na surdina da madrugada.

Quando acordava gritando e me debatendo, papai vinha correndo em direção ao meu quarto e me carregava até o sofá da sala para que eu chorasse em seu colo. Eu não fazia mais isso desde os treze anos, sentar em seu colo. Meu corpo de dezessete anos era incongruente demais para isso, mas ele não se importava. Eu voltava a ter treze anos abraçado em seu corpanzil. Ele depositava a mão espalmada sobre o meu peito e me acalmava. Mamãe nos preparava um chá – que a velha Frigga havia lhe ensinado a fazer – e comungávamos com xícaras fumegantes no meio da noite até que eu conseguisse dormir novamente. Freya raramente acordava nessas ocasiões, tinha um sono pesado que eu sinceramente também invejava. Qualquer mínimo barulho me acordava e fazia meu peito palpitar aceleradamente. Sabia que era a sombra pregando as suas peças, com suas mãos enormes e ossudas, as unhas longas e pontiagudas que arranhavam o piso de madeira para dizer *estou chegando*, o corpo flutuante e sem pés valsando à noite, entrando no quarto sem bater. Somente ameaçar.

Preciso sair.

Preciso sair desta casa e respirar. Mais um dia em que Jacinto falta no trabalho. Nosso telefone não para de tocar, uma hora sei que vai parar. As pessoas irão entender, elas têm que entender. Se não entenderem, são um bando de cretinas e eu quero que elas todas morram das maneiras mais dolorosas possíveis. Suas desgraçadas do caralho.

– Meu amor, vou sair um pouco. Também vou passar no mercado. Você quer alguma coisa? – pergunto a Jacinto estirado na cama, nu, os cabelos ainda úmidos do banho que lhe dei.

– Traz uma garrafa de uísque – ele responde.

– Você não acha que é melhor maneirar na bebida? Você ainda nem se recuperou de ontem.

– Não, Frey, traz o uísque. Se não quiser, não precisa encher a merda do meu saco. Eu mesmo compro.

– Não fale comigo desse jeito.

– Certo. Você não ia sair? Então saia.

Jacinto me emputece. Eu entendo por que ele está agindo desse jeito, mas não consigo deixar de ficar bravo. Então eu saio, para aquilo não se tornar uma discussão que nenhum de nós precisa. Já estamos humilhados demais para nos degradarmos com uma briga. Nos diminuirmos feito casais patéticos que não conseguem conversar sem uma longa gritaria.

A tarde primaveril está fresca no subúrbio de Santa Cecília e a velha Gertrude acena para mim quando passo na frente de sua casa. Eu aceno de volta, mesmo não querendo, culpa minha por tê-la visto sendo tão carinhosa com as crianças no aniversário de Lírio. Agora a vejo como um ser humano, coisa que definitivamente eu não queria.

Bartolomeu me observa caminhar e vem na minha direção.

(Ai minha deusa, lá vem).

Eu só quero caminhar em paz.

Mas aqui é um subúrbio, as pessoas se interessam, fazem perguntas. Não posso evitar a partir do momento em que ponho os pés para fora de casa.

Ele usa uma bermuda caqui e uma camiseta regata branca. Achei que só tivesse cuecas no vestuário. Seus fones de ouvido sempre no pescoço e os cabelos nos olhos.

– Oi, Frey.

– Oi, Bartolomeu.

– Você sabe que pode me chamar só de Bartô, meu nome é muito grande.

– Certo.

Ele faz par comigo na calçada e se esforça para andar devagar e acompanhar os meus passos com as suas pernas longas.

– Vocês não tiveram notícias da investigação ainda? – ele quer saber.

– Não.

– Sinto muito por isso. Sei o quanto é difícil.

– Sabe? Que coisa. Quero dizer – me corrijo –, obrigado pelas palavras.

– Não precisa agradecer. Eu e mamãe já passamos pelo mesmo. Mas não tivemos muita sorte.

– E como está Samantha? – pergunto. Eu gosto de Samantha, não vou negar.

– Está lecionando. Sabe aquele colégio perto do centro?

– O colégio Baltazar.

– Sim, sim. Esse mesmo. Ela conseguiu uma vaga lá.

– Que bom, significa que as coisas estão indo bem – divago.

– Mamãe queria conversar com você – ele diz.

– Sobre?

– Não sei. Acho que ela só está preocupada também – ele explica.

– Você disse que não tiveram muita sorte. Alguém da família de vocês desapareceu também? – volto a retomar o assunto.

– Mais ou menos, por um tempo foi isso que aconteceu. Mas depois ficou tudo muito confuso.

– Me conta.

Ele arregala os olhos ao notar minha curiosidade. Assim como gosto de Samantha, passei a gostar de Bartolomeu também. Imagino que as coisas não deram muito certo no lugar em que moraram anteriormente.

– Bem, eu tinha um irmão mais velho, seu nome era Natanael. Ele não era nada parecido comigo, digo, de aparência física. Aquele desenho que você viu era ele. Papai e Natanael viviam em pé de guerra, e papai batia muito nele. Muito mesmo. Ele só não fazia isso comigo porque, bem, eu nasci com essa doença nos meus ossos. E mesmo que tentasse, Natanael não deixaria isso acontecer jamais.

Bartolomeu parou os passos. Achei que fosse acender um cigarro, mas ele estava apenas reformulando as coisas na sua cabeça.

– Natanael cuidava bastante de mim, desde sempre. Sinto falta dele. As vezes tenho a impressão de que ele ainda está do meu lado. Mesmo agora eu sinto isso. Me ouvindo conversar contigo.

Voltamos a caminhar, a brisa fresca do Porto das Oliveiras rodopia pelo subúrbio criando chiados frescos nas árvores como o sussurro das ondas. O céu está no tom de uma laranja recém-colhida por mãos calejadas. O cachorro de um vizinho late ao fundo, um latido abafado de quem quer sair de casa para brincar.

– O que aconteceu com ele, Bartô?

– Papai fez muitas ameaças depois que mamãe terminou com ele e o expulsou de casa. As brigas pioraram, sabe. Ninguém sabia disso, é claro. As pessoas praticamente endeusavam o meu pai, porque ele ajudava todo mundo e tudo. Mamãe foi crucificada no lugar dele, como você pode imaginar. "A destruidora de famílias" – ele faz a forma de aspas com os dedos – e daí pra pior. Eu queria ter feito alguma coisa a respeito disso, mas sou muito fraco. Volta e meia paro no hospital.

– Então papai fez alguma coisa, disse alguma coisa para Natanael. E Natanael foi embora com ele. Nós já morávamos no Porto. Uns anos depois, ele voltou dizendo que meu irmão morreu num acidente, escalando as montanhas da nossa terra natal. Mas nunca encontraram o corpo.

– Sinto muito por isso, Bartolomeu.

– Tudo bem. Isso já faz um tempo. Eu era muito novo, mamãe ficou pior, e eu fiquei mais triste com o fato dela ter ficado daquele jeito, catatônica, esquecida das coisas. Mas eu me lembro bastante dele, tanto que as vezes preferia não lembrar. Nunca fui muito bom em me relacionar com outras pessoas. Tive que fazer um esforço tremendo pra criar coragem de conversar contigo. Mas com Natanael era muito mais fácil.

Já estamos mais próximos do ponto de ônibus, perto daqueles coqueiros-que-não-são-coqueiros. No começo da rua que corta a grande avenida. Bartolomeu não prossegue com a sua história. Acredito que tenha se cansado de relembrar, então decido falar alguma outra coisa:

– Você sabe que árvores são aquelas? – pergunto. – Parecem coqueiros, mas nunca vi crescerem cocos nelas. E as folhas são mais grossas e até meio amareladas.

– São as marias – ele responde. – Elas são muito adaptáveis, crescem em qualquer ambiente e clima. E dependendo do clima, as folhas ganham cores distintas. Aqui no Porto ficam amareladas pelo calor. Havia muitas delas na minha terra, e eram todas azuladas. São árvores milenares, talvez as primeiras que tenham crescido neste mundo. Antigamente eram chamadas de Portais Universais. Se duas marias defronte uma a outra crescessem encurvadas ao ponto em que suas folhas pudessem se tocar, um portal seria aberto. E deste portal sairia um deus para abençoar e prosperar as colheitas de seus devotos.

– Mas que danadinhas. Sabia que não eram coqueiros – eu digo.

Bartolomeu ri com a minha exclamação, e eu rio também. Meu rosto endurecido demora um pouco para reconhecer os músculos do rosto há muito não usados. A gente continua rindo sem motivo algum. É bom rir.

– Bartô, a partir daqui eu vou prosseguir sozinho. Agradeço pela companhia.

– Tudo bem.

Bartolomeu me abraça, todo desengonçado. Não me preocupo mais com o seu carinho, e também estava precisando de um afago. Um puro e simples afago. Nos abraçamos por um longo minuto e ele se despede. Vou até o ponto de ônibus e pulo naquele que vai até à feira da praça. Hoje é quinta-feira e a praça deve estar cheia de legumes frescos. Decido que irei cozinhar, para mim e para o meu marido, não estou mais afim de alimentar a minha gastrite com aquele amontoado de pizzas e comidas de *delivery*. E Jacinto precisa comer coisas melhores para melhorar um pouco da sua enfermidade, seja ela qual for.

Forseti trabalhava nas feiras com a velha Frigga. Havia uma horta na casa da vó, uma das mais belas, por sinal. Tomates, alfaces, agriões, cebolinhas frescas e fortes. Além das ervas que elas cultivavam para os banhos espirituais. A velha Frigga já era aposentada, trabalhara a vida inteira como professora de literatura, mas o dinheiro da aposentadoria às vezes não era o suficiente para comprar os materiais escolares que Forseti necessitava. E Forseti tinha planos de entrar na faculdade que ficava a uns quarenta quilômetros da Praia de Pérola, uma área mais urbanizada do que a nossa cidade esquecida e estagnada.

Como previsto, a feira está cheia e movimentada. As vezes olho para procurar Lírio entre os caminhos das barracas. O fim da tarde se estende acima dos olivarianos. Sei que alguns deles conhecem o meu rosto, por conta de algumas exposições que fiz, além de um antigo costume de vender quadros nas calçadas. Algo que não fiz mais desde que me casei com Jacinto. Antes da minha cabeça começar a se dissolver naquilo que andei evitando pensar nos últimos anos. Conhecer Jacinto e criar Lírio realmente me ocuparam bastante, e quanto a isso não tenho do que reclamar.

E me vem a culpa de novo. Eu continuo caminhando e compro algumas coisas, uns tomates, umas batatas, cheiro-verde, cominho, alhos gordos e cebolinhas. Procuro o açougue para pedir um quilo de carne moída. Irei fazer um prato que mamãe me ensinou. Papai se dava melhor nas artes dos peixes, mamãe era com a carne de boi e de frango.

Uma barraquinha vermelha me chama a atenção, após passar pelas barracas de frutas. Encontro uma cigana com suas cartas de baralho, ela me oferece a cadeira à sua frente, com um sorriso convidativo. A barraquinha tem aroma de alfazema, e a cigana usa um perfume de lavanda. A mistura de ambos os cheiros é evocativa. Sua pele cor de oliva absorve a luz fosca do lampião na sua mesinha coberta por um tecido estampado com estrelas de crochê. Seus cabelos são escuros e cacheados, fios grossos e bem arrumados. Usa adereços na cabeça e colares no pescoço. Tem os olhos ferozes daqueles que precisam sobreviver nas ruas, adornados por longos cílios que lhe dão um aspecto pitoresco.

Eu me sento, coloco as sacolas entre as minhas pernas e ela une as duas mãos como se fosse fazer uma oração, mas está apenas me cumprimentando.

— Sabia que você viria, Frey. Muito prazer, me chamo Medeia.

Não pergunto por que Medeia sabe o meu nome. Seria rude da minha parte. Eu sei por que ela sabe. Assim como sei por que me sentei na cadeira que ela me apontou à sua frente. Meu corpo respondeu ao convite antes que eu pensasse em aceitá-lo ou não.

Medeia embaralha as cartas e pede para que eu escolha três. Eu as retiro e ela as avalia com tranquilidade. Seu rosto não denuncia nenhuma expressão, se está aflita ou alegre.

— Vejo que você ainda não se curou daquilo — ela diz, e eu concordo com a cabeça. — Te consome, não é? Feito o fogo. Há muito fogo aqui, há labaredas imensas que podem incendiar a sua casa, se isso piorar.

— Ela também está longe. Muito longe. Mas ela está viva, Frey. Ela está viva. Não se preocupe com isso. Ela é a sua segunda chance, você sabe disso.

Eu engulo em seco, algo se agita dentro do meu peito.

— Você também precisa voltar para casa, imediatamente. Já terminamos por aqui. Não deixe que isso aconteça com ele também.

Eu me levanto, assustado. Ela ergue a mão e eu a seguro, seu aperto de mãos é forte e caloroso. Começo a correr, já distante da feira percebo que esqueci as sacolas com as compras. Não importa, Medeia precisa mais do que eu, e também me esqueci de pagá-la. Então é como uma recompensa pela minha displicência.

Resolvo pegar um táxi para chegar mais rápido em casa e minhas mãos tremem tanto que deixo o molho de chaves cair. Deixei Jacinto sozinho com a sombra e me sinto estúpido por ter cometido um erro tão banal.

O céu escurece e a casa com glicínias no portão está silenciosa.

– Jacinto! Onde você está? – eu grito.

Começo a abrir todas as portas e acender as luzes. Receosamente do meu estúdio, dos banheiros, do escritório, do nosso quarto, do quarto de Lírio, subo no sótão e nenhum sinal de Jacinto. O telefone toca e eu desço, me desequilibro na escadinha dobrável do sótão e caio em cima do meu pé. Não me importo, realmente não me importo com esta dor. Mas estou patético trotando em direção ao telefone lá embaixo.

– Alô?

– Senhor Frey Aequor?

– Sou eu.

– Aqui é do hospital de Santa Virgem Misericordiosa. Seu marido, Jacinto Baltazar, sofreu um acidente de carro. Venha o mais rápido que puder, e traga os seus documentos, por gentileza.

# FRONTEIRA

Tínhamos aulas três vezes por semana. Bem, eu chamava de aula, os outros chamavam de reuniões. Quem comandava tudo e guiava os artistas era a famosa Catarina Wolfe, tataraneta da trineta de Elizabeth Wolfe – a construtora. Ela brincava durante as *reuniões* de que era um híbrido dos espíritos de Elizabeth Wolfe e Petrônia Baltazar e seu romance tórrido e "secreto". Eu levava bastante a sério suas divagações.

Mas até que eu chegue aqui, preciso retomar do ponto de partida.

Então eu subo de costas no ônibus que me tira do Porto das Oliveiras e dirige dando ré por setecentos quilômetros nas estradas montanhosas enquanto eu bocejo para fechar os olhos e espero pelas horas que passam pelo sol que retorna ao ventre do mundo e às cinco quatro três duas uma da manhã ainda estou dormindo e acordo sem remela nos olhos ainda é de tarde na Praia de Pérola e volto a me levantar e caminhar de costas e o condutor devolve a minha passagem e a minha documentação esperando o assistente do motorista abrir o compartimento de malas na lateral do veículo para tirar a etiqueta com o número da minha e refaço os mesmos passos arrastando minha mala ao contrário engolindo o meu choro em direção a Hermod que me envolve num abraço demorado com beijos salgados de lágrimas na rodoviária.

Talvez eu precise voltar mais um pouco. Uma semana. Um mês. Isso aqui ainda não foi o suficiente. E agora você já sabe que Hermod sobreviveu à Segunda Grande Onda. Não me importo se você gosta ou não de Hermod, ou se sente alívio com esta constatação. Mas eu o amava bastante nesta época, então não posso deixar de me lembrar dele e do quanto ele me ajudou durante o primeiro ano em que já morava no Porto das Oliveiras, sete anos atrás.

Sete anos atrás Lírio nascia do ventre de alguém.

Na Praia de Pérola, eu havia sido um dos artistas selecionados para uma residência artística no Porto das Oliveiras, tutorado por Catarina Wolfe. Quem me mostrara o edital de inscrição fora Forseti, empolgada e esperançosa – muito mais do que eu realmente era para com o meu próprio trabalho. As vezes esqueço da quantidade de quadros que fiz dos meus quinze aos vinte anos. Ou talvez não goste muito de recordar que perdi todos eles quando a nossa casa foi engolida pelas águas. Então as fotografias dos quadros que enviei para me inscrever eram bastante recentes. Hermod me ajudou a comprar o devido material para isso e pedimos ajuda para um fotógrafo do jornal municipal. Fiz cinco quadros no decorrer de vinte dias.

Acredito que eu ainda tenha as cartas que Hermod me enviava quando passei aqueles meses lá na residência – inaugurada pela neta de Elizabeth Wolfe –, em alguma caixa de sapatos que coloquei no sótão. Me desculpe, no momento estou cansado demais nesta poltrona *macia demais* esperando Jacinto acordar. Poltrona desgraçada, minha coluna está um inferno. Prometo que verei isso assim que chegar em casa, digo, as cartas. De todo jeito, talvez eu precise pegar algumas roupas para Jacinto. Saí sem me preparar também. Não sabia pelo que teria que me preparar.

Metade do rosto de Jacinto está enfaixado e ele dorme feito um bebê sob o efeito da morfina. Seu ombro que fora deslocado no impacto da caminhonete contra o carro já está em seu devido lugar, e todos os dedos da sua mão esquerda estão quebrados. Ele bebericava uma garrafa de uísque quando aconteceu, a garrafa explodiu em sua mão e voou muito vidro em seus olhos. Ele conseguiu proteger apenas o olho direito. Quanto ao esquerdo, há um futuro incerto sobre o olho esquerdo. Ele provavelmente precisará encomendar um olho de vidro – e isso não é ironia – ou usar um tapa-olho. As duas opções lhe transformarão num pirata de terno e gravata vivendo no Porto das Oliveiras, sem navio e ladrões que possam trabalhar para ele saqueando e incendiando vilarejos isolados em ilhas desconhecidas. Fazendo amor com marinheiros.

O acidente não foi causado por ele, o que não significa que ele não precisará responder pelos seus atos por estar dirigindo bêbado. Imagino que isso não será problema para os Baltazar e seu dinheiro interminável. Tudo é resolvido com o dinheiro dos Baltazar.

E aqui estou eu velando por mais uma pessoa destroçada pela minha própria petulância.

Eu deveria viver completamente isolado do mundo. Estaria fazendo um favor a Jacinto e a todos os outros. Principalmente aqueles que não estão mais aqui. Não é isso o que você quer, Frey?

Não, eu realmente não tenho tanta certeza disso agora. Seria uma cretinice da minha parte desaparecer e deixar Jacinto deste jeito. Eu preciso pelo menos esperar pelo retorno da nossa filha. Mas já se passou um mês e estamos necrosados de tanto esperar. Tenho certeza de que Jacinto, num impulso desmiolado, foi procurar pela filha de carro. Mas não somos investigadores. Não há muito que esteja ao nosso alcance e os panfletos com o rosto de Lírio começam a se deteriorar nos postes da cidade, causando um mau agouro pungente.

Medeia me deu a certeza de que ela está viva, porém longe, porém viva. Em algum lugar. Para onde a levaram? Eu perderia meu rumo se ela estivesse sob o domínio daquele assassino de garotinhas da Metrópole, que as transforma em bonecas de cera. Drena o sangue, embalsama, consagra com velas e orações soturnas rabiscadas com giz pelo chão no centro do heptágono. O jornalista dera todos os detalhes do processo de *metamorfose* na matéria que lhe rendera vários prêmios – na Metrópole e fora dela.

Isso aqui não é nenhuma história policial com um suspense aparvalhado que dura até as últimas páginas. Não encontraremos pistas falsas que irão durar por longos capítulos e que afastarão todas as suspeitas sobre o terrível assassino de garotinhas. O assassino não transformará um inocente num bode expiatório para sair impune. Sinto muito quebrar suas expectativas quanto a isso.

Essa é a minha vontade de procurar por alguma coisa que não se lembra mais de todas as outras coisas e agora se encontra feito um quebra-cabeças de mil peças destruído por um cachorro estúpido e cagão que ninguém consegue fazer parar de latir.

Jacinto acorda, lenta e pausadamente. Cochila um pouco, volta a despertar. Finalmente consegue alcançar a consciência. Sete da manhã porque um filete de céu na parte descortinada da janela é um céu azul-turquesa. Preciso parar por aqui, essa raiva, essa raiva que me liquidifica não é necessária nesse momento. Não consigo comparar se a minha raiva maior é por ele, por mim, ou pelo sumiço de nossa filha. Jacinto não tem culpa de nada, mas ele também tem, como posso explicar? São apenas frases que mal alcançam este baú de sentimentos aprisionados num purgatório, compactados num leito de hospital. Sentimentos sem nome e sem território. Não houve nenhuma preocupação para catalogá-los e me parece que vou ter de arranjar um jeito de fazer isso sem que eu caia nos meus hábitos que pretendem me dissolver daqui a pouco em mais raiva. Ela que é o sentimento mais primitivo de todos.

Jacinto me encara e sua meia-expressão se encolhe no prelúdio de um choro, eu sei o que ele está fazendo aí dentro. Eu me levanto e sento ao seu lado, seguro a sua mão direita – a intacta e furada pela endovenosa – e acaricio a bochecha que não está coberta por ataduras. A raiva passa, a raiva não me pertence mais.

Por que pertenceria?

Olhe como ele está, tão frágil e encolhido. Tão distante de si. Não há espaço para a raiva aqui conosco.

– Bom dia, meu amor – eu digo.

– Oi, amor.

É tudo o que ele consegue responder pelos próximos minutos. Ainda está ali dentro, retumbando em seu peito, a sua sensação de impotência e vergonha. Ele, o provedor. Ele, o líder. Ele, o pai. Agora é só um homem comum, que se machuca como qualquer outro homem ordinário.

– Pare de se culpar – eu digo –, eu já faço isso o tempo todo. Não quero te ver fazendo o mesmo.

– Você não tem do que se culpar também – ele responde.

– Você se espantaria com a quantidade de coisas que eu tenho.

– Por que, Frey? O que aconteceu que de repente ficou desse jeito?

– Bem, isso é minha culpa também. Eu trouxe tudo isso para dentro da nossa casa.

– Não teria como você prever o que os outros fazem. Eu andei bebendo por conta própria, isso não tem nada a ver contigo.

– Não, não tem. Mas tem como saber que as coisas que andei afogando dentro de mim entraram em erupção e causaram tudo isso.

– Fala comigo. Eu sou o seu marido, eu tenho o direito de saber – ele argumenta e, de fato, não deixa de ter razão.

– Eu já perdi muita coisa, Jacinto. Eu já perdi tanto. Poderia mudar meu nome pra Fracasso, do tanto que perdi. E acho que eu só não queria lidar com esses fantasmas nos últimos seis, sete anos porque tinha você e depois tínhamos Lírio. E mesmo assim, não demorou para que voltassem. Para que me drenassem. Porque na verdade nunca deixaram de estar aqui. Só estavam esperando um momento de fraqueza e covardia para me dominarem novamente. E isso, isso eu que sou, está se desfazendo aos poucos. Mesmo antes de Lírio desaparecer. A minha doença só estava hibernando e pelo visto acordou para ficar.

– Antes de Lírio? – Jacinto franze o cenho. – Então você estava daquele jeito por conta disso? Eu achei que você queria se separar de mim. Que não me aguentava mais. Que eu tinha falado ou feito alguma coisa errada. Que você levaria a nossa filha embora contigo. Isso estava me atormentando.

– Eu não faria isso. Nunca levaria a nossa filha para longe de ti. Se tem alguém com quem ela mereça ficar, é você. Eu sou... Eu sou a merda de uma bagunça.

– Não fale desse jeito. Você é o pai dela. – Jacinto fala naquele seu tom grosso de braveza.

– Me desculpe, eu não consegui te explicar direito – eu respondo. – Jacinto, eu queria morrer. Era o que estava pensando, planejando, cogitando. Dê o nome que quiser para isso. Eu queria me afundar completamente. Porque há tanta dor e mágoa aqui dentro que eu perco a respiração facilmente e é insuportável continuar vivendo com isso e não encontrar nada que possa sanar esse peso. E tem essa coisa, essa sombra, que me persegue e está ali praticamente o tempo inteiro. Há muito tempo ela tem estado comigo, me esperando morrer também.

*Jacinto, eu ando me esvaziando a cada dia. E isso não é sua culpa e tampouco de Lírio. Tudo o que vocês dois fizeram foi me manter vivo por mais esse tempo* – eu quero falar também, mas não falo.

– E agora? – ele pergunta.

– E agora o quê? – rebato.

– Você ainda quer nos deixar? Não tem nada que eu possa fazer pra mudar isso?

– Eu não sei. Sinceramente eu não sei.

– Fale a verdade, é claro que você sabe.

Não notei o quão inchados meus olhos estavam. Jacinto aperta a minha mão mais forte, na pouca força que a sua mão direita consegue executar. Ele faz muito disso, com os gestos. Jacinto produz uma dança de gestos, um idioma sem os símbolos escritos. Um escriba dos olhares e dos toques. Ele poderia ser um soldado da Filha Maior ou um consorte da Deusa Concha. Ele está ali e ele navega pelos mares ao lado das deusas, e a sua presença é crucial.

— Eu não quero mais sentir vontade de morrer. Não aguento mais. Não posso mais. Não, não aguento. Isso acaba comigo, me tira da realidade. Eu quero voltar a estar aqui, não lá do outro lado. Não nesse limbo onde me coloco. É horrível, essa névoa é horrível. Eu quero voltar a enxergar as coisas que ainda estão aqui, que ainda permanecem. É isso o que eu quero fazer.

— Por que a gente não faz isso juntos? — Jacinto me entrega um sorriso. — Estive caminhando por esse lugar também e as coisas ficaram muito confusas. Se você me prometer que vai tentar, eu paro de beber e também vou procurar ajuda. O que me diz?

— Certo.

— Por Lírio, tá bom?

— Tá bom.

Pego um ônibus para descer no ponto das árvores chamadas marias, como Bartolomeu me explicou. O dia está frondoso e tranquilo. Alguns vizinhos me param para perguntar sobre Jacinto e eu os alivio com as notícias otimistas. Nada tão grave assim, exceto pelo olho esquerdo. Mas este fato eu prefiro esconder, não é necessário falar ainda. Se eu falar, pode trazer um encadeamento de outras situações escabrosas.

Contei a Jacinto sobre a cigana Medeia e as suas previsões. Contei que Lírio está viva e em algum lugar longe do Porto e seu rosto se iluminou. Não pela distância, é claro, mas pelo fato de que Lírio vive. Sei que Medeia não mentiria sobre isso ou me traria inverdades através da sua leitura das cartas. Mesmo que eu não a conheça, sua presença sábia causa aquele revigoramento no corpo que te eletrifica quando você está perto de uma bruxa poderosa. Uma bruxa que simplesmente *sabe* porque os espíritos confiam nas palavras da bruxa.

A nossa casa silenciosa me recebe, indiferente. Ela não me diz absolutamente nada sobre a nossa ausência na tempestuosa noite anterior.

Nenhum sinal da sombra.

Entro no quarto e preparo uma mochila com camisetas, calças de moletons e cuecas de Jacinto. Cheiro uma das cuecas e me excito. Amo as cuecas de Jacinto, amo o cheiro de suas cuecas, amo vê-las se movimentarem nas suas coxas grossas e na sua bunda. Ressaltarem o volume do seu pau. Imagino o seu pau endurecendo e crescendo debaixo do tecido de algodão, a cabecinha melando e transparecendo, o pau pulsando, quente e ansioso para entrar no meu âmago.

Oh, pelo visto minha excitação parece ter voltado.

Isso era definitivamente algo que eu não estava esperando. Não depois destas últimas semanas.

Termino de dobrar as roupas e puxo a corda que desdobra a escadinha do sótão. A estrutura faz um rangido ao qual me familiarizei e que me tranquiliza. Sei que está por aqui em algum lugar, neste sótão. A janela no telhado entrega uma circunferência branca de sol que resplandece por todos os cantos do recinto. Geralmente, ao meio dia, é o horário em que aqui fica mais iluminado.

Começo a procurar a caixa com as cartas. A escondi entre várias outras para que Jacinto não as encontrasse. Não porque ele teria uma reação negativa se lesse todas estas cartas. É o simples e puro fato de que eu não quero que ele leia.

Encontro a caixa preta de sapatos debaixo de várias telas lacradas que ainda não estreei. E nem tenho a devida criatividade no momento para fazê-lo. Há uma represa bloqueando tudo aqui dentro. Os sapatos da época foram presente de Hermod, ele as trouxe na sua única visita na residência Wolfe para matarmos as devidas saudades. Eram sapatos pretos, de bico redondo e um pequeno salto com aspecto de madeira. Usei estes sapatos na minha primeira noite de exposição no Porto.

Hermod sabia que eu gostava muito do preto (ainda gosto). Tenho várias camisas de botão sociais pretas, minhas calças de moletom são todas pretas e boa parte das minhas cuecas também. A maior parte das minhas jeans são de um azul-escuro e sem muitos detalhes. A única jaqueta de couro, atualmente aposentada, também foi Hermod quem me deu (e neste caso, era dele). Não há nenhum profundo significado sobre isso, o detalhe do preto, eu apenas não gosto de roupas que me façam ser notado. O que tem se tornado um trabalho difícil, considerando que todos sabem que sou eu quem tem uma filha desaparecida e um marido acidentado.

Jacinto havia brincado sobre esse detalhe de sempre haver o preto nos meus costumes, lá no comecinho. Lá onde ele me encontrou, prestes a respirar novamente.

Abro a caixa e ainda tenho todas as cartas em seus devidos envelopes e datas. Dia sete de julho, dia treze de agosto, dia vinte e um de setembro. Apenas algumas delas, são várias. Hermod me enviou de volta todas as cartas que escrevi para ele quando terminamos, lamurioso e dramático como ele dificilmente era. Minha dose de arrogância ainda acha isso um despautério, considerando que guardei as suas cartas endereçadas a mim.

Mas não poderia jamais cobrar dele o hábito que tenho de guardar as coisas. Meus motivos são outros, as cartas de Hermod são pedaços da Praia de Pérola que consegui salvar, porque elas foram escritas após a Grande Onda.

Eu não o amo mais, mas eu amo estas cartas.

Há as do começo, as do meio e as do fim. Como poderia resumi-las? Sendo que considero todas tão importantes? Vou começar por esta, e lhe mostrarei algumas outras. Não demais, apenas o suficiente. Talvez bem pouco, mas o suficiente.

*"Querido Hermod,*

*Ando tentando não me resumir a este luto pelo qual temos que passar, agora distantes. Às vezes acho que ter saído da Praia de Pérola foi um ato de egoísmo, mas sei que Forseti me condenaria por pensar dessa maneira. Você sabe que ela diria isso, se tivéssemos conseguido resgatá-la.*

*Isso não importa agora, importa? Nós ainda a amamos, como sempre amaremos. Não pretendo ainda escrever sobre os outros, acho que só vou molhar este papel e deixá-lo ilegível se fazê-lo.*

*Quero escrever sobre os primeiros dias. Todo mundo aqui é bastante receptivo, além de mim, há outros seis pintores espalhados por esta grande casa de Elizabeth Wolfe. O saguão central é como um teatro antigo de arena com uma longa escadaria que leva aos andares de cima. Como se a casa tivesse sido construída a partir deste salão, e o restante dela fora colocado depois. Eu divido um quarto com um rapaz chamado Perseu. Ele me contou que veio da Babilônia, um lugar muito difícil de se viver. As guerras não cessam, as crianças explodem nas ruas e ele pinta sobre o que viu. Eu o considero um artista melhor do que eu (Forseti me puxaria a orelha se lhe falasse isso). Há uma fúria em suas obras enquanto nas minhas há apenas medo e luto. Não sei se deveria comparar esses sentimentos, mas faço isso o tempo inteiro, você sabe.*

Os quartos têm janelas imensas, todas de madeira como o restante da casa, com vidro temperado e cortinas de seda (acho que são novas, porque elas destoam muito dos outros detalhes). Há arabescos nos carpetes que me fazem pensar em muitas coisas. E nos outros quartos vazios podemos espalhar os nossos materiais para criarmos com privacidade. Eu escolhi um quartinho sem janela porque ele tem mais a minha cara, e não me importo muito com esse negócio de precisar de um amplo espaço. Eu desenhava enquanto tinha que reparar Freya com sua mamadeira logo ao meu lado, estirada num moisés que papai arrumava.

É estranho fazer as coisas no silêncio e na privacidade agora. Mas consigo me acostumar a isso. Não ter o chiado das ondas em segundo plano, não ter o choro de Freya ou os ralhos que mamãe dava porque eu esquecia de jogar fora o resto de comida que estragava na geladeira.

Nos reunimos no saguão central e somos julgados por um vitral recôncavo verde-amarelado na porta de entrada. O que me lembra um aspecto de doença. Mas ninguém parece se importar com isso. Todos os olhares se voltam para Catarina Wolfe quando ela fala. E sentamos de pernas cruzadas no carpete macio enquanto ela se senta numa cadeira para começar a falar. É um momento só nosso, nos entreolhamos sorridentes e esperançosos quando ela chega na casa.

Já estou com saudades,

Com amor,

Frey".


"Meu caro Frey,

Fico feliz de você estar se adaptando aí na residência. Não pense por um segundo que você não merece estar aí ou que a sua arte não seja tão importante quanto o do seu colega de quarto. São assuntos diferentes sobre vidas diferentes. Não preciso falar o óbvio. Ou, nesse caso, escrever.

Nesse momento acabei de chegar na Praia de Pérola com mais uma leva de imigrantes, te escrevi estas palavras em uma cidade que fica na fronteira da Babilônia. Então desculpa a demora para responder, só pude enviar esta carta agora que retornei. E realmente, lá é difícil de se ver, mesmo que não esteja no centro de tudo. Podemos ouvir o caos no horizonte se estendendo de maneira crua. O pôr-do-sol na Babilônia é vermelho como o sangue. E volta e meia aparecem vários corpos na praia daqueles que não sobreviveram em suas fugas. Nossa missão agora é ajudar as pessoas que atravessam a fronteira para sair da zona de guerra. Mas não sei por quanto tempo poderemos fazer isso. Se descobrirem, também correremos perigo.

Mas essa é a vida como marinheiro. Temos que nos acostumar com a morte. De qualquer forma, nunca vivemos exatamente em paz, vivemos? Não é como se não fôssemos acostumados a tragédias. Um mês e meio atrás, aquele tsunami nos levou tudo. Tenho em meu pescoço um relicário na forma de uma concha que Tulipa me deu no meu último aniversário, de um lado uma foto minha, de outro, uma foto dela. Quando tudo fica escuro demais, eu abro o relicário para ver o rosto de minha mãe.

Ajudar essas pessoas também tem me ajudado um pouco. Acho que você entende o que quero dizer.

Fico mais aliviado ainda em saber que você está numa parte segura deste mundo. Na medida do possível, acredito eu. Mas com certeza, bem melhor do que os lugares que vi com estes olhos que demoram para pegar no sono.

Também já estou com saudades, não deixe de fazer seu belo trabalho.

Com amor,

Hermod".

"Querido Hermod,

Perseu me contou várias coisas sobre a Babilônia. Eu só consigo imaginar, e me sinto uma criança mimada quando ele me conta essas coisas. Você já deve saber de tudo.

Às vezes ele chora e eu fico constrangido, porque não sei bem o que fazer. Às vezes tem pesadelos e acorda me pedindo para dormir do lado dele. Espero que você não fique com ciúmes. Perseu é um menino ingênuo, uma criança solitária. Bem, isso é só uma metáfora boba e petulante porque temos a mesma idade. Nascemos com um mês de diferença, no caso, eu vim antes. Sou do fim de junho e ele do fim de julho.

Os dias aqui estão calmos e são dias que me são completamente inéditos. Mesmo num lugar como a Praia de Pérola, muitas coisas aconteciam ao mesmo tempo e era como viver num caos compactado numa vida com cheiro de mar.

Eu não conto muito sobre mim para Perseu e ele já percebeu isso. Eu quase sempre desconverso porque, é, bem, eu não estou preparado para falar da minha vida. Não sei se quero amigos aqui. Ele me chama de "melhor amigo" e eu não sei o que responder. Acho que estou sendo um pouco cruel com ele, porque ele precisa desesperadamente se conectar a alguém. E creio que nesse momento a única conexão que ainda tenho neste mundo é a sua.

Perseu me vê como uma espécie de tutor ou algo do tipo. É meio engraçado, considerando que não tenho capacidade de ensinar ninguém. Quem fazia isso era Forseti, e fazia muito bem. Nunca descobriremos o que a fez decidir abdicar dos seus sonhos de se tornar professora... Quando penso nisso sinto uma pontada no peito. É como se tivéssemos falhado em lhe retribuir toda a ajuda que ela nos proporcionou. Você também pensa nisso?

Com amor,

Frey".

"Meu caro Frey,

Eu penso nisso sempre que preciso carregar uma criança para dentro do nosso navio. Muitas delas chegam sem seus pais. Há muitas mestiças de diferentes etnias. Algumas têm o tom de pele parecido com o seu. As pessoas daqui priorizam a vida das crianças e, quando o navio fica cheio demais, voltam para a zona de guerra resgatar mais crianças. Alguns marinheiros vão junto, com suas espingardas e facões. Muitos deles não voltam. Eu fico reparando o navio e alimentando as crianças. E outros ficam de sentinelas fazendo um semicírculo nos entornos da praia a uns setecentos metros de distância cada um, para nos avisar com sinalizadores se ainda estamos seguros para executar o resgate. Não há um porto aqui, então temos que ancorar o navio a uma certa distância e fazer o trabalho com barcos que chegam cheios e voltam vazios para a fronteira.

Tinha vontade de ter filhos. Agora, depois de tudo, não te-nho mais. Não quero colocar uma criança neste mundo. Há tan-tas delas jogadas por aí que isso me destroça por dentro. Quem sabe se eu adotar uma delas, eu possa fazer alguma diferença por aqui. Sei que não é muito, mas é o que está ao meu alcance. De toda forma, isso é um plano a longo prazo, porque minha vida de marinheiro não me permite isso. Então tenho que apenas me contentar em deixar estes infantes vivos.

Você lembra quando planejamos de que Forseti carregaria um filho nosso? Ela mesma quem deu a ideia. Eu achei isso absurdo e você animou no mesmo instante. Depois, aos poucos, fui aceitando. Você me conhece.

Onde quer que Forseti esteja, eu sempre oro para ela. Assim como oro para todos os outros que o tsunami nos tirou.

Com amor,

Hermod".

"Querido Hermod,

Algumas coisas têm me perturbado novamente. Decidi afogá-las e me focar no meu trabalho. Catarina Wolfe é uma mulher excepcional, tem a beleza de uma pantera albina e a força de um tubarão. Suas palavras ressoam em nossas cabeças e seus conselhos são sempre certeiros para o que precisamos fazer. Ela é como um guru, tudo sabe e tudo entende (ou isso sou eu enfeitando e exagerando as coisas).

Estamos montando o cronograma de cada exposição. Cada um fará uma exposição num dia diferente, na Semana das Artes que ocorre aqui no Porto anualmente. Estou ansioso para este momento. Nunca mostrei o meu trabalho para outras pessoas que não os meus amigos e a minha família.

Resolvi fazer uma coleção de quadros sobre você e eu. As vezes tem Freya, as vezes tem mamãe e papai. Fiz um quadro imenso de Forseti na sua nova forma. Adoraria se você pudesse vir para prestigiar o momento. Mas entendo se não puder (por favor, não veja isso como uma cobrança, é só um pequeno e humilde convite).

Penso o tempo inteiro no seu calor. Colados na cama, tão apertados um contra o outro que perdemos o ar e nos tornamos um só. Tenho medo disso se tornar apenas uma memória. Não quero que isso se torne. Mas veja só, estou sendo egoísta e mesquinho novamente.

Espero que você esteja seguro e fazendo o que precisa fazer. Tenho muito orgulho do homem que você se tornou.

Com amor,

Frey".


Este foi o começo e um pouco do meio.

Hermod realmente veio ver a minha exposição, passou um fim de semana comigo e Perseu levou seu colchão para o outro quarto nos dar privacidade. Como terminou é algo que não penso com tanta frequência.

Lembro que me esvaziou por umas semanas, lembro que pude ficar mais um tempo na residência até economizar o suficiente para alugar um pequeníssimo apartamento num bairro afastado do centro (Catarina Wolfe foi muito gentil perante a minha situação). E eu vendi todos os meus quadros no meu dia e as pessoas conheceram o meu nome e me elogiaram de várias maneiras. Com o dinheiro dos quadros pude comprar uma cama, um guarda-roupa de quatro portas, uma mesinha para a cozinha (que também era sala) e utensílios domésticos, além de materiais novos para o meu trabalho. Catarina Wolfe me apresentou Anja, a gerente do restaurante Recanto de Mar, que combinou comigo uma entrevista de emprego pela qual passei facilmente. Anja gostava da minha empolgação para trabalhar, e eu estava acostumado ao jeito rígido e explosivo de chefes de cozinha, por conta daqueles anos na lanchonete.

E algo nesse encontro com Hermod, que viera para um fim de semana ver os meus quadros e fazermos amor, mudou a frequência e os sentimentos das outras cartas. As cartas que terminaram, as cartas que foram até o fim. Além das Terras de Sal, da Terra das Pimentas e da Babilônia. Além do Porto das Oliveiras e da Praia de Pérola.

Além deste mundo e além daquele dia onde eu tinha todos os motivos para comemorar, e eu estraguei tudo com a minha patética tristeza e o retorno negregado da sombra silvando ferina em meus ouvidos.

# A FILHA MAIOR

"Meu caro Frey,

Você se lembra de quando cheguei na Praia?

Não é uma época muito agradável de se recordar. Mas nos conhecemos ainda muito pequenos, então tudo de ruim pode ser facilmente relevado assim que volto a pensar no grande companheiro que você foi para mim. Menino arretado que brigava com todo mundo e não fazia questão de mais ninguém. De cara emburrada e de poucos amigos. Isso pode ser uma descrição minha ou sua. Nós dois pequenos éramos idênticos.

Isso já faz quanto tempo?

Você provavelmente saberá melhor do que eu. Afinal, é você o senhor da memória. Forseti me disse que aqueles regidos pela Deusa Concha têm a memória muito boa. Lembram-se tudo, são capazes de acessar qualquer parte de suas lembranças facilmente. Como se tivessem uma grande biblioteca dentro de suas cabeças. Penso em ti andando por essa biblioteca, tirando um livro de uma estante alta, de madeira, e folheando um livro grosso de capa de couro para me dizer: "esta memória aqui é apenas nossa". Você me mostra a memória, e ela é uma imagem vívida que se movimenta pelas folhas e vai seguindo seu rumo pelas próximas páginas enquanto você as folheia. Aquarelas orgânicas que respiram e chilreiam, libertas e donas de si. Nos mostram cheiros e sabores e aquecem o nosso peito em uníssono.

Eu não me lembro de absolutamente nada da minha terra natal. Meu tio saiu de lá comigo em seu colo, um bebê quieto e observador, nas palavras dele.

É aqui em que digo que, desde sempre, houve dor.

Já havia dor quando eu não entendia o que os adultos conversavam. Já havia dor quando Teseu me levou embora da Terra das Pimentas junto com ele. Havia a exposição de seu corpo e dele me ensinando a ser um homem. Seja lá o que isso signifique, ser um homem. Passei a detestar os homens, já que era dessa forma que eles cresciam.

Sinto necessidade de escrever isso agora, porque percebo que esta carta está se tornando um ponto final. Não entenda errado, é apenas o andamento das coisas.

Na minha cabeça, sempre foi isso o que os homens faziam uns com os outros. Começando na infância e passando pela adolescência. Um ciclo inacabável de dor. Uma serpente abocanhando a própria cauda. Foi dessa forma que Teseu me ensinou e foi muito difícil perceber que não deveria ser assim que as coisas tinham que funcionar.

Preciso te contar que foi Teseu, também, quem me ensinou sobre as substâncias. Para vendê-las no colégio e arranjar um dinheiro extra. O dinheiro ia todo para ele e para o chefe. Eu nunca de fato vi esse chefe, as drogas chegavam a mim através de Teseu. Agora entendo que ele só estava esperando o momento em que eu fosse descoberto. Às vezes desconfio de que foi o próprio quem ligou para a diretoria do colégio. Para me tirar dali e me transformar no seu subalterno em tempo integral.

Ele notou que, quanto mais eu aprendia sobre o mundo e as pessoas ao meu redor, mais perigoso eu me tornava para ele. Teseu era sua própria peça teatral e eu era o seu ventríloquo. Consigo ver as coisas mais claramente agora que a nossa terra foi devastada por esse maldito tsunami. Ou como você costuma falar, "a grande onda".

A grande onda me soa como um nome mais certeiro. Ela que nos arrancou tudo, nossas casas, Tulipa, Freya, a velha Frigga. Nossos vizinhos e a nossa esperança. Achamos que Forseti também, mas não foi o que aconteceu a Forseti, a morte iminente. Ela somente se transformou porque assim ela decidiu. Mudou o próprio destino como nunca vi ninguém mais fazer. Eu admiro a sua coragem, jamais conseguiria abdicar desta forma de homem em que meu espírito fez morada.

Não sei ao certo se ainda estaria aqui se não fosse por alguém como você e Forseti que sempre lutaram pela minha vida. Forseti fazendo justiça à nossa amizade, e você sendo o meu sol. Me desculpe não ser tão bom com as palavras quanto você ou sua irmãzinha, que as deusas à tenham. E acabar usando destas metáforas, o que não combina muito comigo, tenho que admitir. Mas esta é a melhor forma que encontrei para por isto em palavras.

Você mesmo me disse uma vez que há sentimentos desconhecidos e jamais traduzidos para o nosso idioma, porque não há sequer a menor possibilidade de criar palavras que possam ter o mesmo som e ritmo que façam jus a estes sentimentos que se compõem dentro de nós. Acredito que o que eu sinta também seja tão desconhecido quanto.

À parte isso, preciso chegar direto ao ponto e dizer que não consigo me encaixar nesta vida que você constrói agora, no Porto das Oliveiras. Sei que o melhor para você é se desgarrar cada vez mais da nossa cidade, do nosso lar, e criar um novo lar para você. Você ficou triste ao perceber minha impaciência e aborrecimento e acabamos discutindo novamente. E então nos diminuímos em mais uma discussão. O que era algo que eu definitivamente não queria fazer quando fui te visitar.

A gente também não pode varrer isso para debaixo do tapete. Não podemos esquecer e apagar o que ficou tão latente e visível.

Me desculpe por fazer isso através de uma carta, contudo, não estou tendo tempo de te fazer outra visita.

Sentirei falta de tudo isso que a gente foi. Dos tantos anos, crescendo ao seu lado, aprendendo contigo e te ensinando também. Pensei em várias maneiras de te escrever isso, e esta deve ser a sétima ou oitava tentativa. O que acabou se tornando um resumo de tudo o que eu poderia me lembrar. Não parece muita coisa, não é mesmo? Mas apenas nós sabemos a dimensão destes curtos parágrafos que te escrevo.

Então como posso começar aqui, nesta carta, a partir deste ponto?

Esta doença de dores que Teseu colocou em meu corpo me deixou num estado de constante coma. Eu estive dormindo esse tempo todo, vivendo e crescendo neste grande sonho. Achei que, tomando todos aqueles comprimidos de uma vez, eu fosse finalmente acordar.

E acordei daquele jeito, negregado. Contigo ao meu lado, me dizendo que o pior aconteceu, e que não sabíamos quem havia sobrevivido dos nossos familiares. Me desculpe, Frey, eu não sou como você, eu não posso tomar para mim uma culpa que não é minha. E eu não me culpo por ter tentado, não me culpo por ter dado as costas por um breve momento, ansiando por outro torpor de eternidade. Se eu tivesse ido embora, teria ido sem culpa.

Todavia, eu me responsabilizo por ter acordado. Por ter voltado a esta realidade e percebido o tamanho do desespero que te causei. O quanto disso nos quebrou por dentro e o quanto da minha petulância ainda ressoa nesta confissão.

Se eu ficasse citando apenas Teseu, assim eu resumiria toda a minha vida à sua existência e ao que ele me causou. E eu não quero que ele tenha este poder. Ele é apenas um homem morto e eu fui salvo pelo homem que ele queria me tirar.

Você, Frey, o pintor. Que toma banho de mar comigo e me leva para a colina. Que anda de bicicleta com Freya e me ensina sobre os artistas de toda a Vésper que já partiram e deixaram o seu legado. Os músicos, os poetas, os pintores. Através deles, Vésper renasce e toma a própria independência no universo. Através dos seus quadros, a Praia de Pérola revive mais uma vez.

Tivemos apenas vinte dias para enviar tudo. Então a partir daqui eu começo a te agradecer. Por ter me causado uma sensação de esperança que me fez gastar todas as minhas economias no banco para que você pintasse o máximo de coisas possíveis e enviasse as fotos para o concurso do IAW. Você acabou fazendo cinco quadros numa força sobrenatural que te acometeu enquanto eu assistia tudo, nós assistíamos tudo. Pintando a mim, pintando a grande onda, a sua irmãzinha Freya e os seus pais. Foi o suficiente para notarem que você precisava ser visto e notado por este mundo.

E eu agradeço. Eu só tenho a agradecer. Aquele mês foi um caos, e o único fio que ainda me conectava à realidade vinha do seu peito. Nós nos uníamos à equipe de resgate para caminhar entre os destroços alagados e procurar pelos sobreviventes, e no fim do dia lá estava você, no meio da quadra da escola junto com tantos outros perolenses sem teto, pintando com fome, com sede, com luto.

Eu preciso te pedir para que você nunca perca essa força. Eu tenho poucas memórias aos quais lembro com detalhes, mas esta é muito especial. Apenas o fato de você pintar sem se importar com privacidade ou coisa do tipo, no meio do choro e da briga, causava um torpor coletivo em todos ali presentes. Torcendo por você, rezando por você, te abençoando com afagos nos cabelos e beijos na testa. E você ali, tão concentrado que mal escutava o que acontecia ao seu redor.

Sei que as vezes você se esquece de coisas importantes, ou finge esquecer. E eu tento te lembrar, mas a gente acaba brigando por conta de nossos humores explosivos.

Eu poderia ficar mais um tempo aqui, fazendo novos parágrafos sobre o porquê de você não precisar fazer isso. Seguir se culpando por tudo como se até mesmo as tragédias fossem por sua causa. Daí imagino você discutindo com um papel e começo a rir em seguida.

Frey, acho que essas cartas só foram um remendo conveniente para algo que não queríamos encarar: o fim da nossa relação. Não importa a quantidade de declarações bonitas que fizemos um ao outro através destas cartas. Sei que você não me ama mais, assim como sei que o meu amor por você está desaparecendo.

Quero que você saiba que eu estarei sempre torcendo por você. Que me deu uma segunda chance para fazer alguma coisa neste mundo que valha a pena. Seja resgatar essas crianças da Babilônia ou procurar por pessoas ainda respirando naquele mar de corpos e entulhos que a grande onda nos deixou.

Amanhã voltarei para a fronteira, e apenas os deuses sabem se retornarei vivo desta nova missão. Espero que sim, não quero perder esta segunda vida. Ela é o último presente que tu me deste. E eu me odiaria se percebesse que o estou desperdiçando.

Frey, não se perca, não esmoreça, pense na quantidade de coisas que você ainda deve fazer por aqui. Há muito trabalho a se fazer, basta procurar no lugar certo.

Com ternura e memória,

Hermod.


P. S.: ontem, caminhando pela praia à noite, avistei a Filha Maior se aproximando a passos disciplinados. Ela é robusta e negra, mais forte do que qualquer homem que eu já tenha conhecido. A Filha Maior ergueu a viseira de seu elmo, apontou o tridente para mim e disse: "continue indo à guerra". E é isso o que farei".

# MATRIARCA

Esta carta de Hermod foi como acabou. Foi a última instância do que fomos. Um pouco do começo, do meio e do fim. A visita que ele me fez foi o começo, a exposição e as discussões foram o meio, e esta carta foi o fim.

Merda, tive tanto cuidado para não manchar estes papéis e agora falhei miseravelmente com estas lágrimas que brotam sem pudores. Quanta indelicadeza.

Desço do sótão ao ouvir Jacinto me chamando. Após alguns dias de observação pude trazê-lo de volta para casa. Nosso carro está destruído, tive que chamar um táxi. Jacinto que é tão voluntarioso se sente terrível por precisar de ajuda para algumas coisas como tomar banho e se vestir. Trocar o curativo do olho esquerdo, limpar a pálpebra vazia com cotonete, tirar o excesso de remelas que formam uma colmeia no arroubo em sua cabeça. Eu digo que isso não é problema – e de fato não o é –, mas ele prefere se sentir péssimo, assim, desse jeito. Isso vem do seu temperamento de homem poderoso que dá as ordens e faz o que lhe dá na telha, como pegar o nosso carro, bêbado, e não ver uma caminhonete chegando. Penso em fazer uma piada sobre isso, mas eu o deixaria irritado.

– Estou indo para a reunião – ele diz, me dando um selinho e saindo de casa. Não é uma reunião de trabalho a que ele se refere, é outra reunião. Jacinto não pode voltar a trabalhar até que tenha estado presente em uma dada quantidade destas reuniões. Até que prove pela lista de presença e pelos profissionais de que pode voltar. Sei o quanto isso o estressa, ter o seu destino nas mãos de outras pessoas. Mas é como as coisas funcionam para ele agora. Então ele guarda a sua raiva e sai pela porta para contar sua história a desconhecidos.

(Isso foi meio rude da minha parte, me desculpe pela grosseria. Prosseguirei para o próximo assunto).

Lírio ainda não foi encontrada, a noticiário anuncia que o assassino de criancinhas da Metrópole pode estar indo para outras cidades cometer seus crimes. Reunindo crianças de lugares diferentes sem deixar rastros. A jornalista prossegue com as suspeitas de que Lírio Aequor Baltazar também é uma destas crianças, a quinta raptada. Eu odeio a jornalista por chegar a essa conclusão. O assassino reuniu sete meninas para o seu chá macabro, anos atrás, e nada o impede de parar no número cinco desta vez. Ele pode estar montando um novo cenário que não um chá vespertino.

Hoje acordei com a sombra me sussurrando a ideia de empurrar Jacinto da escada e me matar em seguida. Meu suor estava gelado e Jacinto, adormecido ao meu lado, não se perturbou nem ouviu nada.

Este é um resumo miserável do que tem acontecido nos últimos dias. Mas como tudo que a grande onda me tirou, meu relatório médico precisa ser refeito aqui no Porto das Oliveiras antes que eu volte a tomar a medicação apropriada. A doutora Eurídice é solícita e ouve cada segredo tórrido que eu lhe conto sobre a sombra. Na próxima sessão – a minha quarta –, ela já terá traçado um diagnóstico para que eu compre a droga.

Tudo acontece tão pausadamente e pacientemente que me espanto de ainda não ter voltado à minha metamorfose de espectro. A conversa que tive com meu marido no hospital foi um motor que me impulsionou a prosseguir por estes dias taciturnos. A sombra não me espanta, nem mesmo suas ideias me espantam, o que me espantou foi o seu poder em causar um estrago na pessoa que dorme ao meu lado na cama.

Talvez você se pergunte em como consegui passar por estes sete anos sem a presença da sombra. Quando conheci Jacinto, ainda tomava meu último frasco da medicação. E depois esqueci completamente de repor. E os seis anos e seis meses seguintes foram como um grande sonho acontecendo com os olhos abertos, algo similar ao que Hermod me relatou em sua carta de despedida. Diferente de Hermod, eu vivi a vida de outra pessoa que não era eu, mas uma ideia do que eu poderia ser. Casando com alguém, adotando uma menina sem data de aniversário, vivendo num subúrbio tranquilo e condescendente.

Foi bom viver esse tempo sem precisar deste remédio – que eu não quero chamar de placebo –, aconteceu de eu esquecer quem eu realmente era, e a persistência ferina da sombra não me atazanou em nenhum momento porque ela assistia, de longe, o meu plano de usurpador se concretizar. Talvez ela nasça do poder do pensamento, talvez eu tenha a convidado a entrar novamente em minha vida, nesta vida que inventei com muito esforço.

Como poderia explicar algo como essa visita que fez um grande hiato?

Ela pode ter vindo para me lembrar de quem eu sou. Este ser de rabiscos no ar, este ser insólito que tenta imitar a respiração e se esforça para reunir partículas ao seu redor para que tenha uma forma relativamente humana, para que engane a olho nu. E como todo imitador, a sombra também se cansou de participar por alguns anos e decidiu se tornar mero espectador. Não consigo diferenciar se é ela, a sombra, a usurpadora, ou se sou eu criando desculpas esdrúxulas porque não tenho capacidade de me enxergar.

De todo jeito, não me restam muitas opções a não ser tentar vencê-la e retomar o que ela anda tentando me roubar. Se sou eu o usurpador desta vida inventada, é meu direito e minha fúria que irão clamar para continuar por aqui. Eu amo esta casa e eu amo meu marido e eu amo a nossa filha. Não posso mais permitir que isso aconteça novamente. Se já consigo tomar banho sozinho, se já tenho coordenação motora e disposição para ajudar Jacinto a tomar banho e trocar de roupa e de curativos, então já consigo adquirir uma pequena persistência para continuar por aqui.

Gosto dessa palavra, persistência. O som dela me lembra mamãe. O gosto desta palavra na boca me vem a imagem da mãe escalando pelos destroços e gritando pelo nome de Freya. Machucando os pés com cacos de vidro e partes afiadas de metal por entre os entulhos de concreto e madeira. Sem se importar com os ferimentos, continuou escavando com as mãos, priorizando os corpos pequenos e anônimos.

Não foi uma correlação muito boa, vou parar por aqui. Retomarei em outro momento.

Decido sair de casa. Não tenho consulta hoje, mas a feira está acontecendo e eu quero pegar os legumes mais frescos e novos. Caminho pelo subúrbio esticado preguiçosamente na manhã, não acontece Bartolomeu vindo em minha direção. Desta vez, quem se aproxima é a velha Gertrude.

Corcunda, de passos firmes e rosto duro. Descobri que ela não vive mal-humorada como imaginava, seu rosto é sempre fechado e seu nariz longo lhe dá o aspecto de uma águia faminta. Com um rosto como este, eu poderia ter um pouco de paz ao invés de ter que aturar vizinhos me perguntando o tempo inteiro sobre Jacinto ou Lírio, com aquele olhar condescendente de quem pensa *que pena que a sua família está destruí-da e no fundo do poço, seu fracassado.* A velha Gertrude não pensa assim, ela não gosta de dar opiniões e tampouco de olhares de compaixão para quem definitivamente não precisa disso.

Estive errado sobre a velha Gertrude esse tempo todo. Tomar conclusões tendo como base somente a sua aparência me fez perceber isso. No aniversário de Lírio ela já demonstrara que não era nenhum demônio, o que me fez semear algumas dúvidas. Todas as crianças gostam dela, por que não?

– Hoje tem feira – a velha Gertrude me diz.

– É para lá que estou indo.

Resolvo diminuir o ritmo dos meus passos para que ela possa me acompanhar lado a lado.

– Frey, como estão as coisas agora? Me desculpe ser intrometida.

– Não precisa se desculpar.

– Você sabe que não costumo conversar com qualquer um.

– Na verdade, eu não sabia – rebato.

Ela me encara, confusa, e solta um riso, espremendo ainda mais o cenho franzido.

– Que coisa... – a velha Gertrude divaga.

– Se quer mesmo saber, Jacinto está melhor desde que tem começado a ir nas reuniões.

– Com certeza deve estar – ela concorda. – E quanto a você?

– Isso é algo que não quero responder.

– Oras, por que não? Já nem estou mais aqui. Seus segredos serão preservados.

Agora sou eu quem rio.

– Meus segredos são terríveis – eu digo.

– Pois aqui temos uma coisa em comum.

O ponto de ônibus está mais visível, as marias na avenida chilreiam com a brisa fresca. Há um espaço em respeito ao silêncio aqui. Provemos o silêncio até o momento em que entramos no ônibus.

– Se eu te contar um dos meus segredos – ela diz –, você terá que contar um dos seus.

– E quem garante que vou contar alguma coisa depois de você? – pergunto.

– Não há garantia, mas é sempre bom arriscar – ela responde.

– Certo.

– Sei que você é da Praia de Pérola, Frey – a velha Gertrude começa. – Sua pele me revela. Seu pai deve ser um descendente dos que vieram das Terras de Sal, os que colonizaram os nossos povos. E sua mãe deve ser uma perolense nata, a tataraneta das índias mais escuras, as primeiras, as amazonas.

– Nunca a imaginei como uma amazona – eu digo.

– Não? Então ela não é alta e robusta como as mulheres da Praia?

– É sim.

– Então você já deveria saber... – Ela acaricia o queixo, reflexiva. – Antes de tudo, preciso te contar sobre a última das amazonas que lutou pelos nossos.

"Seu nome era Lírio, como a flor mágica da Mulher Búfala. Ela também cultivava flores para banhar-se com o concentrado, da cabeça aos pés. As flores e as ervas lhe davam a força necessária para resgatar as escravas nas senzalas. Estas que serviam como gado, estupradas e destinadas a parir os mestiços. Tanto sangue e dor... Lírio era incansável e assim era chamada, de incansável".

"Minhas mães me contavam muitas histórias sobre ela. Diziam que Lírio era a reencarnação da Mulher Búfala, a veneravam como uma deusa. E ela esculpia em barro as imagens das Três Irmãs para consagrar no fogo e pedir pelos seus poderes, enquanto as amazonas batiam em seus tambores e tocavam suas flautas, Lírio pintava o rosto de vermelho e clamava pela sabedoria da Senhora Despedida, a proteção da Deusa Concha e a força da Filha Maior. Quando as imagens de barro endureciam e quebravam, era a hora de voltar para a luta".

"Na última de suas batalhas, Lírio, a incansável, morreu de frente para o Mar Verde sob o tiro de uma espingarda. Ela caiu de seu cavalo e seu sangue derramou-se na areia e alcançou as ondas. Acredita-se que a primeira Grande Onda veio em decorrência de sua morte. As Três Irmãs estavam furiosas com aqueles homens, isso era certo".

"Após a tragédia, as tribos se reuniram para clamar pelas suas terras, entraram em guerra e conseguiram sua liberdade novamente. Foi quando a Praia de Pérola se tornou o que é hoje. Um lugar onde os refugiados da Terra das Pimentas e da Babilônia vão para tentar uma nova vida.

Você sabe que nunca tivemos muito para oferecer, mas a Praia sempre arranja um jeito de unir suas comunidades perante às intempéries. Não temos muito, não é mesmo? Temos o suficiente".

"Eu trabalhava nas lavouras como muitas mulheres daquela época. Não foi a melhor época para mulheres como minhas mães, que precisavam manter a discrição. Então você pode imaginar o que aconteceu a elas quando foram descobertas. É sempre assim, como se só nascêssemos destinadas a nos esconder. E minhas mães eram impetuosas, admitiram que sim, elas se amavam, para o vilarejo inteiro ouvir. Isso, é claro, lhes custou a vida. Então passei os anos seguintes migrando de casa em casa, vivendo em pequenos quartos sem janelas e fazendo serviços domésticos, como cuidar dos filhos de outras mulheres, arrumar os cômodos, passar as roupas, assar os peixes, depenar e guisar os frangos".

"Muitas tribos ainda existiam aos entornos da Praia, vivendo pacificamente ao redor da cidade que ia se construindo aos poucos. Enquanto aguardávamos pelo momento em que aquela trégua acabasse, sabíamos que aquela quietude pouco convincente não era mais do que um prelúdio para o que viria a seguir".

Descemos do ônibus para chegar à feira, as pessoas se movem com tranquilidade e elegância por entre as barracas de frutas e legumes. Há mel e leite fresquinho, um senhor nos convida a comprar suas espigas de milho recém-cozidas. No outro lado mais adiante, avisto o pontinho vermelho que é a barraquinha da cigana Medeia. Me seguro para não ir correndo até ela.

– Sei o que aconteceu depois que a trégua foi desfeita – eu digo, tirando a barraquinha da minha visão. – Aprendemos sobre isso na quinta série.

Os homens das Terras de Sal enganaram os líderes de todas as tribos remanescentes, solicitando a presença de todos para uma suposta reunião, e os exterminaram numa igreja do Deus Misericordioso para, em seguida, devastarem as matas e fazerem crescer a cidade. As tribos, sem líderes e admitindo a derrota, foram viver no extremo norte da região, próximos das montanhas e longe dos homens de sal.

– Colégio São Pedro? – a velha Gertrude pergunta, avaliando tomates para pôr na sacola.

– Esse mesmo.

– Lembro, lembro, estava lá quando foi erguido – ela diz, enquanto escolho uns tomates também. – Com o nome deste santo estrangeiro...

– Meu marido ajudou a construir aquele colégio – ela prossegue. – Os primeiros anos foram anos muito felizes ao lado daquele homem. Chamava-se Eros, e era muito carinhoso e dedicado para com as nossas cinco filhas e o rapazinho, o último a nascer. Não lhes levantava a mão como uma de minhas mães as vezes levantava, ou como os pais dele levantavam. Não existiu agressão naquela casa apertada repleta de nossos filhos, não nos primeiros anos, não até que eu expelisse de minhas carnes o caçula, quanto a isto a minha cabeça não me engana.

"Mas os anos, meu menino, podem ser capciosos e destruir até mesmo o melhor dos espíritos. E foi o que infelizmente aconteceu a Eros..."

O zumbido das conversas ao nosso redor diminui de volume, é como se eu ouvisse apenas a voz cansada da velha subtraindo para si toda a minha audição. Percebo pela primeira vez que ela me parece bastante familiar. Tem algo em seus olhos escuros que entra em sinergia com os meus.

Avançamos pela feira para chegar às alfaces vívidas do Porto, próximas das garrafas de azeite de oliva. Azeites puros, frescos, novos, recém-produzidos. Azeites que dão nome a este lugar, vindos de várias fazendas que exportam para todas as regiões da grande Vésper.

– Começou na primeira morte, a do nosso caçula – a velha prossegue. – Levado pela leucemia. Descobrimos muito tarde, ou talvez ele tivesse nascido apenas para visitar este mundo por um período de tempo muito curto.

"Eros amaldiçoou as Três Irmãs e todos os deuses estrangeiros das Terras de Sal. Era um homem religioso, acreditava em tudo, e então, não quis mais saber de nenhum deles. Eu somente refoguei meu luto em minhas outras filhas, submersa no amor de todas elas. Eu não era como Eros, eu aceitei naturalmente a morte do rapazinho. Entendi que foi este o seu papel em vida, nos fazer aceitar a iminência de nossa mortalidade".

"Eu ainda via o rapazinho correndo pela casa. Quando ficava sozinha e minhas filhas iam trabalhar, ele soltava sua estridente gargalhada pelos quartos. Tornou-se um rapazinho de ar. Para onde quer que eu fosse, poderia escutá-lo se me concentrasse o suficiente para isso. Eu gostava de sua companhia e ele da minha".

"Não contava isso para as meninas, obviamente, a morte do caçula lhes deixou uma imensa cicatriz que jamais poderia ser cutucada. Tentei contar a Eros sobre as suas visitas e recebi um tabefe em resposta".

"Eros odiava lembrar de sua breve existência. Pois o rapazinho fora o primeiro menino que tivemos e o que fora batizado com o nome de seu pai. Assim como a mais velha foi batizada com o meu nome. Um nome antigo, um nome de uma famosa amazona que lutou lado a lado com Lírio, a incansável".

"E a nossa casa, tão cheia de vida e de mulheres, foi se esvaziando e se definhando. Perdemos a mais velha em seu doloroso parto, e o bebê também veio morto. A segunda simplesmente desapareceu de nossas vistas, nunca mais tivemos notícias dela. A terceira foi assassinada pelas mãos de seu marido. E a quarta, pelas mãos de Eros que não aprovava o seu casamento com uma mulher".

"Todos os dias quando fazia minha caminhada pela praia, perguntava à Senhora Despedida por que ela me trouxe apenas filhos que eu iria perder. Afinal, isto não era uma subversão contra a ordem correta das coisas? Eu não deveria ter partido primeiro que todos eles?".

Terminamos nossas compras e voltamos para o ponto de ônibus esperar pelo próximo. A velha Gertrude permanece silenciosa por estes minutos, regurgitando as lembranças em sua cabeça. Preparando-se para o que irá falar, ou não. Eu adentro no ritmo da sua pausa e subimos no ônibus.

A brisa fresca do dia perpassa pelo subúrbio de Santa Cecília. Acompanho a velha até a varanda de sua casa, onde nos sentamos na cadeira de balanço e ela busca um cachimbo para pitar.

A velha está cansada e recosta a cabeça na cadeira, fitando a rua à nossa frente. Uma gritaria de crianças andando de bicicleta nos distrai, correm velozes feito pássaros vespertinos. Uma delas, de patins, acena para nós com um sorrisão carimbado no rosto.

– A Senhora Despedida veio em um sonho – ela retoma de onde parou –, como os deuses costumam vir para nos dar avisos e conselhos, embora na maior parte das vezes nos esqueçamos disso. Mas este sonho foi tão vívido e claro, que eu sinceramente não me importei em tentar lembrar de nenhum outro além deste.

"Eu estava com a minha família e ela estava completa. Nesta segunda realidade, eu não havia me dado conta, ainda, de que a maior parte deles já havia partido. Então eu acordava todas as manhãs para trocar as fraldas, levar à creche, ir para o meu trabalho de doméstica. E os anos se passaram e minhas meninas permaneceram ali. Acho que vivi durante trinta anos dentro daquele sonho, porque tenho certeza de que eu olhava no calendário todos os dias. Minhas filhas cresceram, e então eu pari o rapazinho novamente. E o rapazinho nasceu de novo, tão magrinho, diferente das cinco meninas, ele veio apenas com dois quilos e meio. Teve problemas respiratórios e por pouco não o perdemos".

"As mais velhas começaram a trabalhar, as mais novas já estavam terminando os seus estudos. E o rapazinho enchia a casa com suas risadas e seu carinho. Oh, todas as suas irmãs amavam o quanto ele era carinhoso. Uma miniatura de um perfeito cavalheiro".

"Então choveu, e choveu tanto que as minhas filhas se abraçaram, e uma delas carregava o rapazinho, e Eros ainda não estava em casa".

"Fui para fora de casa porque me parecia o certo a se fazer. E comecei a chorar junto com o céu ao me dar conta de que a maior parte dos meus filhos já estavam mortos. E eu, uma velha, continuei prosseguindo com esta vida. Olhei para trás e a minha casa se distanciava lentamente, como que sendo levada pelo vento gelado da Praia de Pérola".

"Caminhei pela praia como fazia todas as manhãs no meu jejum, e a Senhora Despedida já estava ao meu lado, me refulgindo de quentura e amor com a sua companhia".

"– Não fique assim, minha irmã – ela disse. – Prometo que a sua missão aqui está prestes a se completar".

"– Então fui eu quem pedi por toda esta dor? – perguntei à Senhora Despedida".

"– Você pediu pela minha benção, e pela sabedoria das perdas, minha irmã. Quando sua hora chegar, você será professora nas Ilhas Celestiais".

"– Dói tanto, Senhora Despedida. Dói tanto que não aguento mais".

"– Tenha calma – ela disse, tocando em meu ombro. – Ainda não acabou. Tudo valerá a pena. Veja quantos belos espíritos você ensinou em tão pouco tempo de suas vidas. Mas há o destino e há o carma, coisas que até mesmo para os deuses são invioláveis. Não se foque nisso. Foque-se no que você conseguiu aprender aqui em terra. Os valores, os afetos, a sobrevivência da memória".

A velha enxugou as lágrimas na gola de sua blusa toda rendada com folhas pontilhadas. Pitou lentamente o seu cachimbo e olhou para mim.

– Eros não fez mais nada após estrangular a nossa filha. Esperou-me chegar em casa para me culpar por isso. Gritar, esbravejar, chorar. E eu lhe disse que era melhor ele ter morrido do que me tirar a minha cria. E foi o que ele fez. Antes que eu pudesse fazer algo a respeito. Minhas palavras lhe mataram, e não senti nenhum resquício de culpa por isso. Pelo contrário, me veio apenas o mais puro e simples alívio.

"A nossa última filha, a última que permaneceu viva, retornou apenas para encontrar a mãe solitária, ensandecida, conversando sozinha. Ela não via que à minha frente eu conversava com o rapazinho. Meu pequenino Eros amoroso, tão sensível e delicado, sempre debaixo de minhas asas. Na perspectiva da filha, eu conversava somente com o vazio da forma".

"Nós tivemos uma longa conversa naquele dia. Não prometemos nada uma a outra, ela aceitou que eu iria embora também. Não para morrer, apenas para me afastar do restante deste mundo".

– Senhora Gertrude, a senhora foi viver nas montanhas do norte? – pergunto.

– Gertrude? Ah... – A velha solta uma risada dengosa, abanando a mão para diluir a fumaça do seu cachimbo. – Me desculpe não ter explicado antes. As crianças vivem me chamando de Gertrude por aqui. Este nome estrangeiro... Uma garotinha, um querubim de cabelos loiros e olhos azuis, chegou até mim e me chamou de Gertrude, porque esse era o nome da sua avó. E ela associou os rostos velhos ao nome Gertrude. Mas esse não é o meu nome, meu caro Frey, meu nome é Mamantúa. Nome de amazona, de deusa velha, sou muito velha e muito antiga. Você já deveria saber. Foi assim que ela sobreviveu, a minha quinta menina. Como toda descendente de amazona, batizei sua mãe com um nome poderoso, que invoca os deuses e a fúria de uma vida".

# O LEVIATÃ

Freya pulou sobre mim às nove da manhã, falando alto e puxando a minha coberta com a sua empolgação pueril. Eu a encarei como se quisesse degolá-la (de fato queria), e seu sorrisão não foi vencido nem por um lapso de segundo pela minha aporrinhação matinal.

– Vamos, vai ser ótimo! – ela disse.

– Já disse que não quero, garota.

– Mas é meu aniversário. Você só tá sendo chato, vive nesse quarto.

Bocejei e me espreguicei para abraçá-la. Seu coraçãozinho retumbava de alegria na caixa torácica, cujo ritmo me despertou completamente.

Dez anos de Freya, dez anos em que aprendi a amá-la e apreciar aquele serzinho acostumado à ausência de outras crianças ao seu redor. Demorou, mas aconteceu, Freya havia me conquistado totalmente e o mérito era todo dela e das historinhas que escrevia em folhas A4 (ela não gostava de linhas, preferia o vazio da brancura para criar).

– O que foi? É a sombra de novo? – ela me perguntou, querendo ler a minha expressão.

– Não. Estou até calmo esses dias. A medicação tem ajudado.

– Eu te disse para ir logo, você sempre enrola pra resolver as coisas.

– Certo.

– Não me olha assim! Sabe que eu tô certa.

– Está mesmo – eu disse.

Pulei da cama e abri o guarda-roupa para tirar um grande embrulho retangular escondido entre as colchas. Freya era muito enxerida, descobria as coisas facilmente, provavelmente também já sabia que tinha um presente para ela ali.

– Tome. – Eu entreguei o embrulho. – Feliz aniversário, pestinha.

Freya rasgou o papel obstinadamente e apreciou o quadro que fiz dela e o livro de contos que comprei num sebo no bairro dos ciganos. Seus braços – agora mais largos – seguraram o quadro nas duas extremidades com o rosto de quem acabara de descobrir uma mina de ouro. Fiz um desenho da irmãzinha sentada na colina com as Três Irmãs ao seu redor lhe dando bênçãos. Colei areia na parte da colina e umas pedrinhas e envernizei tudo para que pudesse preservá-lo. Cada deusa tinha um tecido diferente para as suas vestes: Uma renda azul-marinho para a Deusa Concha, bordada pela velha Frigga; um tecido camurça marrom para a capa da Senhora Despedida; e para a Filha Maior (a mais difícil de decidir o que colocaria), optei apenas em desenhar a sua armadura de prata que lhe cobria todo o corpo. Uma armadura ornada com detalhes marítimos, cavalos-marinhos, conchas e cardumes formando circunferências no peito e peixes-espadas nas ombreiras, o seu tridente sempre erguido para o alto. O horizonte espichado ao fundo com o sol do verão.

– Esse livro é sobre as lendas antigas da Praia – eu disse, quando ela colocou o quadro na cama e pegou o livro para avaliar. – Tem A Origem das Oceânidas, A Revolta das Sereias, a Guerra dos Espíritos Submersos e A Maldição do Leviatã. E alguns outros bem assustadores... Você vai gostar, só não aconselho ler à noite, senão ficará enchendo o meu saco para dormir comigo.

– Muito obrigada, maninho! – Ela se levantou para me dar mais um longo abraço e eu a carreguei. Freya espichara e ficara magricela, mas ainda era pesada. Fora um bebê gordo e pesado também, então eu estava acostumado. Pequenininha, me babava as bochechas com seus beijinhos com cheiro de papinha.

– Certo, tá bom, tá bom. Tá bom de beijo! Chega!

Freya saiu correndo para o quarto de mamãe e papai mostrar os presentes, e ganhou mais alguns também. Um vestidinho azul de mamãe e uma caixinha de ferramentas de papai, pois papai lhe ensinaria a cuidar de suas coisas sem precisar de seu amparo.

Papai assou na brasa um peixe enorme trazido da feira e mamãe fez peru assado com vinho e frutas. Hermod, Tulipa, Forseti e a velha Frigga apareceram para lhes dar os parabéns. Foi Tulipa quem fez o bolo para Freya, haviam se aproximado bastante desde a morte de Teseu. Um bolo de chocolate com morangos e glacê que era o favorito da irmãzinha. E Hermod e eu preferimos guardar o que aconteceu a sete chaves. Eventualmente conversávamos sobre isso e acabávamos meio irritados um com o outro. Ainda era confuso e doloroso pensar naquele ano. Era difícil buscar sentido para a melancolia. Quanto a mamãe e papai, resolveram me levar a um médico para fazer tratamento e conversar sobre o assunto. O que eu realmente não consegui fazer, falar deste assunto específico. No entanto, falei bastante da sombra e o médico me receitou uma medicação que – após umas três semanas usando – me deixava rapidamente sonolento e tranquilo, facilitando a chegada do sono e arruinando gradativamente as perturbações da sombra.

Freya se tornou uma confidente imprevisível, era mais esperta e mais inteligente do que eu nunca fui nesta idade. Eu era um menino distraído que só seguia os seus instintos. Freya pensava, analisava e então falava. Aprendi isso com ela, tenho que admitir. Nunca fui uma estrela prodígio do pensamento analítico até ela aparecer na minha vida e me fazer irromper numa mesquinharia exacerbada quanto à sua existência do meu lado. Não percebia o quanto havia sido mimado e egocêntrico por não querer dar o braço a torcer de não ser mais filho único.

Era bom ter uma irmãzinha. Passei a lhe contar sobre os sonhos que me traziam imagens que eu deveria pintar quando acordasse. Forseti dizia que era a Senhora Despedida sussurrando em meus ouvidos, conversando comigo na minha forma astral. Freya acreditava que eu podia ouvir as vozes do Mar Verde, como ela lera em uma lenda que descrevia o nascimento do oceano, sobre uma bruxa titânica que chorava sobre a terra os espíritos lamuriosos do universo, lhes dando uma nova forma e missão no mundo. Seus olhos eram a lua e o sol, seus cabelos eram todas as constelações do universo, no seu coração pulsava Marte e Júpiter, e no seu ventre orbitava Vênus voluntariosa. Hermod concordava com ambas, com seus gestos trancados e seu meio-sorriso (papai imitava o seu jeitão para nos fazer rir, ele fazia isso com todo mundo).

Hermod estava esquisito desde que chegara com Tulipa para o aniversário. Quero dizer, ele estava aparentemente bem e conversando normalmente com todos e rindo das palhaçadas de papai. Mas algo me incomodava em sua postura, que era quase uma postura ensaiada e eu sabia muito bem como Hermod agia no cotidiano. Concluí que era apenas uma paranoia minha – e você sabe, tenho muitas destas – e continuei a aproveitar o dia da irmãzinha normalmente. Esse foi o meu primeiro e espalhafatoso erro neste dia.

Ao final da tarde, nos arrumamos para nos sentarmos defronte ao Mar Verde. Mamãe soltou alguns fogos de artifício para Freya, um costume que sua mãe lhe ensinou.

– A cada dez anos de vida soltamos os fogos. Sinalizando para o céu os nossos pedidos – ela explicou para Tulipa.

– A senhora nunca fala da vovó – eu disse.

– Ah, meu querido. Ela vive naquelas matas, isolada do restante do mundo. – Ela apontou para o norte. – Não quer saber das pessoas. Caça sua própria comida, é feliz assim, sozinha.

– E o vovô? – Freya quis saber.

– Não é um homem que valha a pena ser citado – papai disse.

– Sim – mamãe concordou. – É por isso que a minha velha decidiu morar longe de tudo e todos.

– Não entendo – Freya disse. – Ele fazia mal?

– Muito mal, minha querida. – Papai se sentou e eu coloquei a cabeça em seu colo. Hermod fitava o horizonte ao lado de Forseti. O assunto sobre o avô foi encerrado.

– Sinto falta da minha mãe – Tulipa confessou. – Ela trabalhava nas lavouras enquanto nos mandava focarmos nos estudos. Ela fazia uma torta de damascos maravilhosa, mas esqueci de pegar com ela a receita. Também sinto falta de todas as minhas irmãs. Éramos muitas. Espero que estejam bem.

– Quantas irmãs você tem? – mamãe quis saber.

– Comigo, são sete – Tulipa respondeu. – Vivíamos numa casa bastante apertada. Mamãe era muito brava com a gente, as vezes nos batia, mas ela foi criada assim, na base da surra. Nenhuma de nós a culpava por isso, sabe? Depois de um tempo ela nunca mais nos levantou a mão, quando veio a caçula tudo melhorou. Eu fui a penúltima menina que mamãe pariu. As mais velhas mudaram-se para a Metrópole, já trabalhavam antes de eu nascer, as outras foram para o Porto das Oliveiras e levaram a caçula. Eu decidi ficar aqui, pois a Praia de Pérola é o meu único lar.

– É o meu também – mamãe disse, divagando em si própria.

– Como está sendo cuidar de Hermod, minha cara? – papai perguntou.

– Ele é um rapaz muito bonzinho. Não me dá trabalho nenhum. Também não se envolve mais com aquelas coisas que lhe fizeram ser expulso do colégio. Graças às Deusas. Ingressar na marinha lhe fez bem.

– Que bom – mamãe disse, lhe segurando a mão. – Sabes que será sempre bem-vinda em nossa vida. Precisamos de alguém como você aqui.

– Muito obrigada, senhora Lírio.

– Eu lembro da sua mãe – a velha Frigga revelou para Tulipa. – Era o meu primeiro ano lecionando, tinha acabado de me formar. Ela foi minha aluna, mas o pai faleceu e ela precisou abandonar as aulas para trabalhar com a madrasta. Acho que ela tinha lá seus dezesseis anos. Vieram da Babilônia... Seu sangue é da Babilônia, você sabe disso, não sabe?

– Sei sim, senhora.

– Os pais de sua mãe chegaram aqui em um barco – a velha Frigga prosseguiu –, junto com outros sobreviventes, sofrendo de fome e desidratação. Nesta época, haviam pouquíssimos bairros na Praia e havia trabalho de sobra nas lavouras. Foi uma época boa e próspera. A cidade cresceu muito rápido com a vinda dos imigrantes e dos ciganos.

– Tem chegado mais imigrantes aqui – Tulipa disse. – Há uma nova guerra acontecendo e a Praia de Pérola é o lugar mais próximo da fronteira.

– De fato – Frigga assentiu.

– Estão convocando a nossa marinha. Para que levem navios de resgate – mamãe disse.

– Então Hermod já deve ter sido chamado – papai concluiu.

– Sim, ele foi – Tulipa respondeu.

Eu levantei a cabeça no mesmo instante.

– Eu não estava sabendo disso.

– Você deveria ver mais televisão, Frey. As notícias correm – mamãe me ralhou.

– Tá – respondi malcriadamente, levantando-me do conforto das coxas do pai e indo em direção a Hermod.

Chamei Forseti e Hermod para ter comigo na colina, Freya resolveu vir conosco. Eu não me irritava mais com ela metendo o bedelho em nossos assuntos. Eu deixei de me importar com isso possivelmente após aquele dia, três anos atrás, em que ela desapareceu por uma tarde inteira e eu a encontrei nesta mesma colina, pensativa e tristonha, magoada por achar que eu a odiava. Daí retirei minha camisa para lhe mostrar os hematomas e lhe expliquei que só havia ódio dentro de mim, por mim. Não por ela. Sempre amei Freya, só não sabia o quanto a amava. Demorei dez anos para perceber aquele amor. Que palerma.

– Frey, eu tenho algo para lhe mostrar – Forseti começou. Tirando do bolso da jeans um pedaço de jornal. – Tome. Leia.

Todos prestaram atenção em mim. Desdobrei o papel para ler:

*"Chamada para artistas de toda a Vésper:*

*Como forma de incentivar os artistas de nosso país e descobrir novos talentos, o Instituto de Artes Wolfe (IAW), decidiu abrir seu concurso regional e anual para inscrições de artistas tanto regionais quanto de outros estados, oferecendo residência artística – máximo de sete vagas – para os selecionados. Com foco nas artes da pintura e de seus inúmeros estilos. A decisão em abrir este concurso – agora a nível nacional –, provém da nossa busca de ampliar os horizontes e possibilitar o crescimento das artes de todas as regiões de Vésper.*

*Os artistas podem enviar registros fotográficos (em primeiro plano, plano médio e planos-detalhes) mostrando suas obras até o fim de setembro. Para realizar a inscrição é necessário que o artista envie, além das fotos (preferencialmente em tamanho 15x21 e/ou dimensões maiores), uma pequena biografia, cópias de seus documentos (RG e CPF), endereço residencial, número de telefone e uma foto 3x4 para fins de registro. Não é necessário ter cursado ensino superior. Entretanto, é necessário ser maior de 18 (dezoito) anos. Os artistas selecionados serão instalados na mansão histórica de Elizabeth Wolfe, e tutorados pela doutora Catarina Wolfe, que fará três reuniões por semana durante quatro meses. Para que cada artista tenha a devida atenção e desenvolvimento no que tange ao seu trabalho.*

*O resultado final saíra no fim de outubro, no jornal de sua região, com os nomes dos sete escolhidos. Também disponibilizaremos um número de telefone para que os artistas entrem em contato e para que enviamos as devidas passagens. Se não houver resposta, tentaremos entrar em contato através de cartas e do número de telefone que o selecionado disponibilizou em sua inscrição. Por fim, os sete artistas farão suas próprias exposições em partes distintas da grande capital do Porto das Oliveiras. Na Semana das Artes que ocorrerá em março do ano seguinte.*

*Os artistas deverão enviar os documentos, as fotos e a biografia num envelope lacrado para o seguinte endereço:*

*Rua das Camélias,*

*1818*

*Subúrbio de Santa Candelária*

*Porto das Oliveiras (Capital) – Vésper.*

*CEP: 333 – 1117".*

– Isso não é maravilhoso? – Forseti disse.

– Ah, eu não sei, Forseti. Vai se inscrever gente de todo o país. Minha chance é de uma em um milhão.

– Não custa tentar – Hermod disse, me abraçando pela cintura.

– A gente te ajuda. – Freya era a mais empolgada.

– Faça, Frey. Eu conheço um jornalista que pode fazer as fotos. A gente faz uma vaquinha pra pagá-lo.

– Certo. Porque eu realmente não sei o que é "primeiro plano", "plano médio" e "plano detalhe".

– Eles querem fotos próximas e um pouco mais distantes dos quadros, pelo que entendi – Forseti explicou.

– Tudo bem, eu faço – eu disse, vencido.

– O que é importa é que temos um mês para arrumar tudo

– Bem, mas como vou me manter por lá? – perguntei.

– Frey, esse é o instituto dos Wolfe, com certeza eles irão fornecer tudo que você precisa – Hermod disse.

– E quem que vai reparar essa pestinha no meu lugar? – apontei para Freya, que me mostrou a língua.

– Eu já fico em casa sozinha, sei me cuidar – a irmãzinha disse, convencida.

– Sabe mesmo. – Eu sorri para Freya, orgulhoso.

– Ela pode ficar na minha casa também, ou na de Hermod – Forseti disse. – Para que não fique tão sozinha de saudades. Bom que nos unimos para falar mal de você. – Hermod soltou um pigarro/riso.

– Na sua casa já está ótimo – eu disse para Forseti. – Ela não precisa pular de casa em casa também.

– Algum problema com a de Hermod? – Forseti quis saber.

– Não, nenhum.

Ela suspirou, não estava convencida. Forseti presumia que eu e Hermod escondíamos coisas dela a um tempo, nas vezes em que ela tocava no assunto nós decidíamos negligenciá-la.

– Freya, meu bebê, você pode nos dar licença um momento? Preciso conversar com esses dois – a neta da velha Frigga pediu. Freya emburrou a cara, mas obedeceu e voltou para ter com a família.

– Eu não sou mais um bebê! – ela gritou lá atrás, descendo as pedras que formavam uma escadaria rústica na colina.

– Eu quero saber quando vocês dois irão me falar o que aconteceu – Forseti foi direto ao ponto.

– Como assim o que aconteceu? – perguntei.

– Não se faça de sonso, Frey. Eu te conheço não é de hoje.

Hermod e eu nos entreolhamos. Não havia muitas opções de fuga naquele momento. Já tinham se esgotado todas as opções feitas para desconversar nos últimos três anos.

Forseti soltou mais um suspiro, obviamente irritada.

– Eu sinto que não sou mais ligada a vocês dois, sabe? Não como antigamente. É como se vocês vivessem em outro lugar, outro mundo ao qual eu não posso participar. E as vezes eu participo com segundas versões de quem vocês são agora. Enfim... essa é a última vez que pergunto que caralhos foi que aconteceu. Depois disso, eu sinceramente não sei o que farei.

Hermod tirou um maço do bolso de trás da jeans para acender um cigarro. Ele fumava em ocasiões muito específicas. Na maior parte delas, eu sabia que era quando ele se sentia encurralado ou aflito de alguma maneira. E o detalhe do cigarro foi desconfortável de perceber porque Forseti também não sabia daquilo. Para ela, Hermod apenas acendia um cigarro de vez em quando, e só.

– Você não precisa saber disso – Hermod disse. – Não tem mais importância.

– Bem, se afeta a nossa amizade, claramente tem – Forseti rebateu.

– A gente só quer te poupar dessa merda – eu disse, quase sussurrando.

– Você não tem a obrigação de me poupar de nada. Eu não nasci ontem. Que porra é essa? Eu tenho quantos anos agora? Doze?

– Não precisa falar desse jeito – Hermod retrucou.

– Ah, mas eu falo sim. E falarei mais. Mas no momento, estou aguardando. – Ela cruzou os braços.

O Mar Verde se agitava à nossa frente. Tive a impressão de que a impetuosidade de Forseti se estendia para os céus que escureciam na ponta do horizonte. A ventania estava forte e agitava os nossos cabelos com mãos invisíveis. Forseti, senhorita-temporal. Levava embora a folha seca de uma palmeira para as águas esmeraldinas com a ventania inventada.

– Ele me machucou naquele ano, e eu deixei – eu disse. – Porque queria ver Hermod, porque não abri mão dele. Porque fui estúpido e foi tudo minha culpa, todas as coisas que aconteceram.

– Ele quem, Frey? Quem te machucou?

– Teseu, Forseti. Teseu – Hermod respondeu.

– Como assim foi sua culpa?

– Meu tio não permitia que Frey viesse me ver, não antes de passar com ele primeiro. Fazia ameaças, para mim e para ele.

Forseti franziu o cenho, atônita. Poucos segundos depois, entendeu, e sua aflição se tornou uma expressão de pesar.

– Eu falo que não foi culpa dele – Hermod disse –, mas ele não me ouve.

– É claro que foi minha culpa. Se eu tivesse ficado quieto, nada disso teria acontecido.

– A primeira vez foi sua culpa também? – Hermod perguntou, dando um longo trago.

– Primeira? Quantas vezes isso aconteceu? – Forseti quis saber.

– Muitas! – eu exclamei. – O que mais ele faria? Era do meu merecimento.

– Ah, vai começar... – Hermod bufou.

– Hermod, cale a boca – Forseti colocou a mão na sua cara. – Frey, olhe para mim. Olhe para mim! Engole esse choro e olhe para mim.

Eu obedeci e esfreguei as pálpebras. Forseti colocou as mãos sobre os meus ombros, me olhando nos olhos.

– Já acabou, certo? Já acabou e agora ele não está mais aqui. Não tem necessidade de você acreditar que isso foi sua culpa. Certo? A gente não pode prever ou tentar evitar as maneiras com que os outros nos manipulam e nos machucam. Tá bom?

Eu concordei com a cabeça, sem realmente acreditar na minha concordância, colocando as mãos sobre a boca para impedir que meus soluços saíssem mais alto. Apertando as mãos como que querendo arrancar a pele do meu rosto. Máscara de vísceras.

Forseti me abraçou forte, Hermod somente nos assistia.

– Pronto, pronto – ela disse baixinho, afagando a minha nuca. – Vai passar, eu prometo.

– Me desculpe, Frey. Eu fico puto quando você faz isso – Hermod sussurrou, se unindo ao abraço.

Não consegui responder que eu havia aceitado o seu pedido de desculpas, concluí que ele já havia entendido que sim. Voltamos para a reunião familiar na praia e papai notou minha tristeza, decidindo me carregar para dentro de casa, robusto e sorridente. Vi sobre o ombro de Loki mamãe e Forseti se entreolharem, numa compreensão telepática. E o aniversário de Freya durou apenas por mais uma horinha antes do temporal começar a cair.

– Esse tempo tá ficando feio – mamãe disse, velando a praia pela janela da cozinha.

– Que céu horroroso – a velha Frigga disse, como se o céu fosse um despautério. – Forseti, vamos embora. Precisamos nos preparar para o ritual de amanhã. Lírio, minha querida, se quiser trazer Freya, podemos lhe preparar um banho de prosperidade.

– Muito obrigada, senhora Frigga – mamãe respondeu.

– Venham todos, faremos uma fogueira ao pôr-do-sol para as Três Irmãs – a velha Frigga disse, segurando a mão da neta e se retirando serenamente. – Isto é, supondo que tenha sol – ela disse antes de Forseti fechar a porta.

– Também já precisamos ir, Hermod – Tulipa disse, segurando no ombro do rapaz.

– Tem problema eu dormir com Frey hoje? – Hermod perguntou, virando-se para Tulipa. – Prometo que de manhã cedinho já estarei em casa pra ajudar na reforma.

Tulipa o encarou, seriamente, e depois olhou para mim, deitado no colo do pai estirado no sofá.

– Tudo bem. Não se atrase. – Ela deu um beijo em sua testa e também se retirou.

Jantamos as sobras do almoço e fizemos do bolo de morangos a sobremesa. A casa uivava com a ventania gelada entrando pelas frestas. Mamãe colocou panos de chão nas frestas e ligou o aquecedor. Hermod e eu fomos para o meu quarto nos deitarmos e Freya foi deleitar-se com o livro que lhe presenteei. Papai e mamãe permaneceram na cozinha, numa conversa que os mais novos não podiam participar.

Tiramos nossas roupas e nos deitamos entrelaçados, Hermod e eu. Nos beijamos como se nunca houvéssemos nos beijado antes, por tantos anos de uma vida inteira. Seu pau duro se esfregava no meu, criávamos lava incandescente naquela metalurgia sinestésica. Acendi lampiões em sua virilha com a minha boca e ele navegou em direção às minhas águas para se ancorar. O travesseiro era a areia macia e úmida em que deitava o meu rosto e abafava os meus gemidos. Hermod grunhia no idioma dos conquistadores, mais adentro, mais forte, homem de fogo na maresia invoca os ventos dos deuses para atravessar na ponta de um oceano para o outro. E os deuses abençoam com o sol do dia próspero e as gaivotas permeiam em feitiços estratosféricos, magia de sal, magia além-mar, o meu acolchoado de devaneios leves feito as asas de um beija-flor.

– Vá ao porto amanhã para nos despedirmos – ele disse, fumando na janela. – Fui convocado para ir à Babilônia.

– Tá bom. Mas termine logo esse cigarro porque tá muito frio. E me devolve essa costela quente pra eu agarrar.

Hermod sorriu um sorriso melancólico, como se quisesse me dar outra notícia que estava entalada na garganta desde hoje cedo. Ele não deu. Voltou a deitar-se e me envolver no calor fervente de seu corpo.

– Você está com medo? – perguntei.

– Não. Nem um pouco, pra ser sincero – ele respondeu. – E você? Vai ficar bem por aqui?

– Não demora muito Forseti também vai embora. Ela está estudando para entrar na faculdade. Com certeza vai conseguir – eu disse.

– Ah, com absoluta certeza – ele concordou. – Ela é a melhor.

– Você fala como se nunca mais fôssemos nos ver... Se eu for selecionado, fico no máximo uns cinco meses no Porto das Oliveiras.

– Não pretende se mudar em definitivo? – Hermod quis saber. – Aquela cidade seria ótima pra você mostrar o seu trabalho.

– Eu não sei se quero fazer isso. Eu digo, no sentido de viver unicamente da minha arte. E também nem sei se isso é mesmo possível.

O que eu desenho já me exausta demais. Se eu viver fazendo apenas isso, vou enlouquecer.

– Os remédios têm ajudado? Esses que você está tomando? – ele perguntou.

– Estão sim. Na medida do possível – respondi. – Mas me sinto um pouco mal por depender deles... Na verdade, não sei se realmente dependo deles. É só algo que coloco na minha cabeça.

– Eu deveria ter buscado ajuda também... Acho que só não tive tempo pra isso. Passo o dia inteiro trabalhando. Esses três anos passaram voando...

– Como você está agora?

– Com você aqui, e mais feliz do que nunca – Hermod afirmou, passeando a mão pelas minhas costas.

– Você sabe o que quero dizer...

– Eu sei, só não sei se quero responder sua pergunta.

– Fala comigo, Hermod.

– Eu vou ficar bem, juro. Essas coisas não me machucam mais. As vezes só aparecem na minha cabeça, querendo me atormentar. Mas isso não significa nada. Então eu volto a fazer o que tenho que fazer.

– Promete? – lhe cobrei.

– Prometo.

Afundei meu rosto em seu peitoral e adormecemos.

Sonhei que caminhava naquela mesma praia desconhecida, em direção à oceânida que me chamava para nadar com ela. Mas não havia nenhuma oceânida por perto, com seus olhos pretos como o vazio perscrutando os meus passos de ferro. Sua casa de corais e a minha metamorfose.

Ao invés da familiar oceânida, surgiu a Filha Maior num clarão de luz que desceu dos céus na velocidade de um trovão. Sua armadura de prata refletia as cores dos céus e das águas, sua pele negra era áspera e reluzente, oleosa, suada. Seus cabelos encaracolados cortados nas alturas dos ombros agitavam-se nos sopros que vinham das ondas. Sua expressão inexorável me aterrorizava, era megera em sua presença. Segurava seu elmo na mão esquerda, e o tridente na mão direita. Seu rosto e seu corpo robusto me lembravam as merendeiras do colégio São Pedro. Forte, musculosa, feições duras, ombros largos e enrijecidos pelo tempo.

E eu prossegui minha caminhada até a deusa.

– Frey, menino da Concha – a Filha Maior disse, com sua voz trovejante –, meu soldado corre perigo. Não o deixe ir embora.

Ela depositou o elmo na areia e tocou em meu ombro. E me disse mais alguma coisa, urgente, que não consegui escutar porque o barulho das ondas estava aumentando tanto que sua voz ficou imperceptível. Percebendo a minha surdez, apontou seu tridente para o mar.

E então eu acordei.

Esfreguei os olhos para ter certeza de que estava realmente acordado. E pulei da cama ao ver Hermod desacordado em meu chão. O frasquinho vazio dos meus remédios em sua mão entreaberta, imóvel.

Comecei a gritar para mamãe e papai, acho que nunca gritei tão alto na minha vida. Papai abriu a porta, taciturno, e carregou Hermod até o carro. Voltando para vestir uma calça e uma camiseta às pressas, as primeiras que puxou do cabide. Meu corpo inteiro formigava em pavor e batimentos acelerados.

– Freya, vá até a casa de Tulipa – mamãe ordenou. – Ela não está atendendo o telefone. Estamos indo para o hospital. Avise Tulipa, minha filha.

Freya se aprontou tão rapidamente quanto papai e saiu correndo em direção ao bairro em que Tulipa morava. Coloquei a cabeça de Hermod em meu colo no banco de trás enquanto papai dirigia feito um louco e mamãe não parava de checar o seu pulso.

– Está muito fraco. Minha deusa. O que aconteceu, Frey?

– Eu não sei, mãe.

– Tudo bem, tudo bem. Não se apavore.

Chegamos no hospital e ajudei papai a tirar o corpo inerte de Hermod. Papai o levou até os corredores de emergência. Mamãe nem mesmo havia colocado seu uniforme de enfermeira. Tudo o que eu pude fazer foi assisti-lo sendo colocado em uma maca e levado para longe de mim.

– Frey, vá para a sala de espera. Ainda preciso trocar de roupa. Vai ficar tudo bem.

– Mas mãe...

– Sem, "mas mãe", eu já mandei. Ande, vá.

Mamãe me deu um beijo na testa e saiu com passos rápidos. Me senti impotente e frágil. Frágil como alguém que não sabe cuidar de quem está a um palmo diante do próprio nariz. Era minha culpa, ter ignorado tudo isso porque estava concentrado demais em não definhar novamente. Me contentando com as mentiras espalhafatosas de Hermod. Era do meu merecimento, ter que ficar na sala de espera no meio de pessoas tão aflitas quanto eu também estava, uma sala de desespero compactado. Desespero por notícias ainda não pronunciadas. Uma pintura à óleo, animada, de homens e mulheres que perseguem o altar de deuses cruéis. Galgam os degraus, arrastam-se, imploram, berram. Os querubins se compadecem e os deuses permanecem imóveis. Aqui os humanos não podem entrar. Permaneçam na sala de espera.

Uma enfermeira surgiu, claramente apavorada, e se apressou para ligar a televisão na parede.

– Minha deusa – ela disse. – Não, não pode ser verdade.

As luzes do hospital começaram a piscar e o piso tremeu, ativando o alarme de emergência. A televisão não ligava. Todos se entreolharam, estáticos, sem entender o que foi aquele tremor. O barulho de helicópteros se intensificou e invadiu os corredores do hospital como se estivessem ali dentro. Uma gritaria coletiva alarmou todos os que estavam no recinto. Corremos para fora e vimos uma procedência inacabável de acidentes de carro, ônibus se colidindo contra os postes e, ao longe, bem ao longe, a grande onda descendo e engolindo os bairros defronte ao Mar Verde.

Como a maldição do ardiloso Leviatã, seus braços de água ceifaram todas as vidas à sua frente. Destruíram todas as casas frontais transformando-as em armas de demolição que chegavam feito tubarões de concreto abocanhando as outras moradas e inundando os bairros mais próximos. Lavando ao seu próprio modo violento, a multidão.

Mamãe saiu do hospital para me encontrar, agora vestida com seu uniforme de enfermeira. Avistou conosco o mundo acabando diante dos nossos olhos. Correu alguns metros adiante quase decidindo adentrar no caos, mas suas pernas falharam e caíram sobre os próprios joelhos.

E o seu choro, seus uivos de dor, seu choro inominável, seu choro gutural e agressivo, era o choro de um mundo inteiro que chorava numa única voz.

# CHUVA

Sonhei com Forseti esta noite.

Acordo às quatro da manhã com o peito acelerado e falta de ar. Havia sido um sonho bom, no entanto. Quem me tira a respiração é a sombra que me vela durante o meu sono. Jacinto acorda logo em seguida, bocejando e esticando o braço intacto do acidente. Ele me avalia serenamente, com um olhar convidativo e solícito. Não quero que entenda errado quando digo isso, mas a dor o deixou mais belo com o tempo. Nós ainda temos esperanças de encontrar Lírio, ou de que ela volte para casa, nas expectativas pela afirmação da cigana Medeia, ao mesmo tempo em que já estamos preparados para a pior das notícias. Tivemos muitas noites de lágrimas para este preparo. Jacinto em meu peitoral. Eu no peitoral de Jacinto. O choro dele é quase gutural, rude e grosso. O meu é frouxo. Tentamos nestes dias tortos nos mantermos sãos, sábados lentos e domingos requentados, a sombra respirando em minha nuca com o filho de Sofia Baltazar logo ao meu lado. O remédio a enfraquece as vezes, mas só as vezes.

– O que foi, meu bem? – meu marido pergunta.

– A Praia de Pérola – respondo.

Jacinto agora sabe. Eu lhe dei o conhecimento de minhas culpas. Guardar segredos na presença da sombra tornou-se perigoso. Mostrei até mesmo as cartas, as que Hermod me escrevera e as que ele me devolvera. Só não contei sobre a velha Gertrude, que na verdade se chama Mamantúa e é a mãe de minha mãe, morando pertinho de mim. Quem diria... Isto eu guardo apenas para mim, é um segredo aconchegante, quente como o colo de meu pai.

– É Freya novamente? – ele quer saber.

– Não, não. Forseti. Raramente sonho com ela.

Forseti desesperada gritando o nome da vó, arrasada pela morte de Freya, Tulipa e de toda a sua vizinhança. Voltando aos prantos da feira e vendo todo o estrago. Forseti era diferente de mim e de Hermod, ela realmente conhecia e era amiga de muitas pessoas da vizinhança. Forseti e a velha Frigga eram as sacerdotisas da Praia que ajudavam os desesperados por auxílio espiritual. Viam o seu bairro como uma imensa família, parentes problemáticos precisando de alguns conselhos, limpezas ou apenas de companhia.

Eu estava ocupado demais dentro de mim e Hermod, bem, era Hermod. Eu não mudaria isso, minha família na casa fria já me bastava, e aqueles que eram próximos dela. Hermod tinha seus outros amigos marinheiros, que andavam pela cidade de madrugada com suas motocicletas. E nunca realmente falava coisas pessoais para esses amigos, pelo que ele mesmo disse na rodoviária, na nossa primeira despedida, não na segunda, que aconteceu nas cartas. Hermod e os marinheiros faziam competições de madrugada, lutavam entre si as vezes. Hermod com a motocicleta do tio morto. E eu achando que seus ferimentos eram acidentes no porto. Ele gostava da dor física, da adrenalina, acho que era só uma maneira de aliviar o que Teseu havia feito a ele. Homens vivem fazendo isso. Gostam da dor física de maneira quase sexual. Misto de sexo e morte como um novo fetiche a ser descoberto. O que vimos na casa de banho naquele dia foi um exemplo perfeito do quão longe os homens chegam para morrerem um pouco mais, e ainda continuarem vivos. Jacinto fez isso, aproximar-se da morte como um cortejo, bebendo despudoradamente e dirigindo e gritando por Lírio. Eu fiz isso. Faço ora consciente ora inconscientemente. Ando tentando não fazer, e está difícil.

Descobri que só conhecia de Hermod o que ele decidia me mostrar. Sua vontade de morrer era um segredo, a minha sempre foi explanada. Todos de casa sabiam, todos tentando desesperadamente me deixar intacto enquanto eu assistia, em histriônico silêncio, a sombra mastigar os meus pés com sua bocarra. A penumbra de Teseu fervendo atrás de mim. Tenho certeza de que ele ainda vaga por aí, como uma poderosa entidade.

E nós, meninos bobos e violentos, machucamos Forseti ao deixá-la do lado de fora por tempo demais. Assistindo de uma janela fechada, batendo o punho no vidro, gritando para a gente e a gente não ouvindo. *Por favor, me deixem saber, me deixem conhecer quem são vocês agora, me deixem ver o que aconteceu a vocês para ficarem tão silenciosos deste jeito.*

– Conta pra mim – Jacinto me pede.

– Nós estávamos os três na colina. Hermod, Forseti e eu, como costumávamos fazer. Não lembro o que conversávamos, mas era algo bom porque estávamos rindo muito alto.

– O que aconteceu a ela, Frey? Você não me disse se ela continuou morando na Praia ou se se mudou.

– Você acreditaria se eu dissesse?

– Claro que sim.

– Bem, acho que ela reuniu dentro de si todas as dores e os lutos, e quase chegou a enlouquecer por causa disso. Deve ser coisa de sacerdotisa, mas eu nunca vou saber... A velha Frigga, mesmo que já tivesse uma certa idade, ainda tinha saúde para viver por mais uns bons anos. Assim como sua mãe, ela provavelmente chegaria aos cem, intacta. Forseti estava contando com estes anos a mais, nenhum de nós estávamos preparados...

– E então?

– Ela não aguentou de tanta tristeza. Transformou-se em oceânida. Foi viver no fundo do mar.

Havia alguns retratos da mãe de Forseti nas paredes da casa da velha Frigga. Uma mulher robusta como minha mãe, descendente de amazonas. Havia até mesmo um retrato da mulher erguendo para o céu uma Forseti bebê, a praia ao fundo. Era uma presença quase física naquela casa. Eu me perguntava se ela estava ali o tempo todo, quando ia participar dos encontros espirituais que a velha Frigga preparava em seu terreiro. Nunca soube do seu nome, e também nunca tive interesse em perguntar. Frigga, quando decidia contar uma memória sobre a mulher, apenas dizia "minha filha isso, minha filha aquilo". Então a mãe de Forseti, em minha cabeça, tornou-se uma figura mitológica que era apenas a filha da velha Frigga. Que esteve neste mundo por um momento, pariu a minha melhor amiga e depois foi embora deixando apenas retratos como prova de que existira.

"Minha melhor amiga", isso me soa meio amargo. De fato é. Hermod e eu poderíamos ter cuidado melhor da nossa amizade, termos sido mais sinceros. Sei que isso é uma culpa que ele carrega também. E agora Forseti está distante demais de todos nós, que decidimos continuar neste corpo humano. Imagino em que momento o estalo de decisão se abateu em Forseti. Nós apenas encontramos uma pele murcha na praia como um balão estourado por uma agulha, uma pele que antes fora Forseti, e alguém fazendo um *tchibum* dentro das ondas, escuro demais para ver.

Todos aqueles retratos se perderam na Grande Onda, assim como os álbuns de fotos da minha infância e da infância de Freya. Não há absolutamente mais nada que prove que Freya existiu, tudo sobre ela fora inundado. Retratos da adolescência de papai e mamãe também. Eles se conheciam a muitos anos. A Grande Onda arrancou a nossa história como colonizadores das Terras de Sal incendiando florestas e afugentando as tribos. História perdida, destroçada pela força e pelo peso da água, dissolvida num caldeirão de lama, madeira, concreto e uma pilha de corpos. Tudo o que nos restou foi o barulho de helicópteros, jornais do mundo inteiro testemunhando a tragédia, equipes de resgate e a mãe, ferida, uivando de dor, caminhando nos entulhos à procura do corpo da filha. O seu uniforme de enfermeira sujo, rasgado e ensanguentado. As mãos cortadas, o peito arrancado de dor.

Na noite seguinte ao ocorrido, no hospital entupido de pessoas espalhadas pelos chãos dos corredores e pelos leitos, deitado num colchonete ao lado da cama onde Hermod descansava num coma que durara três dias, sonhei com os corpos. Eles não estavam estirados no chão, como os corpos costumam estar. A gravidade não os afetava. Uma pilha de corpos flutuava no céu, próxima do sol, como que erguidos por uma grande mão invisível, espalmada, equilibrando um amontoado de braços, pernas, cabeças e troncos que formavam um triângulo sólido de mortandade. Eu esperei que eles desaparecessem, aquela visão me atormentava. Mas eles continuavam ali, e o céu azul-marinho foi infectado pela decomposição, tornou-se verde-musgo, e depois roxo, e por último preto.

Coloco minha cabeça no círculo claro que a cúpula nos entrega do sótão, projetado no piso do teto. Ouço Jacinto chegando em casa e subindo para se unir a mim. Ele se deita ao meu lado, com seu tapa-olho preto e o braço engessado. É fim de tarde e o círculo de céu que vemos começa a escurecer, céu de primavera. Tem cara de que vai chover.

Estou tranquilo da medicação e Jacinto está mais vívido desde que voltara a trabalhar. Acredito que a sua aparência na firma se tornou mais assustadora, por conta do tapa-olho. Como alguém que foi a uma batalha e saiu vitorioso. Embora não haja vitória alguma por aqui. Nós só estamos perdendo, desde que comecei este ciclo de dores estamos perdendo e eu preciso encontrar um jeito de mudar isso.

Preciso de força, se é que tenho alguma.

Neste instante me contento com a força de Jacinto. Nutro-me dela. Não entenda mal, isso não é de maneira alguma um eufemismo para dependência.

– Eu sei por que você vem aqui e fica deitado – ele diz. – Sempre me perguntei isso, agora acho que sei. Não, eu tenho certeza.

Eu viro o pescoço e ele também, nossos narizes se tocam.

– Posso saber então?

– Você vem aqui para ficar se culpando. Este sótão é o seu julgamento, não é?

– Acertou – respondo. – Mas eu faço isso em qualquer lugar.

– Pode até fazer, mas aqui é mais especial. A culpa não te agride daqui. Você tenta entendê-la. Você acalenta as culpas como uma mãe acalenta seus filhos.

– Anda lendo poesia demais – eu digo, e nós dois rimos.

E a tristeza bate, desgovernada, porque as poesias pertencem à Lírio.

Minha filha, pelo amor da Deusa Concha, onde está você? Está segura? Estão te alimentando bem? Estão te agredindo? O que estão fazendo para você demorar tanto para ser encontrada? Onde te esconderam?

– Eu memorizei várias, mas tem uma que é a favorita dela – Jacinto diz, como que lendo meus pensamentos.

– Qual? São tantos...

– Este se chama Senhora Dor. É de uma poetisa chamada Deirdre. E começa assim:

*Você usa esta dor como um agasalho*
*Você se esquenta com ela*
*Ela te traz o calor necessário*
*Você abraça esta dor*
*Assim como ela te abraça*
*Você se torna um corpo de dor*
*E por que não*
*Um corpo entupido de amor.*

Aprumo-me no peitoral de Jacinto, com todo cuidado com seu braço engessado, tentando encontrar Lírio em seu batimento cardíaco. Se eu me concentrar o suficiente, encontrarei um pedacinho dela sussurrando alguma coisa ali dentro. Quero me lembrar da sua voz, do seu cheiro. Sei que está tudo ali.

– Sinto tanta falta dela – sussurro.

– Eu sei. Eu também – ele responde.

– Posso contar uma coisa?

– Claro.

– Pouco antes disso tudo acontecer, tiveram dias em que vi Lírio como uma intrusa. Alguém que entrou nessa casa sem permissão. Me sinto horrível por isso. Foi tão horrível, esse estranhamento. Veio do nada. E então me lembrei de Freya, porque eu a tratei por muito tempo desse jeito, como uma intrusa. Eu era cruel com Freya, e isso se espalhou por mim até que alcançasse a nossa filha.

Jacinto fica em silêncio, não sei se chocado ou apenas refletindo. Meu rosto está fitando as suas pernas, passeio a mão em sua barriga por debaixo da camiseta, até alcançar o peito. Não quis olhá-lo nos olhos quando criei essa súbita vontade de lhe revelar isso.

Um relâmpago pisca no céu como uma lâmpada celestial que acabara de queimar.

– Você nunca foi cruel com ela.

– Com Lírio ou com Freya?

– Lírio. Não posso dizer da sua irmãzinha. Como estava? Antes daquele tsunami? Você e ela.

– Nós estávamos bem. Quero dizer, nos primeiros anos eu realmente fiz o inferno com aquela menina. E depois de tudo aquilo, ela ainda me fez companhia. Ia no meu quarto à noite quando me ouvia gritando, com um copo de água ou uma fruta. Quando chegava do colégio, eu a encontrava dormindo em minha cama.

– Você já falou sobre isso com a doutora Eurídice?

– Não, ainda não. Estou criando coragem.

– Certo.

A respiração profunda de Jacinto me deixa sonolento, mas não quero dormir. Gosto disto. Deste momento.

– Posso te contar uma coisa também? – ele pergunta.

– Deve.

– Eu te conheci num momento muito disperso da minha vida – Jacinto começa. – As coisas estavam enevoadas demais. Quase como se tivesse uma neblina ao redor da minha cabeça. Também é estranho pensar nisso agora, porque se eu penso nessa pessoa de anos atrás, não consigo reconhecê-la. Não sou como você, que luta tanto por si mesmo... Às vezes eu me abandono. Já me abandonei muitas vezes.

"Essa coisa de se olhar no espelho e não conseguir se reconhecer. Você sabe como é. Daquela vez que você quebrou o espelho do banheiro eu pensei seriamente em deixar assim. Mas preciso me barbear e a casa em ordem mantém tudo no controle. Eu não sentiria falta daquele espelho, embora precise dele para me barbear. Isso faz algum sentido?".

"Daí eu te vi na semana das artes. E te convidei pra sair porque você... Você estava e não estava ali. Era como eu, de certa forma. E eu queria saber mais ao seu respeito, por esse motivo. Você fez aqueles quadros sobre o tsunami e logo concluí que você estava falando do que te aconteceu. Quero dizer, inúmeras obras foram feitas sobre essa tragédia, você nunca foi o único. Muitas notícias durante meses e tudo mais. E eu também queria saber se você presenciou tudo aquilo. De primeira eu quis sim. Mas aí acabei esquecendo disso, e comecei a achar que perguntar não importava. Já que você estava bem, e nos casamos, e adotamos Lírio, e os anos passaram. E eu também me esqueci que, no começo de tudo, eu queria te falar sobre isso. Sobre essa fase da minha vida antes de você chegar".

"Eu era realmente raivoso com tudo. Eu batia feio no meu ex-namorado. E é meio agridoce dizer isso agora, porque já faz muito tempo. Mas eu saí da Metrópole por esse motivo. Mamãe continuou lá, só veio aqui para vermos um lugar para eu morar. Ela estava sinceramente apavorada por você quando nos casamos. Sua desaprovação não vinha por você, mas por mim. Pelo que eu poderia ser capaz de fazer contigo".

"No dia em que você gritou com Lírio, em seu aniversário, tudo aquilo voltou como um estrondo. Eu bebia pra caralho, chegava em casa e arranjava um motivo qualquer pra dar um murro na cara daquele rapaz. Duas vezes eu já o fiz parar no hospital. E ele continuava ali, devoto a mim de uma maneira... Não quero falar bizarra, mas não encontro outra palavra para definir. Você gritou com ela e tudo o que eu pensei foi: *esse é um bom motivo pra enchê-lo de porrada*".

"E sabe, eu não vim de uma família violenta. Eu não tenho um passado com pessoas abusivas. Sofia sempre foi uma mãe muito amorosa, ainda que extremamente prática e objetiva, e meu pai nunca estava em casa. Nosso único contato era através de ligações, até que depois de um tempo eu cansei e não liguei mais. Não faço ideia de onde esteja agora. E sinceramente eu não me importo".

"Eu estive esse tempo todo com medo de que essa pessoa que eu fui, voltasse, e que eu fosse destruir tudo novamente. Te decepcionasse e você levasse Lírio embora contigo. Ainda estou com um pouco de medo agora. Não em voltar a ser assim. Mas com o que você vai fazer ao saber disso".

– O que aconteceu com este rapaz? – pergunto.

– Eu me separei dele, porque ele não queria de jeito algum. Sua família o convenceu a pedir uma medida protetiva contra mim e, bem, foi assim que acabou.

– Ele tem nome?

– Isso importa?

– Não sei, acho que não... Quantas vezes você já pensou em me bater?

Eu tiro a cabeça de seu peito para encará-lo.

– Não quero responder isso.

– Agora você fala.

Ele respira fundo, uma respiração que dura até demais.

– Duas. No dia do aniversário e no dia do acidente.

– Você avançou de propósito quando veio a caminhonete, não foi?

Jacinto se senta, seus olhos estão vermelhos e seus lábios ressecados como se ele houvesse abocanhado um punhado de sal. Não sinto compaixão por ele.

– Eu só queria garantir que não iria te machucar.

– Você fala disso nas reuniões?

– Um pouco, quando dá na telha.

Não sei mais o que perguntar.

– Está bravo comigo? – ele pergunta, na sua estoicidade de sempre.

– Não. Só queria que você tivesse me falado isso antes.

– Me desculpe.

– Tudo bem.

– Tem certeza?

– Tenho. Acho. Não sei. Preciso pensar.

Jacinto me olha com um tom de súplica, quase religioso. Os olhos cabisbaixos e temerosos como um cãozinho que acabara de receber um tapa no focinho por ter mordido e sujado as roupas do varal. Eu me levanto e o deixo ali, solitário no sótão. Agora o sótão é apenas de Jacinto. Saio de casa sem avisá-lo e caminho em direção à avenida principal. Só quero pegar qualquer ônibus, andar por aí. Não foi exatamente uma boa ideia, sair, porque o tempo está fechando e a noite chega mais rápido do que o normal. A velha Gertrude, quero dizer, a velha Mamantúa acena para mim de sua varanda. Os outros vizinhos sempre a ignoram, exceto as crianças. As crianças gostam dela e eu também gosto. Aceno de volta e seu intenso rosto de águia sorri. Fiquei de visitá-la essa semana, disse ela que quer me mostrar alguma coisa, uma revelação sua ou algo do tipo. Não faço a mínima ideia do que ainda há para ser revelado. Talvez eu passe em sua casa amanhã.

O vento gelado que traz a chuva acaricia o meu rosto, meus olhos lacrimejam com o sopro frio. Só costuma ficar frio no Porto quando chove assim, chuva de primavera. Chuva para quem precisa. As plantações, os gramados, as glicínias no portão fazem festa quando chove assim.

Após dois meses, três semanas e quatro dias de acidente, luto e memórias espalhadas no sótão, ainda há alguma chance da nossa menina estar viva?

Subo no ônibus e minha mente desliga por alguns minutos, apreciando a cidade que se esfria. As janelas suspiram e embaçam, vejo formas foscas das luzes dos postes e semáforos através do vidro. Verde, laranja, vermelho. Desço na praça onde montam as barracas da feira. Um monumento no centro da praça de Joseph Wolfe, filho de Elizabeth Wolfe, montado em seu cavalo e erguendo a bandeira do Porto das Oliveiras, estoico. A praça está vazia, hoje não teve feira. Nenhum sinal da barraquinha vermelha de Medeia. Eu ainda estava com um leve fiapo de esperança de que fosse encontrá-la, como num passe de mágica, apenas a sua barraquinha ali, no começo da noite, como um oásis escarlate.

O crepúsculo não se estende em cores, está apenas nublado e trovejando, mal-humorado. Eu caminho pela praça e me sento num banco. Começa a chover fino, depois grosso, os trovões dão a certeza de que a chuva durará por algumas horas.

Dissolvo-me na chuva. A chuva comigo, eu com a chuva.

Não sei o que fazer com o que Jacinto me disse. Com a sua história. Se ele suportou todas as minhas feiuras, é o meu papel também fazer o mesmo, certo?

Eu nunca agredi alguém, nunca fiz alguém parar no hospital. Não de maneira direta e bruta como ele fez. Porém, me responsabilizei por Hermod naquela época... Ignorei os sinais, ou era novo demais para percebê-los.

Mas o que você faria no meu lugar? Largaria Jacinto no meio de uma crise como essa? Esticaria até arrebentar estes últimos fios que tecem uma família? Pegaria as roupas, faria as malas, sairia de casa sem olhar para trás? Deixando o homem ali, quebrado, adoentado pela ausência da filha?

Ainda tenho a opção de voltar para a Praia de Pérola, viver com o meu pai, que construiu um casebre num bairro que surgira um mês após a Grande Onda. Embora em alguns bairros as casas tenham inundado na altura das canelas, nada tão alarmante quanto os três bairros defronte ao Mar Verde, todos engolidos. Areia, água, lama e sangue. Entulhos. Álbuns desbotados, móveis quebrados, paredes arrancadas.

Não é muito saudável para mim ficar descrevendo essas coisas, então vou parar por aqui. Eu já remoí o suficiente destas perdas. A doutora Eurídice já sabe, Jacinto já sabe, Catarina Wolfe também soube, numa de nossas reuniões privadas. Não os detalhes, soube por alto, soube o suficiente para entender por que eu estava pintando aquilo tudo.

Mas e agora?

Estou tão perdido. Minha filha pode estar morta, meu marido é um homem que controla a raiva de um ser bestial que habita dentro dele. Tão imensa e furiosa que ele precisou arranjar um jeito de interceptá-la, mesmo que isso tenha lhe custado um pedaço de seu corpo.

Tenho a sensação de que Teseu voltou a me observar, de longe, mas sei que é a sombra pregando suas peças. *Isso é sua culpa, você sabe disso, não sabe?*

Não sei. É mesmo a minha culpa? Tenho que continuar me culpando o tempo inteiro por tudo? Tenho sempre que fazer penitência feito um devoto do Deus Misericordioso?

Ah, o Deus Misericordioso, há muitas igrejas para ele aqui no Porto das Oliveiras. Há uma ali mesmo, mais adiante, defronte à praça. Uma das primeiras catedrais erguidas nesta cidade. Resolvo seguir meus próprios passos até ela, depois, mudo de ideia. Não quero mais.

Gosto daqui, da chuva e do cheiro de grama molhada na praça. As marias encharcadas, árvores que têm um aspecto peculiar, mudam de cor conforme a temperatura e a umidade do local em que crescem. Penso em Bartolomeu, menino de leite que me ensinou sobre estas árvores de modo tão sereno. Espero que Samantha esteja bem, nesta nova vida que ambos estão construindo aqui. Tentei fazer o mesmo e falhei miseravelmente.

Tem que dar certo pra alguém, eu preciso que dê certo pra alguém.

Resolvo ir a pé de volta pra casa. Não é muito longe. De ônibus são uns sete minutos, a pé, tornam-se vinte e uns trocados.

*Por que você está voltando? Há razão pra voltar? Há um homem confuso e largado nesta casa sem filhos. E quanto as suas pinturas? Deixará de desenhar? O que você espera que haja quando voltar? A filha de volta? Ela não voltará. Está desaparecida. Você falhou como pai, assim como você falhou em cada aspecto da sua vida até esse momento. Quem você pensa que é, achando que pode virar a página e começar de novo? Você acha mesmo que tem algum controle sobre todas essas coisas? Você perdeu, Frey. Você só perde. Seu nome deveria ser Fracasso, do tanto que você perde.*

Estou tão cansado. Compreendo melhor, hoje, neste exato instante, por que Hermod tomou todos aqueles comprimidos. Eu estava planejando a minha própria morte poucos meses atrás, estava certo de que faria. Só não tinha certeza de como seria. E então a menina foi levada por uma força invisível como quem diz: *agora você continua aqui, nem pense em morrer, nem pense em tentar. Você precisa ficar um pouco mais. Culpa sua por ter se esquecido.*

Do que me esqueci mesmo?

De Jacinto chegando em minha exposição, cavalheiresco, sempre com seu terno e gravata, Sofia Baltazar logo ao seu lado, distraída com minhas obras, conversando com Catarina Wolfe, esta que expande orgulho em seu rosto. E Jacinto impetuoso em sua presença. Arguto em seu olhar. Vindo em minha direção, entregando-me seu cartão. Eu o acho belo e aceito o cortejo. Estava tão esvaziado naquele dia, após a carta de Hermod que ficou pendurada nas minhas ideias por semanas. Precisava daquilo, daquele flerte e daquele olhar que já te despe por inteiro. Nós transamos no primeiro encontro. Ele me fode com força e me arranca gritos, e eu amo. Depois eu o como, pulo sobre ele, chupo seu cu, acho delicioso o seu cu, Jacinto empinando o rabo ainda mais forte na minha cara, o seu cu piscando para a minha língua, *lambe, morde também, rosna, cheira*. Ele não grita quando eu meto, apenas grunhe como um animal raivoso, apertando o travesseiro com aquelas mãos imensas, cheias de veias ressaltadas. A tatuagem de sol em suas costas, inebriada de suor e saliva, marcas de mordida. Fazemos de tudo, nos penetramos e nos chupamos como uma profana aula de anatomia. Uma perversidade que precede a paixão. Lobos de matilhas distintas que se encontram no meio da floresta e lutam, sagazes e ferozes.

Os dias passam, nos vemos mais vezes. Ele entra no pequeníssimo apartamento que aluguei, não parece se importar com isso. Não que eu tenha notado. Então conheço o seu apartamento e acho um absurdo a ideia de haver um lugar tão grande para apenas uma pessoa morar. Acostumo-me com o tempo, leva meses para isso acontecer.

Os meses são como areia escorrendo entre os meus dedos. Não me lembro do exato momento em que já estávamos apaixonados um pelo outro. Acredito que eu já havia sentido algo parecido com paixão na nossa primeira foda. E o amor chega como o sol de veraneio do Porto das Oliveiras. Há esperança aqui, há algo bom e eu sinto o gosto de uma maçã adocicada, o sumo escorrendo pelo meu queixo e pregando no pescoço. Quero passar mais um tempo com ele, mais alguns meses, anos. Ele também. Então Jacinto me pede em casamento e tudo me parece um sonho absurdo demais e eu não quero acordar e só quero reviver esse momento constantemente na minha cabeça. Porque é tão bom, tão puro e sincero. Seu olhar me venceu, suas palavras me seduziram, sua postura é a postura de um homem de classe e destreza que quero sempre ao meu lado. Quero-o todos os dias e aceito o seu pedido de casamento.

Eu sempre pensei em filhos porque sempre pensei em Freya. E em papai e mamãe. Queria ser como eles, dar cuidado e proteção a uma criança. Tentar fazer melhor do que aqueles que vieram antes, do que aqueles que machucaram o meu pai e a minha mãe, os que causaram pesadelos ao meu pai, as irmãs mortas da mãe. Freya, minha irmãzinha, me perdoe por tudo, por favor. Eu queria ter sido alguém melhor para você. Mas você foi levada pelas ondas e fomos interrompidos, não pude te ver crescer, a maldição das irmãs mortas bateu em minha porta também.

E agora chega Lírio e eu tenho uma segunda chance.

E a chance escapa de minhas mãos.

E estou impotente e obscuro.

Meu corpo é invadido por um formigamento e me parece que estou perdendo a dimensão das coisas. Começo a correr de volta para casa, a sombra me segue passeando pelas sombras dos postes e dos salgueiros e das casas, ziguezagueando, como um golfinho preto pulando de poça escura em poça escura. Já entrei no subúrbio e só faltam seiscentos metros até a última casa da rua. Eu corro e ela fica mais distante. Eu corro mais rápido e consigo alcançar.

Conheço uma crise quando pressinto a chegada de uma. Sei o que isso significa. É a sombra que imita a forma de Teseu. É a Grande Onda que devasta tudo aqui dentro. O que me resta agora? O que faço?

Não posso perder essa chance. Tenho que chegar em casa. A chuva torna-se tempestade. Cinza tempestuosa, um véu que engole os céus e tenta me engolir também. Cinza tempestuosa, o meu espectro esmaecido, estou prestes a desaparecer.

Mas há um pedaço aqui dentro, algo vivo que se contorce como um bebê que acorda no meio da madrugada. Num cesto de vime há um bebê chorando, solitário, ameaçado pela escuridão. Criança divina e torturada num porão.

Consigo reunir forças para abrir o cadeado e meus pés falham no jardim. Esqueço o portão aberto e me encolho na grama, perto das rosas, feito um feto. As glicínias no portão estão cabisbaixas com a força da tempestade. Não consigo me levantar, sou pesado demais. Está tudo pesado demais. A tempestade faz força para me enterrar em meu próprio quintal, os trovões retumbam meus ouvidos: *culpado*.

E então Mamantúa chega, passa pelo portão, pega o molho de chaves e abre a porta. Silenciosa e tranquilamente. Jacinto ainda deve estar no sótão, aguardando o veredicto de seu julgamento.

Meu corpo inteira formiga e ela me puxa, me levanta, coloca o meu braço sobre o seu ombro e me ajuda a chegar ao sofá da sala, meus pés se arrastam e meus sapatos molhados guincham no piso. Estou todo encharcado e sujo de terra. Estou tão perdido e cansado, parece que vou morrer de tanto desespero. Cada movimento é uma fincada, mil facas adentrando em minha carne, em todas as direções.

Vovó toca em meu peito e me ensina a respirar fundo.

– Vamos lá, Frey.

Ficamos um tempo ali até eu voltar a conseguir respirar lentamente, trêmulo, meu batimento desacelerando no começo de uma resignação, sentindo aos poucos os espasmos pelo meu corpo diminuírem de frequência. Há algo mágico em sua mão velha e vivida sobre o meu peito, uma energia que sai de sua palma e abre espaço em meus pulmões numa vibração quente e anestesiante.

– Você está me devendo uma visita, meu netinho – ela me diz, com um sorriso sutil carimbado num rosto de seriedade.

Mamantúa afasta os cabelos molhados dos meus olhos e me dá um beijo na testa. O carinho de minha avó. Expurga o desespero lancinante que a crise me dá. Ela conhece a minha dor e me respeita por isso.

E eu gosto de quem respeita a minha dor.

# REUNIÃO

Muitas cartas escritas para a Senhora Despedida na grande cerimônia que ocorreu na Praia de Pérola, uma semana depois da tragédia, jogadas em uma grande fogueira na praça central. Mamãe não quis ir, só tinha forças para se levantar porque precisava trabalhar. O hospital estava um verdadeiro caos. Ela não escreveu nenhuma carta para Freya.

Eu passava a maior parte do tempo na quadra em que Hermod e eu estávamos dormindo, junto com os outros sobreviventes. Hermod gastando tudo o que tinha para me comprar quadros e tintas. Na época, pensei que ele estava sendo movido por uma sensação de dívida para comigo. O que não era verdade, como ele me disse em suas cartas. Outra coisa o movia. Uma esperança por mim para que as coisas dessem certo – e de certa maneira deram –, mas achei tudo absurdo demais. Eu sou a última pessoa a quem se deposita esperanças.

Isso não é ingratidão. Sou extremamente grato a Hermod por ter me ajudado naquele momento, a ser visto e apreciado por Catarina Wolfe e ganhar uma passagem de ônibus para o Porto das Oliveiras, deixando aquele sufocamento de lutos para trás. Mas o esforço que ele fez foi todo por água abaixo. O que eu mais fiz nos últimos meses foi negligenciar as minhas pinturas. Tornei tudo invisível, enclausurei e minha criatividade se perdeu por aí. Em algum espaço sem nome, um limbo impronunciável.

A sombra volta nesses momentos e eu tento não olhar para ela. Ela está quase conseguindo adentrar em mim. Quer me tirar as memórias, transformar-me num corpo vegetal, um ventríloquo esquálido de sua dominância.

Penso em mamãe, sentada no corredor do hospital, agourenta e atônita, os olhos fitando um vazio. Eu não me permiti ficar assim e não sei o que me acometeu. Sei que senti raiva de mamãe por isso. Ela já havia gritado e chorado tanto que estava apenas se movendo para trabalhar, apática. Papai ainda chorava como eu, papai era humano, mamãe era um monstro da indiferença.

Eu a segurei pelos ombros e a agitei, gritei com ela e ela nem me olhou nos olhos. O hospital inteiro vendo aquela situação. E mamãe apenas se afastou e voltou para a emergência. *Estou ocupada, Frey, vá descansar.*

Nunca odiei tanto aquela mulher como naquele momento. Queria lhe dar um tabefe, um bom e pesado tabefe. Para ver se acordava, se parava com aquilo, se voltava a ser alguém ou mesmo, se me estapeava de volta. E logo em seguida me martirizei por sentir aquilo, chorando nos braços de Hermod. *O monstro não é ela, ela só está morta por dentro, o monstro sou eu.*

Estava fazendo com mamãe o mesmo que fiz com Freya, Forseti e Hermod. Menino imbecil, nunca aprende nada. Continua tão autocentrado que sequer nota os detalhes. Pensa demais em si mesmo. Sua dor é a única no mundo e que se foda o resto, não é verdade?

Acordo com mamãe na cabeça.

Ainda bocejando e limpando a areia dos olhos, tenho a impressão de ver Freya em minha janela. Mas é apenas um truque de luz e cortinas dançando com o vento que sai da janela semiaberta. O céu nublado lá fora abre-se aos pouquinhos.

Estou nu, não me lembro se fui eu quem tirei minhas roupas molhadas ou se foi a velha Mamantúa. Visto uma cueca e subo no sótão, Jacinto ainda está aqui.

– Para onde você foi ontem? – ele pergunta, deitado, fitando a janela redonda.

– Fui só dar uma volta – respondo. – Você não saiu daqui desde ontem?

– Só pra ir no banheiro e ligar para a firma.

– Precisa comer alguma coisa. Por que não foi ao trabalho?

– Não sei, Frey. Não sei.

– Levanta, olha pra mim.

Ele obedece, senta-se de pernas cruzadas, ainda tem a mesma cara inchada de quando o deixei.

– Vamos descer, trocar esses curativos.

– Certo.

Descemos e trocamos os curativos sentados na cama. Cada gesto evoca um ar ensaiado, como se estivéssemos atuando. Ele evita me olhar nos olhos. Eu odeio tanto ser ignorado... Respiro fundo e tento não me aborrecer muito.

Está tudo acontecendo de novo. A ausência de uma menina, um acidente ou uma tragédia, alguém evita me olhar nos olhos. Alguém chora a noite inteira, tem uma crise, corre na chuva. Tem um companheiro, mas se sente sozinho mesmo assim. Alguém socorre este alguém que está tendo uma crise, o acalenta. Mamantúa fez o mesmo que papai fazia, colocando a mão espalmada sobre o meu peito e me ensinando a respirar lentamente. Nas noites em que eu tinha certeza de que Teseu estava me olhando no vão da minha porta, papai chegava e fazia isso. O toque, a energia do toque, é onde se encontra a cura. Freya não tinha esse poder, suas mãos eram pequenas e novas demais para isso, então ela me abraçava.

– Eu detesto quando não conseguem me encarar.

– Desculpa.

– Não precisa ficar se desculpando.

– O que eu tenho que fazer, então? – ele pergunta, com muita sinceridade emanando em cada sílaba, e finalmente me encarando.

– Está tudo tão pesado, Jacinto. E só agora você me conta isso...

– Desculpa.

– Já falei pra parar de ficar se desculpando.

– Você me perdoa, então?

– Ainda estou pensando no que fazer. Não me apresse.

– Isso estava me matando. Eu não aguentava mais esconder isso de ti.

– Certo.

– Certo?

– O que você quer que eu responda? Eu não sei lidar com isso. Com essa tua história, que porra você tinha na cabeça pra fazer esse tipo de coisa? Eu quero entender.

– Não tinha nada, só queria machucar. Era imaturo e imbecil.

– Você já quis bater na nossa filha?

– Por Deus, Frey. Nunca.

– Bem, eu preciso saber... Você já teve vontade de fazer isso comigo. Não seria tão difícil fazer com ela, afinal.

– Não, não... Lírio me acalma. Lírio me faz pensar em muitas coisas, e nenhuma delas é em machucá-la.

– E agora? E quando você ficar emputecido de novo e quiser beber? Quando se descontrolar de raiva? Vai me espancar?

– Eu não quero fazer isso. Eu não quero mais ser essa pessoa.

– Como eu posso ter certeza disso? Ninguém realmente sabe.

– Eu estou sóbrio agora. E você fala como se não depositasse nenhuma confiança em mim.

– Não é isso.

– Então o que é?

– Eu estou com medo. Talvez medo de ti, ou só medo de tudo. Ontem eu tive uma crise e... Bem, pelo menos consegui chegar em casa. Mas foi horrível, me senti perseguido e tudo voltou como se ainda estivesse acontecendo.

– O que aconteceu?

– Não importa agora, já passou.

– É claro que importa. A medicação não tá fazendo efeito?

– Não sei, eu estava começando a me acostumar. Agora parece que precisarei falar sobre isso com a doutora Eurídice. Mas vai ser um saco se ela mudar de medicação ou aumentar a dosagem do que já estou tomando.

Jacinto respira fundo, aflito e melancólico. Ele se aproxima e eu, automaticamente, afundo meu rosto em seu peito. Neste silêncio que se prossegue, neste silêncio que dura pouco mais de um minuto, eu ignoro tudo o que está acontecendo e o que precisa ser resolvido e imagino uma realidade onde as coisas estão de volta no seu devido lugar. Mas eu preciso voltar para a terra, é perigoso ficar aqui em cima, no céu, fingir que a sua história e a minha não existem.

Ele sabe que estou pensando isso por ter voltado a tocá-lo. Nossa sincronicidade está sempre no ponto. Ele sabia que eu tinha ficado com medo mesmo antes de eu falar a respeito, por isso passou a noite lá no sótão, não desceu para dormir ao meu lado.

De primeiro momento eu acordei com a sensação de ter sofrido um desrespeito. Mas não posso cobrar uma postura normal da parte dele numa situação como essa. Ele decidiu me contar o que aconteceu antes de eu conhecê-lo, antes de nos comprometermos. E isso pode ter demorado, mas ele o fez. E não enxergo isso como um ato de traição, vejo apenas covardia. Eu poderia ter passado os últimos anos me acostumando com isso, com o seu passado, e ter lidado melhor com os seus demônios e o nosso casamento. No entanto, agora tenho que tomar uma decisão no meio desta crise familiar.

As negligências que cometi com aqueles que amo são tão diferentes assim disto? Elas não foram atos físicos e extremos, mas machucaram também.

A primeira situação extrema na minha vida, fisicamente falando, foi Teseu. A segunda foi um tsunami, e isto não foi uma dor unicamente minha. Foi a dor de uma cidade inteira. Seria estúpido pegar esta dor apenas para mim, transformá-la na minha trajetória patética de superação. Eu só fui empurrado com a barriga pelos outros para tentar fazer algo que me mantivesse aqui, vivo, neste mundo.

Não sei, sinceramente eu não sei.

Jacinto se deita, o umbigo escapando da camiseta esticada, a cueca marcando na cintura, erótico. E eu o amo.

Estou com medo. Talvez dele, talvez de tudo. Talvez daqui pra amanhã eu o veja de outra forma. Mas eu o amo. Ontem e hoje, amo sim.

Eu retorno ao céu novamente, alto demais para dar atenção a estes turbilhões que me engolfam e não me deixam respirar. Quero respirar por um momento, quero não pensar em nada disso. Estou esgotado. É isto o que eu decido, sigo a trilha do amor que sinto por ele e beijo sua barriga, ajudo a tirar sua camiseta, desabotoo sua calça e beijo seu pau por cima da cueca. Tiro o seu pau pro lado e o chupo, ele geme baixinho, numa oração só sua.

Passeio minha língua pelas bolas, subo até a cabeça e engulo tudo. Engasgo, cuspo no seu pau e volto a chupá-lo. Salgado, babado, grosso e duro feito uma viga de ferro, quente em minhas mãos. Faço um caminho com meus lábios até os seus e me divirto com eles, os lábios, compartilho com o homem o seu próprio gosto. Gosto de Jacinto, hálito de Jacinto. Tiro minha cueca todo destrambelhado e monto em seu colo. Ele passeia a mão pelas minhas costas, aperta a minha bunda, desenha um círculo com a ponta do dedo médio no meu cu, afetuosa e delicadamente.

Cuspo na mão e esfrego na minha bunda, guio o seu pau para dentro de mim e desço, devagar, arfando. Ele revira os olhos e eu olho pro teto, arreganhando-me para Jacinto.

Começo a rebolar na sua pica, subo e desço, subo e desço, subo e desço. Encosto a cabeça em seu ombro e sento com mais força para que ele possa estar completamente dentro de mim. E dói, e arde, e é como se eu estivesse sendo partido ao meio, e é bom.

Esqueço de tudo. Estou tão duro e me movo tanto que gozo, meu pau em atrito com a sua barriga. Nossas barrigas meladas de suor e porra. E continuo sentando em Jacinto até fazê-lo gozar também. Seu pau escapa, cansado, sujo. Eu desço para limpá-lo com a minha boca e volto a beijá-lo. *Este é o gosto do meu âmago na ponta da tua língua.*

Jacinto cai no sono e eu me levanto para tomar banho. Deito-me na banheira, três minutos debaixo d'água. Competições que eu fazia quando criança, com Hermod e Forseti, quanto tempo cada um consegue ficar submerso? Uma brincadeira que agora me denota uma profecia da natureza.

Forseti decidiu viver debaixo d'água na sua forma de oceânida. Não quis mais saber das tristezas humanas. Eu a invejo por isso. Gostaria de descobrir como criar uma metamorfose como essa. Tudo que consigo fazer é segurar a respiração por três minutos debaixo d'água, e as bolhas de memórias escapam das minhas narinas para estourarem na superfície.

Não seria de todo ruim acabar aqui mesmo.

Já vivi o que tinha para viver. Já conheci as dores e as alegrias. Sinto-me com cem anos num corpo de vinte e sete. Já senti os prazeres do amor, escrevi as cartas, pintei os quadros, criei uma menina, perdi uma irmã e uma amiga abdicou de sua própria humanidade. Um marinheiro terminou comigo. Uma mãe tornou-se fria e distante. Um pai foi viver isolado num casebre. Eu me mudei e os farfalhares da sombra se aquietaram. Casei. A sombra voltou e fez todo esse estrago. Perdi a menina. A menina pode estar morta a essa altura, o corpo se decompondo em algum lugar abandonado. Teria sido mais fácil se ela tivesse morrido naquele tsunami também. Isso me angustia, não tivemos o corpo de Freya para velar. E agora não temos o corpo de Lírio para um enterro apropriado. Tomaram-me este direito, a natureza e os homens.

Malditos sejam, a natureza e os homens.

Termino de me secar e visto a primeira camiseta e calça que vejo à minha frente, descansados e amarrotados numa cadeira. Desço e preparo o café da manhã. Ouço um sussurro e decido ignorar, meu corpo sequer responde a isso com algum arrepio. Coloco um vinil para tocar na sala e volto para a cozinha. Uma cantora visceral da Terra das Pimentas chilreia em meus ouvidos, seu nome é Maria, como as árvores dos deuses. Ainda devo estar cansado, de ontem, de hoje, do sexo. Não foi a primeira vez que Jacinto e eu nos calamos com sexo. Mas eu quero terminar essa discussão mais a tardar, meu corpo falou mais alto pelo seu corpo. Eu vi seu umbigo e a trilha de pelos que desce até a virilha e logo pensei, *quero que ele meta em mim.* Preparo uma omelete devaneando com esta frase, *quero que ele meta em mim.*

Estamos uma verdadeira bagunça.

Mamãe com toda certeza me daria um grande ralho por conta disso: *ao invés de conversarem, vocês trepam? Eu criei um moleque inconsequente deste jeito?*

Isso é algo que ela falaria. Mas não faço a mínima ideia de onde a minha mãe esteja neste momento. Antes de eu me mudar para o Porto, ela simplesmente desapareceu, deixando uma carta com o meu pai. Disse que iria se isolar em algum canto deste mundo, que me amava muito, mas que não conseguia mais ficar perto de mim e tampouco de Loki. Nós lembrávamos demais a menina Freya e isso a atormentava. Ela não conseguia ultrapassar o luto por conta de nossas semelhanças. Foi assim que ela se foi.

Noto que os meus gestos são idênticos aos dela. Há algumas coisas de meu pai em mim, detalhes ínfimos, como o carinho que ele tem pelos homens, a pronúncia compassada nas frases, o modo lento e baixo de falar. Mas a minha postura e meu modo de pensar vem tudo desta mulher. Não tem nada meu em mim, é tudo dela, de minha mãe.

Eu a tranquei completamente em mim, como um pássaro engaiolado. Ela se calcificou em minhas entranhas.

Ajoelhei-me ao lado da filha em sua cama, Jacinto em pé no vão da porta, e lhe perguntei:

– Você gosta deste nome? Lírio? É o nome de uma flor mágica da minha terra natal. A Mulher Búfala tomava um banho com suas pétalas para se fortalecer e proteger as suas matas. Lírio também é o nome de sua avó, outra grande mulher em minha vida.

Lírio concordou com a cabeça, um sorriso adocicado em seu rosto.

– Então amanhã iremos registrá-la, tudo bem? A partir de hoje, seu nome será Lírio.

*Eu chacoalho a mãe segurando forte em seus ombros, e a mãe não me escuta. A mãe se foi também, a mãe foi embora junto com Freya.*

A campainha toca e as duas Lírios se dissolvem das minhas divagações. Apresso-me para atender, e veja só quem aparece para dar as caras, senão Sofia Baltazar. Com um de seus vestidos justos de mangas na altura dos cotovelos, sapatos de saltos baixos, um lenço em seu pescoço e uma bolsa preta no ombro. Usa óculos escuros desenhados como se fossem olhos de gato, e seus cabelos grisalhos estão presos num perfeito coque, nenhum fio fora do lugar. Jacinto herdara as duas pintas pretas que ela tem na bochecha esquerda, os ombros largos e a altura. Mas os cabelos de Jacinto são mais grossos e lisos, e os de Sofia, ondulados e finos.

Ela me aguarda abrir o portão, olhando para os lados, como uma estrela de cinema que não quer ser reconhecida em público.

– Por onde você esteve? Num caixão? Olhe para estas olheiras – ela diz, sinceramente abismada, checando a minha aparência de cima a baixo enquanto põe os óculos sobre a cabeça.

Sofia me dá um abraço gentil, afetuoso e rápido. Em seguida, me coloca de lado para entrar na casa primeiro do que eu, os seus sapatos fazendo o familiar *clec clec* no piso. Como se fosse a dona do recinto. O que, de certa forma, não deixa de ser verdade.

– Onde ele está? – ela pergunta.

– Vou chamá-lo, senhora.

– Estou extremamente decepcionada com vocês dois – Sofia diz, ríspida.

Ela se senta na poltrona de Jacinto e tira um maço e um isqueiro da bolsa para fumar. Subo com o coração a mil, não sei por quê. Agito um Jacinto adormecido que acorda com o olhar arregalado, esperando talvez que eu lhe dê uma notícia – boa ou ruim –, qualquer uma.

– O que foi?

– Sua mãe está lá embaixo.

– O quê?

Jacinto está fedido e amarrotado. Eu o ajudo a vestir uma camiseta e abotoo sua calça apressadamente. Nenhum medo nesse momento é maior do que o medo de receber um sermão de Sofia Baltazar. É inevitável.

Mas Sofia primeiro se compadece ao ver o estado do filho. Nós decidimos não contar sobre o acidente e fomos pegos de surpresa. Esperávamos que a poeira abaixasse, que ele se recuperasse e que Lírio fosse resgatada. O que não aconteceu.

Ela dá um longo trago no cigarro antes de envolver o filho em seus braços. Jacinto chora ao reconhecer o calor da mãe. Acho que nunca vi Jacinto chorar tanto quanto nos últimos dias, exceto nos primeiros sete dias após o desaparecimento de nossa filha. Mas eu também estava chorando tanto quanto ele. E nesse momento estou somente árido em minha presença, o marido segue lacrimoso.

– Você não aprende mesmo... – ela diz, acariciando a nuca do filho.

– Me desculpe, mãe – Jacinto fala com a voz embargada.

– Por que não me ligaram? – ela pergunta, afastando-se do filho lamurioso e andando em círculos pela sala, gesticulando com seu cigarro. – Estou morta por um acaso? Acham que não tenho preocupação com a minha netinha? Acham que não estou fazendo nada pelo resgate dela? Quem vocês pensam que são?

– Me desculpe, senhora Sofia – é a minha vez de falar, também devo isso a ela, e recebo um olhar fulminante em resposta. Já está bom de abraços e reencontros afetuosos. Chega.

– Vocês, homens, acham que podem resolver tudo sozinhos e se destroem completamente na própria burrice. Olhe para esta casa – ela aponta para os cômodos –, que imundície é esta? Querem se mudar para o lixão também? Eu posso providenciar isso num instante.

Nenhum de nós tem coragem de responder.

Sofia Baltazar respira fundo e volta a se sentar na poltrona.

– Hoje sairão notícias. Encontraram novas pistas sobre o Senhor do Chá.

Ah, então é assim que ele é chamado na Metrópole.

– Minha equipe de investigadores deve estar na delegacia nesse momento. Haverá uma coletiva de imprensa. As sete meninas raptadas infelizmente não sobreviveram, encontraram-nas ontem num galpão, próximo das fábricas abandonadas da Metrópole. estão fazendo as autópsias para um pronunciamento. Vocês sabem, crianças vivem desaparecendo naquele lugar. E eu não quero ver esta notícia sozinha. Me parece errado não ter os pais por perto.

Sofia apaga o cigarro num cinzeiro de metal particular que ela retira de sua bolsa. Eu me pergunto quantas milhões de coisas devem haver nesta bolsa. A senhora Baltazar acende outro cigarro e passeia os olhos por mim e por Jacinto, e então, pela casa. Claramente decepcionada, ou aflita, acho que ela está sentindo muitas coisas. Todos estamos. A notícia está chegando.

Jacinto e eu não estávamos assistindo nenhum jornal, tampouco comprando os impressos, temerosos de nos depararmos com esta notícia.

– O que vocês estão esperando? Liguem a bendita da televisão. Teremos uma longa tarde pela frente.

Jacinto dá um leve meneio de cabeça, como se estivesse acordando de novo, e obedece a mãe. Ouço a campainha mais uma vez e me deparo com vários vizinhos em nosso portão. Samantha e Bartolomeu entre eles. Menos minha avó, minha avó não gosta muito da presença ferina dos adultos, só das crianças. Deve estar em sua casa fazendo seu tricô, esperando pela notícia também.

Abro o portão e Bartolomeu é o primeiro a me abraçar. Ele não se importa em demorar neste abraço. Ele gosta de mim, me vê como seu professor. Ainda que já faça algum tempo que eu não olhe seus desenhos para dar as devidas críticas. Samantha acaricia minha cabeça, num gesto instintivo que não me incomoda, e eu os convido a entrar.

– Frey, vai sair a notícia hoje. Os nomes das meninas, queremos estar aqui por você e por Jacinto – Samantha diz, e isso não é condescendência. A mais pura sinceridade é exprimida em cada sílaba entonada.

– Muito obrigado – eu digo para ela e para os outros vizinhos presentes, que me olham serenamente.

Esqueci completamente desta vizinhança. De todos que ajudaram a colar os panfletos com o rosto de Lírio pelo Porto nas primeiras semanas. A fazer perguntas de casa em casa. Descubro que foram até mesmo ao circo para dar mais uma checada, antes da caravana circense partir para outra cidade. Lírio moveu todas essas pessoas, e a minha gratidão por isso é tristonha e dolorosa.

Os vizinhos reconhecem Sofia Baltazar e ficam abismados com a sua figura. Como se estivessem testemunhando a presença de uma deusa em nossa casa. Ela é famosa aqui e na Metrópole, seus feitos de filantropa são memoráveis. Está sempre na televisão fazendo pronunciamentos sobre uma nova creche, um novo orfanato, um novo abrigo para imigrantes da Babilônia e da Terra das Pimentas, um programa de estudos para estes. Sofia é a última Baltazar que mantém as tradições de uma dinastia, tradições que constroem uma cidade e reverberam num país inteiro.

Acomodo os vizinhos em nossa sala empoeirada, um pouco incomodado por verem a nossa intimidade tão... suja, e vejo Sofia e Jacinto subirem as escadas para conversarem privadamente.

É rude ouvir as conversas alheias sem ser chamado, mas eu não resisto. Observo de soslaio mãe e filho se sentarem na cama, um de frente para o outro, sem notarem que há um Frey enxerido metendo o bedelho.

Sofia passeia a mão, longa e enrugada, no rosto de Jacinto. Sinto um pouco de inveja disso. Lírio não me deu nem um abraço antes de fugir.

*Eu chacoalho a mãe segurando forte em seus ombros, grito com ela, e a mãe não me escuta. A mãe se foi também, a mãe foi embora junto com Freya. Só restou o corpo para trabalhar.*

– Fale comigo – Sofia lhe pede.

– Eu contei para Frey, mãe.

– Contou?

– Sim.

– Tudo?

– Sim.

– E ele?

– Disse que precisa de um tempo para pensar.

– Então respeite o tempo dele. Você está indo nas reuniões?

– Estou.

– Não voltou mais a beber?

– Não.

– Promete pra mim?

– Prometo.

Ela lhe beija a testa. Jacinto fecha os olhos e abaixa a cabeça. O beijo é um ato de comunhão.

– Não lhe ensinei a ser um homem agressivo e desrespeitoso. Não admito que você me faça passar por esse constrangimento novamente.

– Eu sei, mãe.

– Sabe mesmo? Você trouxe vergonha para a nossa família. Se eu souber que você fez alguma coisa a Frey, terá que se ver comigo.

– Nunca bati nele, mãe. Nunca faria isso.

– Tudo bem. Vou confiar em ti. E não me faça perder essa confiança. Conquiste-a. Vocês dois já passaram por coisas demais... Deus Misericordioso... você tem ideia da minha preocupação?

Jacinto não responde, é claro que ele não tem ideia. E acho que nem o Deus Misericordioso também sabe, se a pergunta foi direcionada a ele, e não a Jacinto.

– Não há homem ou mulher neste mundo que suporte uma dor como esta. Ela nos deixa marcas e, se deixarmos também, nos consome por dentro até nos esvaziar por completo.

Ouço gritos da sala e deslizo a passos furtivos de bailarino para descer as escadas sem fazer barulho. A notícia começa, Sofia e Jacinto descem logo em seguida.

Jacinto me abraça por trás e Sofia se senta na poltrona, emblemática, senhora de tudo. Os vizinhos compartilham as mãos para segurar. Apenas o som da tevê no recinto, ninguém faz o mínimo barulho, todos prendendo a respiração.

A jornalista começa falando sobre o caso antigo do Chá das Sete, que aconteceu sete anos atrás na Metrópole e mudou a vida de todos os habitantes. Ela fala, meio atônita, mas mantendo a compostura, que encontraram os corpos e fizeram as identificações, e começa a catalogar o nome de cada uma das sete meninas assassinadas, dando seus sinceros pêsames aos familiares deste infortúnio:

Úrsula, Flora, Nana, Emilie, Ellie, Lís e Mirtes.

Lírio não está entre elas.

# ESQUECIMENTO

Lírio no mês de maio, preparando o seu primeiro bolo, sozinha. *Não quero vocês na cozinha, eu sei me virar*, ela gritara para a gente. O bolo saiu perfeitamente macio, ainda que ela tenha exagerado na quantidade de açúcar. *Isso só vai alimentar cáries*, eu dissera para Jacinto, que respondera com um sereno *ela é criança, não importa, se a gente esconder os doces, elas encontram*, claramente orgulhoso pelo primeiro bolo da filha.

Lírio pequenina, três aninhos, um neném sem data de aniversário, com um lencinho vermelho na cabeça, encolhida entre duas paredes. Jacinto se ajoelha para que ela o olhe nos olhos e reconheça que ele é de confiança. Eu a carrego até o carro, depois, nos meses seguintes, preciso conquistá-la para que ela me deixe carregá-la novamente. As regras são claras, ela é brava e não nos deixa lhe dar os banhos. Menina difícil, mas é assim mesmo. Crianças de três, quatro anos, já têm uma personalidade muitíssimo forte e difícil de domar. São miniaturas humanas de pura selvageria.

Onde esteve essa menina por todo esse tempo?

Ela é tão nossa que já não importa mais, essa curiosidade que certa vez fora tão tamanha. Lírio tem a pele parecida com a minha. Não é como a pele de Hermod, também, da Terra das Pimentas. Ela vem de mais longe, sempre inalcançável.

E nós a perdemos.

Por um minuto ou dois nos distraímos. Ela desapareceu sem deixar rastros como se nunca tivesse existido. Como se a sombra tivesse arranjado um jeito de arrancar mais uma parte minha também. *Você achou que não a amava mais, pois faço questão de lhe tirá-la também.*

Quando desapareceu, eu me perguntei se ela não havia sido uma invenção da minha cabeça. Você sabe, eu imagino coisas demais, e nunca sei quantas delas são reais. Imagino que Hermod talvez tenha embarcado na minha imaginação naquele dia, e se alimentado e se nutrido dela também, no dia em que encontramos o vazio da forma. É mais belo dizer que Forseti se transformara em oceânida do que acreditar que ela nunca havia ido à feira naquela manhã. Que ela ficara com a velha Frigga em casa, pois a vó precisava dela para montar os preparativos do ritual vespertino. E não houve nenhuma casca de pele insinuando que uma metamorfose mágica ocorrera, nenhum *tchibum* sobrenatural na escuridão. Era somente um corpo inchado e mutilado no meio dos destroços, enlameado e coberto de algas.

No que você prefere acreditar? Deixo isso com você.

Forseti era mágica, disso tenho certeza. Assim como Lírio era mágica. Assim como Freya e suas historinhas de terror. Freya tão pequena e sozinha, não entendia por que todas as crianças a detestavam tanto. Eu tive tanto medo de sentir amor por aquele bebê. Aquela bomba de energia e luz, aquele serzinho risonho e chorão. Penso que Lírio bebê fora exatamente como Freya. Eu me nutro com este pensamento, ele ainda me mantém vivo.

Mas não se engane. Muitas coisas aconteceram após a notícia de que Lírio não estava entre as sete meninas assassinadas pelo Senhor do Chá (este que escapou mais uma vez para hibernar).

E meu marido, bem, ele aguentou tudo muito bem, como o homem fiel que ele é.

Nós decidimos fazer um enterro simbólico para Lírio. Três meses haviam se passado e estava na hora de nos despedirmos de maneira apropriada. Estava na hora de aceitar o fato de que Lírio jamais retornaria para casa. Perdemos a nossa menininha, não conseguimos protegê-la dos braços escusos deste mundo. Sofia Baltazar esteve ao nosso lado em todos os momentos. Na compra do caixão, na escolha de uma igreja do Deus Misericordioso para a missa, no local do velório e no cemitério para o enterro.

O velório foi lindo, puro e simples. Rosas brancas e vermelhas por todas as partes, o sacerdote fez um belo discurso sobre as crianças que chegam a este mundo apenas por um breve momento para nos ensinar alguma coisa. O valor de uma vida. A gratidão por cada dia de existência. A filosofia do amor. Percebi que Jacinto sentiu um lapso de raiva, ou revolta, ou ambos, mas ele estava encharcado demais de tristeza para fazer qualquer coisa.

Eu estava somente apático enquanto depositava uma rosa sobre o caixão fechado, branco, vazio. Em seguida, tirei do meu paletó uma carta para a Senhora Despedida e joguei sobre o caixão. Um caixão pequeno como aquele me parecia um sarcasmo mal elaborado. Um caixão que poderia caber brinquedos, lençóis, álbuns fotográficos. Deslizando lentamente para o subsolo como se não fosse mais pesado que uma folha seca e outonal. Vizinhos, professores, pais e mães de alunos que conheciam Lírio, lugares e impressões que Lírio deixou em todos eles, causaram aquela quantidade de gente. Se alguém visse de longe, poderia jurar que era o enterro de uma mulher que viveu o suficiente para reunir todas aquelas pessoas.

Jogar aquela carta era a última coisa que eu esperava fazer, numa vida que inventei após sair da Praia de Pérola, afastar-me da morbidez colossal das pessoas. Procurar por um ponto de luz que pudesse me fincar na terra.

Senhora Despedida, me desculpe por ter feito uma carta tão tardiamente. Eu ainda estava submerso em algo similar à esperança. Fui bobo e ingênuo em achar que desta vez seria diferente. E não houve nenhuma mãe por perto, indiferente e seca, evitando me olhar nos olhos. Nenhum pai lamurioso, amante suicida ou melhor amiga transmutada.

Quem se tornou o pai lamurioso foi Jacinto, quem se tornou indiferente fui eu. Jacinto tomou o papel de Loki e eu reinterpretei mamãe. Tornei-me árido e morri no momento em que joguei a carta. Implorando para a Senhora Despedida um caminho seguro para a minha filha nas Ilhas Celestiais.

Como Forseti se transformou em oceânida, assim, de uma hora para outra? Ela também fez estes cortes? Ela também deixou de reconhecer o próprio corpo para que, assim, a metamorfose acontecesse?

Três meses em que tivemos que nos acostumar com a ideia da perda da filha. Três meses seguintes, em que a sombra conseguiu adentrar no meu corpo e tomar posse dos meus movimentos. Pegar a lâmina, fazer o que tem que fazer.

Eu fui estúpido, deveria ter me enchido de remédios, ou ter bebido alguma garrafa de limpeza doméstica. Ácido. Veneno de rato. Os cortes são temporários e temos sangue demais para gastar. Eu queria alcançar Lírio e, quem sabe, encontrar Freya no caminho. Mas Jacinto me quis vivo, Sofia me quis vivo. Minha vó me quis vivo. Samantha e Bartolomeu me quiseram vivo. Só eu que não me queria vivo.

Ainda corria na chuva repetidamente em meus sonhos, a sombra me alcançando, fazendo-me deitar na grama, perdendo o ritmo da respiração, acelerando meu batimento cardíaco. São muitas imagens que chegam e me corroem.

Estou estável agora, na medida do possível, como alguém fica após três meses de terapia profunda, observações e medicamentos. Nas primeiras reuniões eu apenas me perguntava como que Jacinto conseguia falar de sua vida para estranhos, nas sessões de Alcoólicos Anônimos. Como ele tinha capacidade de compartilhar coisas tão preciosas para pessoas aos quais não haviam vínculos de afinidade. Parecia-me bizarra a ideia de mostrar os meus tesouros para estranhos que poderiam roubá--los, se assim quisessem.

Ninguém fez nada disso, é claro. Isso é somente uma parte minha que está sempre desconfiando de tudo, mesmo num lugar como aquele, oscilando entre o etéreo e a angústia proclamada. Ouvi todo tipo de histórias por lá, algumas aos quais me familiarizei, o que acabou me deixando mais à vontade de levantar a minha mão e falar de mim.

Se você quer saber o que falei, deveria ir a um encontro deste. Não necessariamente numa clínica psiquiátrica, ou "casa de repouso", como alguns lugares são batizados. É tudo a mesma coisa. Hospitais disfarçados com outros nomes. Há outros lugares além destes onde, por exemplo, as reuniões em que Jacinto ainda vai acontecem. Três meses depois do enterro de Lírio, meu marido frequenta religiosamente aqueles encontros. Acredito que ele tenha muita coisa para desabafar, e eu respeito o fato de que nem tudo ele quer falar diretamente para mim. Ele já me contou o suficiente, e eu não quero cutucá-lo e fazê-lo pensar que eu não acredito na sua melhora. Cobrar coisas do passado o tempo inteiro nos adoece.

Eu fiz isso demais.

E eu juro para você que estou estável. Não vou te enganar com figuras de linguagem. O que não significa que eu esteja completamente *bem*. O luto ainda dói, ainda me enche de raiva eu não ter tido o direito de enterrar o corpo de minha filha. De nossa filha, minha e de Jacinto. As vezes quero estrangular a pessoa que fez isso. Ainda não pretendo abdicar desta raiva, ela é minha para cuidar e irei alimentá-la por mais algum tempo. Ela também me move, de certa maneira.

A imagem daquele pequeno caixão branco caminha comigo a passos serenos. É como uma fotografia que emoldurei na parede da sala. Faz-me lembrar do estado que fiquei após aceitar a partida de Lírio.

Entretanto, não sinto Lírio em minhas sensibilidades cotidianas. Não como Freya, que as vezes aparece na minha janela por uma fração de segundo, e depois desaparece. Ou então no quintal, quando me ajoelho para cuidar das rosas no jardim ou para cortar as glicínias no portão. Acho que ela vem aqui para me checar, ver como as coisas estão indo.

Sei que a essa altura eu não deveria mais alimentar expectativas. Por mais que eu tenha cuidado daquela menina com toda a força que ainda dispunha depois de ver um pedaço da minha terra natal sendo destruída. Lírio como sinônimo de ressurreição. Foi isso o que ela me causou. Sua presença me fez acreditar que eu poderia continuar por mais algum tempo, tentando fazer as coisas que faço. Sua ausência me matou por dentro, tanto quanto a morte de Freya. Lírio foi a minha segunda morte. Freya, a primeira. Eu morri duas vezes junto com elas. Ainda não entendo por que continuo aqui e elas, que tinham tanto tempo para viver, não.

Odiei tanto compreender a apatia da mãe. A filha de Mamantúa. A mulher que perdeu todas as suas irmãs e o irmãozinho e a filha mais nova, a caçulinha solitária. Jacinto num acesso de raiva me segurou pelos ombros e gritou comigo. Ele não me bateu, somente me chacoalhou. Eu estava sentado no sótão, três dias sem comer, mijei e caguei no sótão inteiro, não queria sair de lá. Queria apodrecer no meio dos meus dejetos. Isso foi um dia antes daquela decisão, quando ele enfim pegou o telefone para ligar, bem em cima da hora.

Eu não me lembro muito destes dias, para ser sincero. Quem me contou foi ele, Jacinto. Eu o proibia de subir no sótão e não descia de jeito nenhum. No terceiro dia eu já estava batendo minha cabeça contra a parede, os pulsos abertos os médicos chegando e a polícia arrombando o sótão. Não deveria ter perguntado, mas eu o pressionei porque me angustiava não lembrar disso. Depois que soube me veio um gosto agridoce na boca.

*Ah, então foi isso que aconteceu. Foi isso o que eu fiz.*

Choque e, em seguida, resignação.

Tudo bem, já passou. Acho.

Três meses depois Jacinto veio me buscar na clínica. Hora de voltar para casa. Nossa casa sem filhos. Fiquei esperando no banquinho do ponto de ônibus próximo da clínica, o sol do Porto tostando a cabeça, com minha mala descansando ao meu lado. Jacinto só foi buscar minhas roupas depois que fui internado. Escolheu as minhas favoritas, que já não são muitas, mas ele sabe quais são.

Ele fez questão de estacionar o carro (novo) – onde não deveria – para sair e me dar um abraço que me tirou do chão, me encher de beijos e me entregar um sorriso tão grande que eu havia até me esquecido em como Jacinto ficava sorrindo. Sedutor. Seu braço esquerdo cicatrizado. Fisioterapia cinco dias por semana. Sábado e domingo em casa. E foi bom demais ver o quanto ele estava indo bem na minha ausência. Por um momento refleti se ele não queria o divórcio.

E lá estava eu estragando a porra do momento com as minhas dúvidas.

E não, ele não queria. Nunca quis. E eu também não quero.

– Que saudade que eu tava do teu cheiro – ele disse, fungando meu pescoço, inebriado.

– Eu também – respondi, passeando as mãos pelas suas costas, tão largas e tão dele. Sua respiração quente deslizando em minha pele.

E mais beijos, uns bons beijos. Jacinto deixara a barba crescer, o que só intensificou a aparência de pirata. Tapa-olho e pelos na cara. Achei engraçado aquilo, não sei porquê. Deixara seus cabelos crescerem também, algumas mechas cobrindo metade da testa. Jacinto de cabelos curtos envelhece. Com as madeixas fica mais menino.

E qualquer um que preste atenção no seu olhar perceberá o que ele já perdeu. Ele evoca a melancolia das perdas em seus olhos, hoje faz parte crucial de quem ele é.

Eu o amo por isso, enquanto ainda me acostumo com a sua história. Notei que não tenho medo dele. Acredito que, pela quantidade de coisas que aconteceram, medo de Jacinto seria a última coisa que eu pensaria em ter. Pois bem, quem tem que lidar com isso é ele. Nós não vivemos no mesmo corpo, nós compartilhamos os sabores e as dores dos corpos que temos.

Transamos o dia todo para comemorar o meu retorno à casa. Ele estava cuidando bem de nossas rosas e cortando as glicínias quando necessário. Três meses sem a presença de Jacinto me fez analisar muitas coisas que deixei pendentes nos últimos anos.

Amanhã, começarei pela pendência mais próxima.

Sonhei com Freya esta noite. Acordo as sete da manhã, o marido se apressa para se vestir. Põe a cueca, a calça e a camisa social. Eu me levanto para ajudá-lo com a sua gravata. Quando Jacinto está afobado, ele quase nunca consegue amarrar a gravata, então sou eu quem o faço. Preparo várias gravatas para ele não precisar se estressar com isso nas primeiras horas do dia.

Tenho forças para fazer o café da manhã. É engraçado notar essa força. Rio de mim, rio como Freya. Um risinho solto, agudo, curto e delicado.

Jacinto come as torradas e engole o café a gulosas goladas. Arrotando alto e me dando um beijo de despedida. Ele parte e é estranho vê-lo sair sem que ninguém saia antes dele para subir num ônibus escolar.

Preciso aprender a domar a frequência destas imagens antigas.

Subo ao sótão pela primeira vez em semanas. É bom voltar a reconhecer esse lugar, a doutora Eurídice me encorajou a fazer isso. A casa é minha e, sendo minha, não posso deixá-la me assombrar. Tenho que criar novas memórias neste cômodo, que não tenham relação alguma com o que acontecera.

As manchas de sangue não estão mais ali. Jacinto repintara o sótão inteiro e parece ter se esforçado ao máximo em tirar qualquer sinal de odor fecal do ar. O sótão está plácido e justo em seu espaço, há uma procura por dignidade nele. Eu desço e pego alguns álbuns, colo fotos de Lírio e de Jacinto ao redor da cúpula, com a ajuda de uma escadinha. Fotos de nós três, ou apenas dele ou somente dela. Desenhos e poemas da filha, algumas fotografias que fiz de Jacinto na praça. E claro, a última foto que fizemos juntos. Já tive ideias de bordar estas fotografias de Jacinto, criar desenhos em seu rosto, inventar colagens, mas agora elas têm uma nova missão e não posso mudar isso.

Minhas mãos estão pregando com a cola ressecada que cria uma segunda pele em meus dedos. Divirto-me com estas peles e desço para escovar as mãos. A campainha toca e vejo Bartolomeu pelo olho mágico, me esperando no portão como um escoteiro obediente.

Não sinto mais necessidade de ter um cadeado grosso no portão, então apenas peço da porta para ele entrar. Bartolomeu faz uma pequena correria constrangedora para tão logo me abraçar, uma pasta em uma das mãos. Deusas, ele já ultrapassou a altura de Jacinto.

– Me desculpe não ter vindo antes, mas achei que você ainda precisava de um tempo antes de receber alguma visita – ele diz, quase choramingando.

– Isso é gentil da sua parte. E eu não sou tão quebrável assim como você imagina. Poderia ter vindo a qualquer hora – respondo.

– O que fazia? – ele quer saber.

– Colando coisas. E sua mãe, como está?

– Está no trabalho. Ótima como sempre. O Porto é todo ótimo... Não quer saber de mim também? – ele pergunta, risonho.

– Oras, você já está aqui. Eu já sei como você está. Vamos entrando.

Bartolomeu me mostra seus novos desenhos e sinto minhas mãos formigarem ao segurarem os papéis. Ele fez vários desenhos de mim. Ele me viu correndo na chuva. Sentado na varanda com a minha avó, entretanto, decidiu me desenhar sozinho na cadeira de balanço. Imagino que ele também não goste do olhar de ave predadora da velha Mamantúa. Desenhou a nossa casa à noite, o carro da polícia e da ambulância logo à frente, as luzes vermelhas e azuis projetando-se nas glicínias e nas paredes, dando-lhes novas cores. Desenhou também Jacinto com seu tapa-olho e colocou até mesmo um cachimbo em sua boca e um papagaio em seu ombro e, ao fundo, um horizonte oceânico.

Risos.

– Quero ficar com este – eu digo, sentindo o relevo dos contornos de um Jacinto pirata em meus dedos.

– Você não está bravo? – ele pergunta, claramente nervoso.

– Por que estaria? Isso está lindo. Você se melhorou sozinho.

– Pode ficar, aliás, com todos. São todos seus.

– Não... Tudo isso? Tem certeza? – questiono.

– Claro. Eu tenho a impressão de que você precisa mais do que eu.

Bartolomeu, em momento inédito, me surpreende.

– E por que você acha que eu preciso disso mais do que você? – rebato, provocando.

– Ahh! Você adora fazer isso! Sempre com essas perguntas. É um presente de aluno, aceite.

– Eu sei, eu sei. Você está certo, de uma maneira ou de outra. Faz muito tempo que não entro no meu estúdio, pegar os meus pincéis para pintar. Às vezes acho que perdi o jeito pra isso.

– Duvido muito disso. Na hora que tiver de voltar, você volta.

– Sim... E eu fui um péssimo professor contigo. Nem mereço isso. Só o desenho de Jacinto já está bom.

– Nananinanão – Bartolomeu move o dedo indicador como uma tia repreendendo uma criancinha. – Se você vai ficar com um, tem que ficar com todos. Todos pertencem ao mesmo lugar e só existem se estiverem juntos. Se eu voltar pra casa com o restante, jogarei fora.

– Pelas Três Irmãs, que menino fatalista!

– Quem são as Três Irmãs?

– Não te contei?

Ele nega com a cabeça.

– São as deusas que regem a minha terra natal. Uma hora te conto com mais calma sobre elas. Daqui a pouco terei que fazer uma visita.

– Ah sim, aquela casa...

Ele divaga na casa de minha avó, não sei porquê.

– O que foi?

– Falando em contar, mamãe ainda está curiosa com o que aconteceu à moradora antiga da nossa casa. A gente só conseguiu descobrir o nome dela.

– De Ofélia vocês não precisam saber de nada.

– Ah, então se chamava Ofélia?

Não acredito que caio num truque tão estúpido e óbvio.

– De verdade, Bartolomeu. Ninguém nesta vizinhança gosta de lembrar disso. Peça para sua mãe esquecer.

– Fale isso pra ela...

– Pois irei falar.

– Mas sério, o que aconteceu?

Respiro fundo e o olho bem no fundo dos seus olhos. Ele não se retrai como costumava fazer. O menino está crescido e corajoso. Agora acha que pode peitar qualquer um.

– Muitas coisas aconteceram naquela casa... Havia um menino que desenhava como a gente. Havia um grande carvalho no quintal de trás, que um tempo depois foi derrubado. Haviam outras pessoas. Ofélia era difícil, e nós tivemos muitas ideias equivocadas a respeito dela. Isso é tudo.

– Você não vai falar mais do que isso, né?

– Não.

– Tudo bem. Mas saiba que mamãe é insistente.

– Posso me acostumar com isso.

Ambos rimos. Decido aceitar todos os desenhos e subo rapidamente no quarto para deixá-los na cama. Desço e acompanho Bartolomeu ao portão e o aguardo entrar em sua casa para caminhar até o lar de minha avó. Estou devendo uma visita a ela há meses e ando empolgado com a ideia de pagar minhas pendências.

Encontro a senhora Mamantúa tranquila em seu tricô na varanda, rangendo sua cadeira de balanço com seu peso, para lá e para cá, o corpo envelhecido e tácito.

– Finalmente – ela me diz, com um sorriso sereno, levantando-se, depositando o tricô na cadeira e pegando a minha mão para me levar aos seus aposentos.

Vovó me pede para sentar no sofá e some no corredor daquela casa empoeirada. As paredes têm a cor amarelo-vivo, e a sala central cria um aspecto âmbar quando o sol invade as janelas descortinadas, âmbar como os olhos de Jacinto. Todas as cortinas são brancas, pelo menos as que vejo, finas e esvoaçantes. O sofá é antigo, marrom em contraste com o carpete longo e avermelhado, e há os restos cinzentos em uma lareira de pedra e à lenha nunca usada na sala, com uma intensa pintura das Três Irmãs acima da lareira. A Filha Maior à esquerda está fitando o céu, imponente com seu tridente erguido; a Senhora Despedida à direita olha para o lado, por sobre o seu ombro, procurando uma alma para levar em segurança; e a Deusa Concha, no meio de suas irmãs, olha para mim e me oferece a concha aberta com o mundo em repouso. Um horizonte verde indistinguível e fosco. Uma luminária com pequeníssimas cascatas de cristais absorve a luz de todo o espaço. Imagino que essa luminária já tenha estado aí antes mesmo de Mamantúa se mudar para esta casa, porque não consigo imaginá-la comprando um adorno como este. Ela não dá importância a essas frivolidades. Também não há sinal de nenhuma televisão no recinto, é como se esta sala fosse um lugar perdido no tempo.

A velha Mamantúa volta com um grande papel em mãos. Desdobra com cuidado e me mostra um mapa da Praia de Pérola e das montanhas e matas do Norte. Todos os bairros ali, as praças, a prefeitura e a biblioteca municipal, o Mar Verde rodeando a cidade e as montanhas, o porto da nossa marinha no outro extremo, inalcançável para a Grande Onda, nossos navios salvos pela geografia. A navegadora, autora do mapa, fez até mesmo um desenho da colina que ficava bem do lado do meu antigo bairro. Onde uma vez eu contei a verdade para Forseti. Hoje a colina diminuiu de tamanho, não é mais tão marcante quanto antes.

Há um X vermelho num matagal próximo das montanhas do Norte, bem no centro, algumas anotações indicando uma estrada que leva às partes mais densas das florestas. Parece ser fácil de se aventurar até ali, pois há muita estrada asfaltada. Depois, só caminhando para chegar de fato ao X, pela distância que analiso deve levar uns dois dias e meio, três, adentrando as matas e subindo rumo ao começo da montanha onde o X se encontra.

Acho que já sei o que isso significa.

– Está na hora de vê-la, você não acha? – ela me pergunta, como que lendo meus pensamentos, sentando-se ao meu lado e me avaliando enquanto analiso as anotações.

– Estou com tanto medo, vó – eu confesso, deitando o mapa em meu colo.

– Sabes que não precisa deste medo – a senhora minha avó me diz, acariciando o meu rosto com a mão calejada. – Ele já te tirou tanto, não foi? Que coisa terrível... É muita coisa para suportar..., mas tu sabes que com a tua mãe não precisa ter medo algum. Afinal, foi ela quem te trouxe a esse mundo. E que belo presente ela te deu, não é verdade? Toda essa saúde, toda essa fúria. Ora bolas, você é todinho a sua mãe!

# A PREPARAÇÃO DOS MENINOS

    Levantei mais cedo naquela manhã para rabiscar Jacinto em um quadro. Uns anos atrás, antes de Lírio chegar em nossas vidas. Antes mesmo de nos casarmos. Eu tinha o hábito de deixá-lo dormindo apenas para apreciá-lo e rabiscá-lo. Jacinto deitado de bruços, enroscado nas cobertas brancas como um sacerdote voluptuoso, um filete de sol deslizando em sua bunda descoberta, redonda e arrebitada. As coxas grossas, peludas e esticadas. Os pés grandes e rudes. Os braços abraçando um travesseiro, a respiração suave e morna. Cabelos emaranhados, pescoço com cheiro de saliva.

    Ficava alguns minutos pensando nestes detalhes. Detalhes de Jacinto. Absolutamente tudo sobre ele me deixando com tesão. Criando em mim uma vontade imensa de conhecê-lo mais a fundo e em cada aspecto.

    O nome de Jacinto vem de uma lenda antiga do Porto. Jacinto fora o filho mortal de um deus, nascido de uma bromélia gigante. Sua arma era o arco e a flecha. Em dias de muito sol, Jacinto armava seu arco e atirava uma flecha para o céu, criando assim a chuva. Apaixonou-se por outro semideus em sua epopeia, mas não me recordo como essa história termina.

    Em dias de tempestade, os nativos do Porto costumam dizer que é Jacinto enfurecido. Os trovões são os seus gritos, o vento forte é o banzo de suas lamúrias açoitando os rostos dos transeuntes. Alguém como ele, um nome como ele. Este nome é tão dele.

    Eu levanto mais cedo para evocar este hábito antigo. Há muito tempo não faço isso, acordar tão cedo. Exceto pelo meu desespero de outrora na madrugada. Não ouço nenhum móvel ou parede estalando, sinalizando que a sombra está próxima. Sei que ela está aí em algum lugar, mas não consigo captar sua presença. As vezes tenho a impressão de que ela se mesclou em mim naquele dia do sótão. Adentrou em minhas feridas e cumpriu sua missão.

Avalio as cicatrizes em meus pulsos, relevos claros na pele como tatuagens pálidas, verticais e grosseiras, desenhadas na forma dos talos espinhentos das rosas. E pego uma prancheta, um papel e um lápis para rabiscar Jacinto enroscado nas cobertas. Ainda não consigo, ainda não estou pronto e sequer tenho capacidade de entrar no meu próprio estúdio. Desisto da ideia de desenhá-lo e desço para preparar meus sanduíches para a viagem. A mochila imensa que comprei já está pronta com todos os utensílios necessários para acampar. O mapa que a senhora minha avó me dera em um dos bolsos. Uma foto de Lírio e Jacinto em outro bolso.

Queria tanto uma foto de Freya também. Não tem nenhuma.

Jacinto desce nu até a cozinha para me fazer companhia, bocejando e coçando o saco, e eu lhe sirvo um café e algumas torradas. Ele gosta de torradas bem tostadas e bem amanteigadas.

– Preciso te contar uma coisa – eu digo, sentando-me de frente para ele com uma xícara fumegante em mãos.

– Diga.

– Estou indo para a Praia de Pérola hoje.

Ele acorda oficialmente, jogando as madeixas na testa para trás, deixando sua face clara, e se espreguiça estalando os ossos e esticando os braços para cima, soltando mais um bocejo.

– E então? – ele quer saber.

– Preciso resolver algumas coisas – eu digo.

– Não dá para resolvê-las aqui?

– Não, nem tem como.

– Certo. Você vai ver o seu pai?

– Também. E eu queria te perguntar se você quer ir comigo.

– Adoraria, mas não posso. Tenho muito trabalho acumulado.

Ele beberica o café e mordisca uma torrada. Eu aguardo.

– É importante que eu vá? – Jacinto pergunta, notando meu silêncio.

– Não sei, eu realmente não sei. Só vou saber quando chegar.

– Está tão misterioso... – ele diz, sorrindo e enfiando o nariz dentro da xícara.

– Desculpe. É que eu não consigo mais desenhar. E preciso saber se, chegando lá, talvez alguma coisa aconteça.

– Sinto falta de suas obras... De quem são aqueles desenhos que vi na estante? Não têm nenhum traço seu. Mas achei engraçado o meu desenho de pirata, vou mandar emoldurá-lo.

– São de Bartolomeu, ganhei de presente.

– Ora, mas que rapaz delicado.

– Ele é bastante. Meu primeiro aluno. Exceto que quase não lhe dei aulas. Falei alguma coisa aqui e ali, e mesmo assim ele vive me agradecendo.

– Não seja tão cruel consigo.

– É só a verdade.

Jacinto anda sereno. As reuniões e a sobriedade lhe caem bem. Não se sente mais uma bomba-relógio e eu confio nele. Confio em Jacinto. Você confiaria? Eu confio porque, se não o fizesse, não faria sentido eu não confiar na minha própria estabilidade e na felicidade explícita que ele sente ao me ver estável. E na felicidade que ele sente ao se ver estável. Estaria sendo contraditório e infantil, na minha mais sincera opinião.

Ele sabe que estou pensando nisso. Estamos juntos há mais de seis anos. Casados há cinco.

– Obrigado, Frey – Jacinto diz, esticando o braço sobre a mesa redonda da cozinha para pousar a mão sobre a minha. – Por tudo.

– Está me deixando sem ter o que falar – eu digo, meu rosto fervilhando.

– Eu te amo, você sabe disso, não sabe? – ele quer saber.

– Pergunta besta.

– Que não foi respondida...

– É claro que eu sei.

– Você me ama também?

– De novo?

– De novo.

– Amo sim, Jacinto. Amo sim.

Jacinto se levanta para me abraçar por trás, eu me viro para abraçá-lo melhor, meu rosto colado em seu ventre, dou suaves beijos em sua barriga como uma abelha rósea pousando de flor em flor, apertando suas nádegas que preenchem as palmas de minhas mãos, quentes, macias e firmes. Sinto vontade de lamber o seu cheiro. Jacinto me carrega até o sofá e arreganha as minhas pernas para me beijar. Fodemos forte, suamos e nos arranhamos. Deixo mordidas em seus ombros e pescoço, trilhas roxas e perversas. Demarco o homem com dentes e língua. O homem me demarca de volta, deixando a lembrança de uma dor aguda em meu âmago. Uma dor que me faz gozar.

Um sexo sem culpa ou tentativa de silenciamento.

É como se estivéssemos reaprendendo a transar, sem o peso das antiguidades mórbidas que nos arranhavam, ferinas e bestiais. Rasgando as vísceras, irrompendo a pele para sair.

É como se eu nunca houvesse transado com Jacinto antes.

Seu calor, seu suor e seus fluidos me ressoam ineditismo. Sua pele fervida, o pescoço que avermelha e o batimento acelerado como um tambor nervoso tocado por uma amazona perolense. Os cílios grossos, protetores, projetam suaves sombras sobre os olhos âmbar feito telhados de palha.

Jacinto se deita na banheira comigo, uma grande concha de pele me envolvendo. Não me lembro da última vez que fizemos isso, tomar banho juntos. Esfregar as costas, molhar os cabelos, amornarmos em uníssono.

– Preciso ir – eu lhe digo, ronronando.

– Vou te levar na rodoviária.

– Você não tá cheio de trabalho acumulado?

– Ah, eu dou um jeito. Faço questão. E hoje é sábado de qualquer forma, posso enrolar um pouco antes de começar.

– Fica tranquilo, isso não é uma despedida. – Sinto a necessidade de dizer.

– Não quer que eu te leve?

– Não, quero dizer, sim.

– Então pronto.

Penso na conversa que tive com Sofia Baltazar sobre o meu marido, uns dias após ter recebido alta da clínica. Sofia preocupada ao telefone, solícita, meio resignada, mas ainda pisando em alguns ovos.

*Agora que você já sabe sobre o meu filho, agora que você voltou para casa, pretende continuar com este casamento?* – ela quis saber, na sua voz intensa e altiva.

*Sim, pretendo, senhora Sofia* – eu lhe respondi, com muita verdade.

*Se ele trair sua confiança, se ele voltar a agir como antes, peço que me prometa que você virá falar comigo* – ela disse, categórica, como se um homem de trinta anos de idade ainda fosse de sua inteira responsabilidade. Não é, e obviamente ela também sabe disso.

É apenas precaução de mãe que conhece os demônios do filho.

*Sim senhora* – eu lhe prometi. E fizemos este acordo. Embora eu não tenha tanta certeza agora se falarei com ela, se algum dia este momento vier a acontecer. Espero que nunca seja necessário.

Eu tenho fé de que não será necessário. E é por esse motivo que o deixo agora me levar na rodoviária, me abraçar por um longo tempo, encher-me de beijos, permiti-lo me assistir entrando no ônibus com destino à Praia de Pérola. Vendo-o se distanciar pela janela enquanto o ônibus começa a se mover, sua figura de terno e gravata, imóvel, com um sorriso discreto e um ar de melancolia nos olhos, acenando para mim e diminuindo no meu campo de visão, por mais que eu contorça o pescoço para continuar vendo. A rodoviária barulhenta em seu pandemônio habitual ficando cada vez mais distante, dando espaço às estradas com vista para as colinas e fazendas do Porto das Oliveiras.

Você o aceitaria?

Eu sim. Eu o aceitei.

Mas isso sou eu, e você não tem nada a ver com isso.

Me desculpe a grosseria facilmente evitável, eu também preciso que você me acompanhe mais um pouco. Ainda temos uma trilha para percorrer antes que eu consiga criar coragem de segurar novamente em um lápis, entrar em meu estúdio, descobrir os quadros mortos. E não posso fazer isso sozinho. Não mais.

# A PRAIA DE PÉROLA

Dormi durante metade da viagem e, surpreendentemente, não sonhei com absolutamente nada. Acordo quando o ônibus estaciona na divisa do Porto das Oliveiras e da Praia de Pérola, onde há um ponto próximo de um posto de gasolina e uma lanchonete que é também um restaurante. O motorista anuncia uma parada de quinze minutos enquanto sai para receber novos passageiros e abrir o compartimento de bagagens.

Saio apenas para usar o banheiro e volto a aguardar dentro do veículo, abocanhando um dos sanduíches que preparei em casa. Um rapaz da cor de Hermod se senta ao meu lado, colocando a sua mochila preta e desgastada no colo e fazendo o mesmo que eu: também prevenido com um sanduíche. Ele parece bastante novo, mal deve passar dos vinte anos de idade, tem argolas nas orelhas e uma tatuagem com letras cursivas – aos quais não consigo entender o que está escrito – no pescoço. Seus cabelos são encaracolados e castanho-claros, bem claros, praticamente loiros. Um verdadeiro mestiço da Pimenta e do Sal, embora a herança da Pimenta tenha imperado em sua pele.

O rapaz nota minha reparação e se retrai.

– Tá olhando o quê? – ele pergunta com a boca cheia, fechando a cara. Suas sobrancelhas são ralas e há um furinho charmoso no queixo. A boca é pequena e suavemente carnuda. As maçãs do rosto são secas como se o sanduíche fosse a primeira coisa que ele comesse há dias.

– Nada, desculpe. É que me lembrei de alguém – respondo.

– Hm.

Ele volta a se concentrar em devorar o seu sanduíche, solto um risinho afetado, fitando a lanchonete/restaurante lá fora. Observando alguns dos passageiros entrarem e saírem com sacolas e lanches, bibelôs de viagem e salgadinhos.

– Tenho cara de palhaço? – Sua barba rala raptou alguns farelos do pão, e agora ele me parece uma criança malcriada.

– Estou proibido de rir também? – questiono.

– Não enche – ele retruca, terminando o sanduíche e lambendo os dedos. As unhas todas pintadas de preto.

– Não enche você, garoto. Ninguém te ensinou a ter educação?

Ele suspira e revira os olhos, como se *eu* estivesse sendo insuportável, não ele.

– Por quê? Você dá aula de etiqueta por um acaso? – ele pergunta.

O ônibus volta a se mover em direção à estrada.

– Na verdade, sou garçom, cozinheiro e pintor – respondo tranquilamente, sorrindo com deboche.

– Não te perguntei nada e não quero saber.

– Olha, perguntou sim. Ou eu estou delirando e saiu uma voz da minha cabeça.

Ele aperta os lábios, saboreando o próximo sarcasmo que irá falar.

– Você é um pé no saco. – Não é um sarcasmo, e nem chega perto de ser.

– E você é escroto assim com todo mundo que cruza o seu caminho? – rebato, mais para ver em como sua cara vai se apertar em fúria.

– Vou sair daqui, senão te encho de porrada.

Ele desfivela o cinto e se levanta, procurando algum lugar vazio na parte traseira do ônibus.

– Estou morrendo de medo – digo, bocejando.

– Bichinha estúpida.

Finjo que não ouvi. O rapaz se afasta e o vejo caminhar até os fundos, equilibrando-se para não cair em ninguém enquanto o veículo rasga a estrada. Volto ao meu cochilo plácido, desta vez sem nenhum grunhido desconfortável do meu estômago reclamando, usando um moletom de travesseiro e apoiado na janela gelada, esta que vibra com a velocidade do ônibus. Uma massagem anestesiante.

Estou prestes a ter o primeiro sinal de um sonho chegando, vejo um rastro de luz adiante e o som de um bebê rindo e quase consigo alcançar o mundo onírico, quando sinto uma cutucada grosseira no meu ombro. Minha cabeça lateja.

O rapaz volta a se sentar do meu lado, me encarando com muita seriedade, abraçando a mochila que parece ser seu bem mais precioso.

– Você tem mais um sanduíche aí? – ele pergunta, claramente engolindo qualquer sinal da arrogância de meia hora atrás. – Eu tô varado de fome.

– A bichinha estúpida? Ela tem sim.

Esfrego os olhos e abro a sacolinha em meu colo para lhe dar meu último sanduíche. Pão caseiro (receita da velha Frigga), atum, alface, maionese caseira (receita de papai), cenoura ralada e uma pitada de pimenta-do-reino (tempero favorito de Freya). Ele pega rudemente a comida empacotada em papel alumínio e rasga numa ânsia similar ao de um vira-lata encontrando restos numa sacola de lixo na calçada, libertando o sanduíche.

– Valeu – ele diz, ou melhor, resmunga.

– Por nada – respondo.

Percebo que ele não voltará ao lugar que encontrara lá atrás, pois se estica na poltrona ao meu lado e arreganha as pernas, após terminar o sanduíche. Um verdadeiro folgado que invade meu espaço. Tento ignorar este detalhe e voltar ao meu soninho. Estava tão bom... Ah, é claro, ele também peida, um sonoro peido como o ronco de um motor.

– Porco – sussurro.

– Você não peida não? – A pergunta parece bastante genuína.

– Já fiz minhas necessidades.

– *Necessidades...* – Ele ri de *necessidades,* como se houvesse uma piada implícita na palavra que não consegui captar. – Imagino que também não cague.

Cago sim, já caguei até sangue.

Ignoro sua provocação infantil e tento lutar pelo meu sono, mas ele prossegue:

– É admirável que alguém todo arrumadinho assim vá para a Praia de Pérola – ele diz, com seu tom de sarcasmo.

Eu nem estou tão *arrumadinho* como ele afirma. Mas imagino que para um jovem como ele, com calças jeans rasgadas e encardidas e uma camiseta preta que parece estar colada ao corpo há pelo menos uma semana, o que estou vestindo seja um verdadeiro exagero da minha parte.

Seu par de coturnos e sua jaqueta de couro têm charme, no entanto, um charme que disfarça a sua imundície.

– Eu sou de lá, meu bem – lhe digo, fazendo a voz mais chilreada do universo.

– Ô, não me chama de meu bem não.

– Então por tudo que há de mais sagrado, me deixe dormir. – Coloco uma manga do moletom embolado na cara, numa tentativa pífia de finalizar aquela conversa.

– Como você consegue? Eu sempre fico ansioso – ele confessa.

– O remédio ajuda – eu respondo, de repente surpreso comigo mesmo por ter falado isso.

– Que remédio? Tem um aí pra me dar?

– Não, não tem.

– Ora, vamos lá, me dá uma ajuda.

– Eu já te dei o meu último sanduíche. Tá querendo demais.

– E posso saber o que você toma pra ficar calminho assim? Depois eu dou um jeito de arranjar.

– Se achar necessário, quem sabe.

– Como assim necessário? – ele quer saber.

– É um caralho de tarja preta. Agora posso, pelo amor das deusas, descansar?

– Tá bom, tá bom.

Ele se dá por vencido, se encolhe na poltrona e o silêncio finalmente é conquistado. Adormeço com a sensação de que seu olhar está passeando por cada parte minha, feito um falcão avaliando o mundo que ele sobrevoa.

Acordo umas horas depois com o barulho dos ônibus na rodoviária da Praia de Pérola. Nada mudou neste lugar, continua o mesmo de quando papai e Hermod vieram me deixar aqui.

O rapaz me encara de um jeito cúmplice, como que dizendo *enfim chegamos nesta cidade trágica*. Bom, ele não fala isso, é literário demais para sair de sua boca. Ele simplesmente dá uma batidinha no meu ombro e diz:

– Valeu pelo sanduíche. Tenho que aproveitar quando sinto fome.

E parte.

É fim de tarde e meu olfato logo é amornecido pelo cheiro salino que empesteia a cidade toda. Até mesmo a rodoviária, o lugar mais distante do Mar Verde. Espero o motorista pegar minha mochila no compartimento de bagagens na lateral do veículo e busco em um dos bolsos o número de telefone do meu pai. Torcendo para que ainda seja o mesmo, pois não tenho nenhum plano para hoje além deste.

Papai me ligava bastante na época em que estudei com Catarina Wolfe. E mesmo quando morei um tempo num apartamento que não ultrapassava dos seis metros de largura. Depois que Jacinto chegou em minha vida, eu me concentrei tanto em deixar a Praia de Pérola para trás que me esqueci de lhe dar o meu novo número e endereço.

Eu realmente esqueci.

E nunca uma discagem num telefone público foi tão eterna.

– Oi pai.

– Frey?

Graças.

– Estou aqui na rodoviária. Você pode me buscar?

– Por que você não me avisou que vinha? Minha nossa... já estou indo aí, aguarde um pouco. Vá para a frente da rodoviária.

Eu obedeço. Caminhando lentamente pelas lojas e lanchonetes da rodoviária. Aqui é sempre quente, mesmo num lugar gelado como esta cidade. Fico imaginando que sua quentura vem dos reencontros e despedidas. Muitos calores humanos conglomerados num único lugar. Exaltações, gritos de júbilo e viajantes solitários cochilando sobre suas mochilas, atentos aos anúncios dos itinerários. Uma pequena Babilônia onde os mercadores partem e voltam com novas histórias para contar.

Compro um pão amanteigado na chapa e um café. Reconheço alguns dos rostos por ali, embora nenhum deles me reconheça. Muitas crianças novas, muitos casais, muito calor e barulho, muitas existências. Está tudo acontecendo como deve acontecer, nenhum sinal de luto, nenhuma caravana de sobreviventes de preto, caminhando pela cidade e segurando velas em copinhos de plástico e orando em uníssono para a Senhora Despedida, estrelas na terra e a lua no céu. Nenhuma grande pira funerária para o excesso de corpos encontrados nos destroços inundados, o fogo crepitando e lambendo a escuridão, espalhando belas faíscas em nossos rostos ressecados de tanto chorar.

*Não há tempo para enterrar todos, se estes corpos continuarem aqui, as pessoas irão adoecer* – ouvi um bombeiro dizer.

E os enlutados ao redor da grande pira entoando:

*Senhora do Adeus*
*Dai-nos forças para lutar*
*Senhora das Dores*
*Dai-nos sabedoria para amar*
*Senhora Imensa e Divina*
*Leve-os para a luz*
*Das Ilhas Celestiais*
*Senhora das Trilhas*
*Abençoa o caminho*
*Dos que já foram*
*Senhora Despedida*
*Seja feita a vossa vontade*
*Agora e para sempre*
*Amém.*

Papai chega numa motocicleta, robusto e imponente. Seus cabelos estão mais grisalhos e ele usa óculos de grau, de finos aros pretos e lentes redondas. Eu me levanto do banco num pulo e ele corre para me abraçar. Sinto todos os meus ossos estalarem em seu abraço e sou tirado do chão no ato. Ele continua o mesmo pai forte e musculoso de sempre, saudável e brilhante em sua presença. Nenhum sinal de luto, dor, angústia ou sedentarismo. Todos os músculos estão ali, a barba aparada, a beleza carismática, a voz aconchegante que durante tantas madrugadas falava baixinho em meus ouvidos para que eu me acalmasse. *Está tudo bem, Frey, ele não está aqui* – dizia, colocando a mão sobre o meu peito, me guiando a respirar profunda e lentamente.

Papai me coloca de volta no chão, enfim satisfeito, e percebo que ele se segura para não chorar. Acho que eu também estou fazendo isso.

– Vamos, pegue sua mochila. Acabei de assar um peixe – ele diz, entalando na garganta um soluço.

Eu coloco o capacete, agarro o homem pela cintura e ele acelera, veloz, pelas ruas da minha terra natal. A mochila pesada em minhas costas, seguro-me no pai como uma corda amarrada no cais para que o barco não seja levado pela maresia. Como Hermod vindo me buscar na lanchonete, ao fim do meu expediente, para irmos ao cinema com Forseti. O vento salino, as crianças amarronzadas e mestiças e brancas, num extremo horizonte as montanhas do Norte, no outro extremo o Mar Verde, o engolidor de vidas. Os prédios antigos, agora reformados, em contraste com as favelas distantes do centro. Os bairros, tantas casas de madeira e alvenaria coladas umas às outras. Algumas casas e lojas novas que não estavam aqui da última vez que passei por estas ruas. Encosto minha cabeça protegida em suas costas e aperto ainda mais sua cintura.

Sei que estou estável, eu acho, da maneira que posso e da maneira que tento. Mas está particularmente difícil não lembrar de tantas coisas e não ficar afetado e melindroso. Enquanto meu pai estaciona a motocicleta na frente do casebre que ele mesmo construíra, eu continuo segurando a represa que se racha aos poucos aqui dentro.

Nunca visitei esta casa de madeira, e é um lar exatamente como ele. Cheio de ferramentas espalhadas, uma sala pequena e uma cozinha espaçosa. Um banheiro ao lado do quarto e um quarto sem muitos adornos, apenas com coisas necessárias para o dia-a-dia. Há um quadro meu pendurado na parede, sobre a cama, um desenho que fiz para ele antes de me mudar. Loki de perfil, segurando uma chave-de-mão como se segurasse um buquê de rosas. Papai tira minha mochila de nômade das costas e a coloca sobre o seu sofá, velho, verde-claro e encardido.

Há uma mesinha quadrada de madeira na cozinha, onde ele pede para eu me sentar em uma das duas únicas cadeiras existentes enquanto retira a bandeja com o peixe assado. O aroma familiar deste peixe feito com molho de camarão me restabelece. Repito o prato umas três vezes até estar absurdamente cheio. Nunca senti tanta falta da sua comida.

Papai também come bastante, e logo após decidimos descansar e fazer a digestão na varandinha. Loki se senta na sua cadeira de balanço e eu me sento no piso, defronte a ele. Ele busca um cachimbo para pitar, o que me lembra Mamantúa.

– Senti sua falta – ele diz, soltando a fumaça da boca. – Te liguei tantas vezes, e você não atendia mais.

– Me desculpa, pai.

– Tudo bem... Já passou. Eu entendo. – Não há nenhum tom de ressentimento em sua voz, então não sei se fico aliviado ou preocupado.

– Me desculpa, de coração – eu insisto.

– Não se desculpe – ele diz placidamente. – Como foi a mudança?

– Foi muito boa – respondo. – Criamos uma menina, a batizei com o nome de mamãe.

– É mesmo? – ele ri um riso dengoso. – Quantos anos ela tem?

– Ela tinha acabado de fazer sete.

Papai me encara, tristonho e empático. Nós não nos levantamos para nos abraçar, não é necessário. Eu me agarro em minhas pernas e deito o queixo entre os joelhos.

– Sinto muito, meu filho, que isso tenha acontecido contigo.

– Ela me lembrava Freya as vezes.

Loki fica em silêncio, o nome da caçula é como um fogo de artifício espocando no céu que toma a atenção de todos que ali testemunham.

Algo se move por dentro, pulsa em nossas entranhas. O luto é uma sensação física, é um órgão que nasce dentro de você e passa a ser parte importante do funcionamento do seu corpo. É arriscado ignorá-lo ou tentar retirá-lo, também é arriscado não cuidar dele. Você precisa dos alimentos certos para nutri-lo.

De uma maneira ou de outra, você tem que aceitar o fato de que agora o luto faz parte de você. E fará pelo resto de sua vida.

– Gostaria de tê-la conhecido – ele diz, pela primeira vez amargamente.

Eu lhe tirei esse direito, o de conhecer a sua neta. Ele só sabe o nome de Jacinto, e é tudo o que ele sabe.

– Eu não conseguia... voltar pra cá.

– Eu sei, eu sei. Eu poderia ter ido também até o Porto das Oliveiras, te visitar. Mas eu chegaria lá sem nenhum endereço, e então?

– É culpa minha, é sempre culpa minha.

– Não transforme isso em culpa. Você adora fazer isso. Foi uma responsabilidade, não uma culpa. Foi uma decisão a que você tomou, não foi?

– Foi.

– Então não fique se culpando por isso – ele diz, categórico. – A decisão já foi tomada.

Percebo sua irritação sendo amornada pela sua personalidade habitualmente não combativa. Gelo sobre água fervente.

– Senti sua falta – ele repete. – O que aconteceu?

– Eu casei, pai. Depois resgatamos a menina e ela foi tirada de nossas mãos. Depois eu... Depois a sombra voltou. Ou ela voltou antes, eu não gosto de lembrar disso. E tem coisas que eu também não me lembro, coisas que só soube porque insisti que Jacinto me falasse. Tive *blackouts*, ficou tudo escuro demais. Sempre fica.

– E como você está agora?

– Eu queria vir te ver.

– Você não respondeu minha pergunta.

– Eu estou estável, eu acho. Minha medicação está em dia. Nada tem acontecido, é só eu e Jacinto em casa.

– Não me esconda as coisas, Frey. Eu sei quando você...

– Eu não consigo mais pintar! Está bem? Eu não suporto sequer ficar muito tempo com um lápis na minha mão. Já faz mais de um semestre que não esboço nada. Eu tô completamente esvaziado. Não sei explicar, está tudo tranquilo demais, mas não consigo mais pintar. Não conseguia antes, nem durante tudo que aconteceu e tampouco agora.

Papai dá um longo suspiro, preocupado e tristonho.

– Isso já aconteceu antes?

– Não, nunca. Mesmo em épocas difíceis, eu continuava pintando. Lembra? Tava todo mundo chorando, gritando, se debatendo, queimando os corpos, e eu tava lá pintando. Agora não tenho capacidade nem pra isso. Eu sou um completo inútil.

– Você precisa parar com essa crueldade exacerbada. Parece que gosta de se machucar com palavras.

– É só a verdade.

– Não, não é Frey. Sabe por quê? Você teve a porra da força de sair desta cidade numa situação como aquela e conseguiu fazer a sua vida lá fora. Dê um pouco de crédito a si mesmo.

– Eu não teria conseguido sem a ajuda de Hermod. E tampouco sem Jacinto.

– Pois é isso o que acontece quando a gente vive, a gente recebe ajuda porque a gente precisa dela.

– O senhor só está sendo gentil. Eu só fui um peso morto pras outras pessoas. Continuo sendo.

Papai me olha com fúria. Eu mereço um tabefe na cara por ser tão escroto, mas ele mal se move da cadeira.

Só quero tirar de mim essa constante sensação de ser um fardo.

– Você não está cansado disso? – ele pergunta.

– É claro que estou. Se não estivesse, não teria vindo aqui.

– Frey, você é o meu filho. Eu jamais te veria como um fardo. Como você pode pensar uma coisa dessas?

– Me desculpe, pai. Eu sou terrível.

– Está vendo?

– O quê?

– Você não consegue falar bem de si mesmo, nem por um momento. Você chega e diz que está estável, mas nem mesmo consegue confiar nisso. A gente só fica estável quando a gente passa a acreditar e depositar confiança no que a gente fala, meu filho. Não quando a gente só tenta se convencer disso.

Papai abre uma das mãos sobre o seu colo e passeia os dedos pelos seus calos, pensativo.

– Estou cansado de só fracassar – eu sussurro, meio que querendo que papai não me ouça. E minha voz já não é lá muito alta e marcante. Mas é claro que ele ouve.

– Você não fracassou em nada, menino. – Papai une as mãos num gesto de oração. – Você só precisa aprender a se ver com bons olhos, tanto quanto você consegue enxergar as outras pessoas. E quanto às nossas perdas, elas irão sempre acontecer. Temos que nos acostumar com isso.

– Eu via Lírio como uma nova chance, sabe. Depois de tudo, eu imaginei que era um presente, uma dádiva que a vida me deu. E então ela se foi também.

– E não foi uma dádiva?

– Não sei. Agora vejo como um castigo, pelo modo como tratava a irmãzinha.

– Olha, eu não tiro a sua responsabilidade pela maneira com que você tratava a sua irmã, sobretudo nos primeiros anos. Você poderia ter sido mais sensível com ela. As crianças não tinham o costume de gostar de Freya, era uma criança extremamente solitária e carente. Você sabe que uma noite ela chegou em nosso quarto só para dizer que foi um erro ela ter nascido? Que ela era errada e nojenta? Freya não sorria mais, só chorava, ela não aguentava de dor. E uma vez... uma vez eu a encontrei usando o meu cinto, surrando as próprias costas. E pensei em quantas outras vezes ela deve ter feito isso longe da nossa vista.

Papai retira os óculos para pressionar os dedos indicador e polegar sobre as pálpebras, emitindo um gemido baixo e rouco.

– Você consegue imaginar uma criança daquele tamanho tendo que suportar aquilo? Ela só tinha a gente, Frey.

A imagem de Freya se autoflagelando vem como uma fincada no peito, parece que estou prestes a ter um ataque cardíaco. Ela nunca me contou, acho que por vergonha. Eu entendo a vergonha. Eu não contaria também.

– Eu sei, pai.

– Mas então você melhorou com ela. Passou a lhe dar mais atenção e, de repente, a nossa casa se enchia com as gargalhadas, suas e dela. Nossa menina murcha floresceu novamente.

– Eu sinto muita falta dela também, pai. Tem vezes que eu acho que foi ontem que ela morreu. Mas então me lembro que não foi, e as vezes tenho a impressão de que ela me visita.

Papai ri em meio às lágrimas e eu também.

– As vezes ela vem me ver também – ele revela. – Mas é tão rápido, dura menos de um segundo. Me dá vontade de pedir para que ela fique mais um pouco. Mas não posso, não podemos.

Eu me ajoelho de frente ao pai e coloco as mãos sobre as dele.

– O que eu quero dizer é que, se você acredita que Lírio veio para lhe ensinar alguma coisa, é porque ela cumpriu sua missão. Eu tenho certeza de que você fez todo o possível para cuidá-la e amá-la, e ainda lutando contra esse caos na sua cabeça...

– Eu não suporto isso, pai. Sinto que tiraram um membro do meu corpo.

– Então use os membros do corpo que você ainda tem. Aproveite, porque seu pai já está velho e cansado.

– O senhor parece tão bem...

– Ah, é só impressão sua...

Papai se distrai com os tons de crepúsculo chegando nos céus.

– Meu filho meu filho, cada osso do meu corpo está enferrujado e dolorido. Passei uma vida inteira trabalhando. Trabalho desde os catorze anos, não há um dia desde esta tenra idade que eu não tenha trabalhado.

– O que eu vou fazer depois que o senhor se for?

– Oras, você já fez tanto na minha ausência. Moveu montanhas, não é verdade? É sim. Continue fazendo tudo o que estiver ao seu alcance, meu menino. E vai dar tudo certo.

A brisa fresca da Praia de Pérola assovia em nossos ouvidos, eu deito a cabeça no colo de meu pai, ainda segurando uma de suas mãos, e ele acaricia meus cabelos. Papai também está indo embora. Papai vai embora. Papai trabalhou a vida inteira. Assou os peixes e trouxe o dinheiro para pagar as contas. Cuidou dos filhos e os proibiu de perecerem na solidão. Papai justo e amoroso, imbatível feito a força de uma tempestade. Uma tempestade que se despede de mim e me perdoa.

E aqui, neste relicário de quenturas e aconchego, eu me deito para me despedir também.

# CICATRIZ

Papai me acorda no meio da noite com o seu choro resultante dos pesadelos. Mamãe lhe fazia um chá especial – receitado pela velha Frigga – que o fazia passar semanas, meses dormindo tranquilamente. Apenas uma xícara era o suficiente para acalmar os nervos. No entanto, não me recordo os nomes das ervas que mamãe fervia e depois coava. E acho que nem papai se lembra, senão não estaria sofrendo com isso de novo.

– Pai, acorda.

Acendo a luz e Loki abre os olhos, assustado, aos poucos ficando mais consciente. Seu corpo está pingando de suor. Ele tira a camiseta, a calça de moletom e a cueca e vai até a janela, vigiando a rua silenciosa lá fora. Isso é algo que nunca o vi fazendo. Coloca a mão espalmada sobre o próprio peito, mas parece incomodado por não estar conseguindo o resultado que deseja.

– Merda.

– O que foi, pai?

– Ainda estou um pouco nervoso. Vou precisar da sua ajuda.

– O que o senhor precisa?

– Vou te ensinar o que eu fazia contigo.

Ele volta a se deitar ao meu lado, fica uns segundos refletindo com os olhos perdidos no teto, e depois volta à terra.

– Coloque a sua mão sobre o meu peito, deixe-a bem aberta, como uma estrela-do-mar.

Eu obedeço. Sinto o coração tamborilando aceleradamente debaixo do seu peitoral largo.

– Feche os olhos e pense em coisas boas. Suas melhores memórias. Pense em cada uma delas.

No orfanato, Jacinto se agacha defronte à Lírio para conversar com ela. O primeiro bolo de Lírio fora um sucesso, mas o segundo terminou tragicamente queimado, ela se distraiu com os desenhos na televisão. Saio de casa para andar de bicicleta com Freya. Quando completo dez anos de idade, mamãe solta fogos de artifício na praia.

– Imagine que todas essas lembranças se reúnem como uma grande bola branca de energia. Uma esfera de luz, quente, aconchegante, vibrando em cada parte do seu corpo.

Oras, isso é fácil de fazer. Minha biblioteca de memórias tem uma sessão especial para estes livros. Reúno-os todos num único lugar.

– Agora pense que essa esfera de luz espalha sua energia pelos seus membros, saindo dos seus olhos, arrepiando seus cabelos, encontrando saídas nas pontas dos seus dedos, como nascentes.

Meu corpo inteiro esquenta e minha mão ferve sobre o peitoral do pai. Ele respira fundo e acho que está funcionando. Tudo vibra neste quarto, e o mundo lá fora segue silencioso. E o coração do pai está calmo novamente.

– Agora você já sabe. Apague a luz, por favor.

Papai me dá um beijo na testa e volta a se aprumar no seu lado da cama, puxando as cobertas para si e me dando as costas. Sem me dar qualquer explicação do que acabara de acontecer. Eu me levanto para apagar a luz e me deito caindo de sono em segundos. Tenho sonhos com aquele bebê no porão.

Loki me preparou uma sacola repleta de frutas, sanduíches e salgadinhos. Gastamos uma horinha assistindo o Mar Verde, absoluto e genuíno, e não demora muito para ele pegar a estrada até o extremo norte, em direção às reservas e as montanhas. Para chegar ali, é necessário fazer uma longa circunferência de percurso que rodeia as montanhas e se distancia cada vez mais do horizonte onde avistamos a cidade.

O asfalto está úmido, embora eu não me lembre de ter visto chover na noite anterior. E há uma névoa pairando na paisagem das matas que cobrem as montanhas. Eu costumava achar que a névoa era um fenômeno maledicente, algo que escondia criaturas soturnas e monstruosas. Imaginava tentáculos e ferrões gigantescos saindo das névoas quando eu fitava estas montanhas. Agora só me parece um medo infantil.

– O mapa que você me mostrou está indicando tudo certinho – papai me diz, erguendo a perna para sair de cima da motocicleta. – Não tem erro, é aqui nesta parte, basta você subir direto, quer dizer, ainda vai demorar um tempo até você começar a de fato perceber que está subindo. Também vai encontrar uma cachoeira no percurso, você vai adorar. Ela termina de cair no mar, lá na outra ponta da Praia.

– Não lembro se a gente já foi lá alguma vez – reflito.

– Não, acho que não. Eu fui quando mais novo com a sua mãe, você ainda não era nascido.

– Tem certeza de que não quer ir comigo?

– Não, meu filho.

– Tudo bem.

Papai sorri serenamente para mim e me faz um cafuné na cabeça.

– Como ficou? Com o senhor e a mamãe?

– Ela só quis ir embora, Frey. E eu respeitei sua decisão. Mesmo deixando aquela carta, já havíamos conversado sobre isso. Já havíamos conversado mesmo antes de tudo acontecer.

– O que ela contou?

– Você vai saber.

– O senhor está me matando de curiosidade.

– Tenha paciência – ele diz naquela sua voz de quem vai dar um sermão, segurando a minha nuca e encostando a sua testa na minha.

– E o que foi aquilo de umas horas atrás? – pergunto, colocando as mãos em seus ombros e o afastando delicadamente.

– Um feitiço antigo que a mãe de sua mãe me ensinou.

– Ah.

Ele franze o cenho, fazendo uma careta de dúvida.

– E qualquer um pode fazer?

– Claro que pode. A magia pertence a todos nós.

– Não sabia que o senhor acreditava nessas coisas.

– Depois que Freya nasceu, passei a acreditar.

– O senhor nunca me falou isso...

– Me desculpe.

– Ela veio morar nessas montanhas? Não veio? A minha avó.

– Veio sim.

– Mamãe está exatamente onde ela morou?

– Não sei, Frey. Suponho que sim. Mas aquele lugar cresceu, você vai ver. Sua mãe não está tão isolada quanto você imagina.

– Certo... E o senhor? Já foi vê-la alguma vez?

– Não, não. Embora eu saiba como chegar lá.

– Nunca te deu vontade?

– Claro que sim. Eu amo aquela mulher, amarei pelo resto de minha vida.

– Então por quê?

– Você só está fazendo perguntas para enrolar – ele desconversa descaradamente. – Anda, já é sete da manhã e você tem praticamente três dias de trilha para subir.

– Tá bom – eu digo malcriadamente.

Papai me esmaga com o seu abraço de urso e me enche de beijos na cabeça e no rosto. Sentia falta disso. Sentia falta de muita coisa. A Praia de Pérola ressoa dentro de mim feito uma sirene que alcança a cidade inteira.

– O senhor vai ficar bem?

– Eu não vou morrer daqui pra amanhã, se é isso o que você quer saber. Mas a qualquer momento irei embora, então esteja preparado.

– Certo.

– Amo você, meu filho. Você me enche de orgulho. Tenho certeza de que conseguirá recuperar seu talento.

Fico pensando em quais motivos ele tem para sentir orgulho de mim. Tento listar alguns, mas desisto.

– Aqui, tenho algo para você – ele diz, enfiando a mão no bolso de trás de sua jeans.

Loki me entrega uma fotografia de Freya, conservada por uma plastificação. Um retrato da irmãzinha com seus nove aninhos, rindo para quem a fotografou. Os cabelos longos e ondulados, uma mescla dos cabelos lisos de papai e os cabelos crespos da mãe, descendo majestosamente em seus ombros infantes. A cor azulada de seu vestidinho e a preta dos seus cabelos estão cobertas por um filtro esverdeado – que provavelmente surgiu após o contato com a água – que se desbota nas pontas. Eu seguro este fino papel com a delicadeza de quem segura um filhote recém-nascido.

Está difícil não ceder às lágrimas nesse momento. Papai jogou baixo comigo.

– Como? Achei que a gente tivesse perdido tudo.

– Consegui encontrar nos destroços – papai responde tranquilamente. – Consegui algumas fotos suas e da nossa família também, mas estas você vem buscar quando eu partir. Vão ser meu último presente.

Papai fala de sua partida de modo tão tranquilo e resignado que me assusta um pouco. Ele já está pronto, eu não. Nunca estarei.

– Vai lá, menino.

Ele me dá um último beijo na testa e sobe na motocicleta, rasgando a estrada e desaparecendo em segundos. É tão incoerente ele me parecer o mesmo pai saudável e forte de sempre para logo em seguida me dizer que está velho e enfermo nos ossos.

Permaneço aqui, no começo da trilha, criando coragem para adentrar as matas. As árvores agora me parecem menos convidativas do que quando cheguei. Largos e gigantes carvalhos, centenários e farfalhantes. Eu me sento no asfalto ao lado da minha mochila e da sacola com as comidas que papai preparou e continuo criando coragem.

Uma caminhonete estaciona à minha frente e quem vejo pular dela senão o rapaz que me atazanou por horas no ônibus, com a mochila velha nas costas, desta vez mais gordinha. Meu queixo cai e não sei se vejo esta circunstância como coincidência jocosa ou ocasião tragicômica.

A caminhonete vai embora e ele se aproxima no que parece ser a intenção de me chutar.

– O que caralhos você está fazendo aqui? – ele pergunta, como se o fato de eu estar aqui fosse um desrespeito a sua pessoa.

– Pergunto o mesmo.

– Só pode tá de brincadeira – ele ri, mas não é um riso simpático. – Fala a verdade, você tá me perseguindo, não tá?

– Que as deusas me livrem de ter alguém como você por perto.

– Cuidado com a língua, se morder, morre envenenado – ele rebate.

– Você parece gostar muito de falar de si mesmo através dos outros.

– Bem, eu não sou uma bichinha engomada do Porto que decidiu vir na puta que pariu porque teve uma crise existencial.

– Não enche, garoto. Onde está sua mãe? Você nasceu de um lixão? Ou melhor falando, do inferno?

Ele se enfurece, pelo visto consigo acertar em algum ponto que ultrapassa a sua casca patética de deboche.

O moçoilo me puxa pela gola da camisa e me levanta, o que de certa forma me assusta. Não porque estou prestes a receber um soco, mas porque não imagino que um magricela como ele tenha tanta força.

Mas, no segundo seguinte, ele desiste de me agredir e me empurra, se afastando e entrando na mata resmungando baixinho alguns caralhos.

– Não vale a pena – ele bufa, anda mais um pouco, gira nos calcanhares e volta a me encarar enfurecidamente. – E pra onde tu tá indo?

– Isso te interessa?

– Fala logo porra.

– Estou procurando uma pessoa.

– Bem, eu estou procurando um lugar – ele responde uma pergunta que não fiz.

– Você sabe o caminho que tem que tomar? – pergunto polidamente.

– O motorista falou que é esse, que eu só tenho que subir, que vou passar por uma cachoeira, algo do tipo. Uns dois dias e meio, três. Não deve ser difícil.

– Bem, talvez estejamos indo para o mesmo lugar – eu pego minha mochila e a sacola e começo a entrar na trilha, despedindo-me do céu aberto. – E talvez a pessoa que eu procure também esteja neste lugar.

– Tá, então a gente vai junto? – ele pergunta, desta vez sem nenhum tom de ameaça.

Eu tiro o mapa do bolso, desdobro e lhe mostro o destino.

– Aqui, estou indo para este ponto de vermelho.

– É isso mesmo.

– Você não parece preparado pra acampar – eu digo, notando a mochila claramente sem nenhuma barraca ou apetrechos de acampamento.

– Tô pouco me lixando, eu não durmo mesmo. Tenho uma lanterna e pilhas, já basta.

Minha santa Deusa Concha, que garoto irresponsável.

– Você vai ficar cansado e desidratado se ficar andando direto.

– E você virou meu pai por um acaso?

– Não, que as Três Irmãs me livrem.

– Vai limpar minha bunda também?

– A gente vai começar a andar ou não?

– Vamos, seu caralho de viado chato da porra.

– Poderia parar de me chamar de bicha e viado, por favor?

– Por quê? Não é bicha não?

– Sou sim, com muito orgulho. Mas o modo como você fala é como se fosse ruim.

– Bem, eu não consigo imaginar nada pior do que levar no rabo.

Eu simplesmente desisto de prosseguir com esta conversa humilhante e me calo. Caminhamos em silêncio por algumas horas, até que a trilha finalmente começa a ficar sutilmente inclinada. Checo a minha bússola de tempos em tempos. O dia está fresco e bondoso em seu clima, e as matas estalam e chilreiam. Há muitos cantos de pássaros que não reconheço. Pulamos sobre troncos caídos e rochas, uso a minha água sabiamente em pequeníssimos goles, pois não sei em que parte deste dia ou do próximo vamos encontrar a dita cachoeira. Logo sinto fome, mas prefiro começar pelos salgadinhos.

O rapaz continua carrancudo e impaciente, caminhando à minha frente, inalcançável. Sinto que selamos uma trégua com esta pequena distância, para não termos que conversar e olhar na cara um do outro durante o trajeto. Mas de vez em quando ele olha para trás, rapidamente, para ter certeza de que eu ainda estou perto. Menino orgulhoso e estúpido, mas não burro. Tenho a impressão de que ele está contando com as minhas precauções, o que me deixa um pouco aborrecido.

Passamos por algumas árvores frutíferas, cheirosas e convidativas, onde nos deliciamos. Uma revoada de papagaios alça voo no fim da tarde e eu já estou completamente esgotado. Preciso comer novamente e descansar, e a mochila tornou-se insuportavelmente pesada em minhas costas.

– Vou parar – eu lhe digo, recebendo uma expressão de raiva em resposta.

Começo a armar a barraca e o rapaz segue me julgando, completamente chocado.

– Não acredito.

– O quê?

– Mas já?

– O quê, garoto? A gente andou o dia inteiro. E já está começando a escurecer.

– A gente parou várias vezes. E ainda dá tempo de andar mais um pouco – ele cruza os braços, batendo o pé ansioso.

– Eu não tenho a sua energia não. Se quiser continuar, vá em frente.

– Você não deve ser tão velho assim, tenha dó.

– Não sou, mas estou carregando algo mais pesado do que você.

– Larga de ser fresco.

– Você está colado em mim, por um acaso?

– Vai se foder. Você tem o mapa, imbecil.

Ele se dá por vencido e perscruta as matas até encontrar uma pedra ao qual ele carrega em minha direção para se sentar.

Avaliando o espaço entre as árvores no ponto onde estou, recolho toras secas e uso um machadinho para cortar as mais largas, reúno madeiras podres, capins e cascas de árvores. Cavo a terra com as mãos, certificando-me de que não há raízes no lugar onde escolhi, e preparo uma pequena fogueira rodeada com várias pedras, afastando as folhas, raminhos e gravetos e montando uma estrela com as toras. Acendo alguns gravetos com um isqueiro e protejo com as mãos para que a brisa não interrompa. A fogueira ganha vida. Pego um dos sanduíches que papai fez e devoro em menos de dois minutos. O rapaz fica ali, me analisando. Eu lhe ofereço um sanduíche, mas ele só balança a mão negativamente para mim.

– Você já acampou alguma vez? – ele pergunta.

– Não exatamente, mas uma pessoa já me ensinou a fazer uma fogueira.

– Seu namorado?

– Não, minha melhor amiga.

– O que aconteceu com ela?

Ele parece de fato interessado no que tenho a dizer. E sua pergunta parece direcionada a descobrir algo ao meu respeito, na minha relação com a dita cuja que me ensinou a fazer uma fogueira. Fico um pouco desconfiado.

– Rapaz curioso...

– Se não quiser falar, não fala, porra. Tudo pra você é um draminha ou uma embromação. Que saco.

Respiro fundo, tentando manter minha cabeça no lugar. O fogo crepitando entre nós. Esse garoto é realmente um teste de paciência.

– A Grande Onda aconteceu – respondo, fitando as copas das árvores que abraçam a chegada da noite, velhas amigas que são.

– Que Grande Onda? Ah, você fala do tsunami? Nunca vi ninguém se referir a ele com esse termo.

– Bom, eu me refiro.

– Você estava lá, não estava?

– Estava longe demais para ser atingido, mas perto o suficiente para ver.

– Sabia! E quem morreu pra você ficar desse jeito?

Franzo o cenho, faço a mesma careta que papai me fez hoje mais cedo.

– Desse jeito?

– É, desse jeito aí, vive com essa cara de quem tá com dor de barriga.

– É essa a cara que eu faço? – pergunto, genuinamente intrigado.

– Faz, parece que se te der um empurrãozinho, tu vais começar a chorar igual um bebê.

Começo a rir, sem nada de sarcasmo ou crueldade na minha risada, e ele compartilha da graça. É o primeiro momento descontraído que temos juntos.

– Não sabia dessa minha cara, eu geralmente só estou tentando parecer indiferente.

– Olha, te dizer que tu tá falhando miseravelmente nisso – ele diz, e essa é a sua frase mais gentil desde que nos colidimos em direção ao mesmo caminho. – Pra parecer indiferente, você tem que *ser* indiferente.

Esforço-me para não revirar os olhos com essa frase tipicamente adolescente.

– Você deve saber muito a respeito, pela forma como fala.

– Só o suficiente.

– Só?

– Não é nada.

Percebo que ele fica incomodado, seja lá com o que for.

– Certo, vou descansar – eu lhe anuncio. – Vamos voltar a caminhar antes de amanhecer. A fogueira ainda vai ficar acesa mais um tempo, você vai ficar aqui fora mesmo? Tem um saco de dormir?

– Eu durmo aqui.

– Vai fazer frio, você pode adoecer.

– Eu não sinto frio. A jaqueta já basta.

– Você realmente não se preparou pra nada, né?

– E o que isso te interessa?

– Só estou sendo educado.

– Enfia essa educação no cu.

– Tudo bem, eu e minha educação enfiada no cu vamos dormir. Boa noite.

Ele faz um gesto de quem vai proferir mais uma maldição, mas desiste no meio do caminho, e apenas direciona os olhos para a fogueira, cruzando os braços. Abro o zíper da barraca e coloco minha mochila e a sacola dentro, para não ser furtada por animais enxeridos, retirando meu saco de dormir e desenrolando lentamente. Enfio-me dentro e fecho o zíper, me encasulando.

A Filha Maior está na praia, gesticulando e falando alguma coisa para a Senhora Despedida, a anciã que acende sua tocha apenas com o seu olhar. Eu me sinto um intruso que está onde não deveria estar. Mas esta praia é tão larga e seu mar não é o Mar Verde. Ele é azul e metálico. Não faço a mínima ideia de onde estou. Um bebê chora em meus ouvidos, mas não há bebê nenhum por aqui.

Sinto uma mão calorosa em meu ombro e olho para trás, a Deusa Concha sorri para mim e eu acordo com a gritaria do rapaz, desesperado lá fora.

Tenho a certeza de que ele está sendo atacado por algum predador, ou viu alguma coisa que o assustou. Saio da barraca e o encontro sentado, trêmulo e suando sob a luz do luar que escapa das copas, filetes pálidos em seus cabelos. A fogueira está perecida e frágil, seus últimos pedaços carbonizados reluzindo como lâmpadas alaranjadas. Ligo a lanterna em sua direção e ele reage com uma expressão sofrida. Um urutau produz seu canto taciturno ao fundo, tenho a impressão de que ele está exatamente sobre as nossas cabeças.

– O que foi? Você está bem? – pergunto, minha pulsação ainda ansiosa pelo susto.

– Não é nada.

– Perguntei se você está bem.

– Já disse que não é nada!

Eu me aproximo e me ajoelho ao seu lado, ainda devemos estar no meio da madrugada e eu realmente preciso de mais umas horinhas de sono. Ele me olha desconfiadamente, até com certo nojo.

– Posso te ajudar se você quiser – eu digo, me arrependendo no mesmo instante de ter dito.

– Vai bater uma punheta pra mim pra eu dormir?

– Por que você é tão odioso?

– Por que você é tão insuportável? Volta pra tua barraca, vai dormir, daqui a pouco a gente tem que voltar pra trilha.

– Certo.

Volto aborrecidamente para a barraca, gritando para ele antes de subir o zíper:

– Às vezes as pessoas só querem ajudar, mesmo um moleque estúpido como você! Não há nenhum mal nisso.

– Tá bom, tá bom. O que você vai fazer? Vai pagar de psiquiatra no meio do mato?

– Não, não sou médico. Só vou pedir pra você se deitar.

Ele bufa feito um touro sendo provocado por um humano estúpido. Mas obedece e se deita, volto a me aproximar e me ajoelhar ao seu lado.

– O que eu tenho que fazer?

– Só respirar fundo.

Coloco a minha mão espalmada sobre o seu peito e ele reage me dando um empurrão. Caio de bunda para trás.

– Que porra que tu vais fazer?

– Você quer ajuda ou não quer?

– Quero, caralho. Mas eu não gosto que me toquem. Eu fico puto.

– Aparentemente, você vive puto.

O rapaz volta a se deitar, sem tirar os olhos de mim nem por um segundo.

– Eu posso, por favor? – pergunto, abrindo a minha mão. – Só preciso colocar a mão sobre o seu peito.

– Tá bom, tá bom. Anda logo com isso – ele assente.

– Certo, como já disse, só preciso que você respire fundo.

Jacinto me pede em casamento, Sofia Baltazar beija a minha testa, ela gosta de mim. As alianças são belas, puro diamante. Lírio é a rainha do escorregador, quer passar a tarde inteira escorregando. Ela nos mostra seu primeiro poema, são apenas palavras que ela gosta reunidas numa folha: *bolo de morangos e amarelo, criação, casas de vidro, lenço vermelho e pôr-do-sol*. Jacinto lhe parabeniza.

O rapaz pende a cabeça para o lado e começa a roncar num assovio que faz par com o canto do urutau.

Volto ao meu soninho e não demora muito para que os xingamentos lá fora comecem a serem proferidos.

– Estamos atrasados, tá quase amanhecendo – ele diz, enquanto desfaço a barraca o mais rápido que consigo.

Eu me desculpo, sem saber pelo que tenho que me desculpar.

Após algumas horas, ocasionais paradas e reclamações constantes do rapaz para prosseguirmos, ouvimos pela primeira vez – ainda um pouco distante – os sussurros da cachoeira. Nos entreolhamos como cúmplices de um crime e corremos ensandecidos em direção ao som, o chão cada vez mais úmido fazendo nossos tênis chapinharem e molharem. Tento não me preocupar com as meias molhadas, pois odeio meias molhadas, e me concentro no destino à minha frente.

O rapaz me ajuda a subir um amontoado de rochas e nos deparamos com uma grande piscina natural produzida por elas. A cachoeira barulhenta é imponente e detentora de nossas atenções, espumando com o peso da água em sua queda. A sensação que tenho é a mesma de quando a Deusa Concha sorriu para mim em meus sonhos. Do outro lado, as árvores espaçadas entregam o horizonte alto e longínquo do Mar Verde, uma parte mais perigosa da cachoeira que não ousamos nos aproximarmos pois, ali, tudo despenca, criando uma segunda versão da primeira cachoeira. Não consigo imaginar o seu tamanho.

Tiramos nossas roupas e pulamos nas águas, ficamos ali por alguns minutos, aliviados e agradecidos por... bem, por tudo. A natureza cria essa constante sensação de agradecimento pelas coisas. Pego minhas garrafas d'água para enchê-las e me sento para me secar, espremendo minha cueca encharcada. Fomos burros, deveríamos ter tirado tudo. O rapaz faz o mesmo ao meu lado, rindo de si mesmo pela própria burrice. Noto uma quantidade exorbitante de queimaduras e cicatrizes em suas costas e ombros, como açoites de um chicote.

Assim como eu, ele coloca sua cueca numa parte ensolarada da rocha em que estamos sentados, e olha de esguelha para mim.

– Não se envergonha destas cicatrizes? – pergunto.

Pergunta estúpida, mas foi a primeira que me veio à mente.

– Deveria?

– Não.

– Você se envergonha das suas nos seus pulsos? – ele quer saber.

– Sim.

– Não segue o próprio conselho? Patético...

– Foi você quem fez isso? – rebato.

– Eu não sou um suicida idiota igual tu. E não, não fui eu.

– *Suicida idiota*, tenho que admitir que você é criativo.

Ele ri, alto até.

– Eu dou graças por aquele tsunami ter acontecido – ele confessa. – Só tem gente ruim naquele lugar.

– Isso não é verdade – retruco.

– É sim – ele diz rispidamente.

– Então por que voltou?

– Não estamos na Praia de Pérola, estamos?

– De certa forma ainda estamos – eu digo, pensando nas aulas de reforço de geografia que Forseti me dava. – A Praia de Pérola continua sendo aquela parte do Mar Verde – eu aponto para o horizonte do outro lado da piscina.

– Que merda – ele sussurra.

– É tão ruim assim voltar?

– Me diga você.

– Não foi tanto como imaginei – respondo. – Mas ruim não foi, de modo algum.

– Eu prometi que não voltaria mais. Mas eu sou meio otário. Voltei porque sei lá, sei lá por que eu voltei. Me falaram desse lugar que tem lá na frente, me deu vontade de vir. É só isso.

Ele para de falar, devaneando sobre alguma coisa que eu não ouso perguntar. É algo inédito ouvi-lo falar sentenças em que, de dez palavras, nove não sejam palavrões. Prefiro deixar as coisas como estão.

– Você pode fazer aquele troço com a mão de novo? – ele pergunta com muita seriedade.

– Posso.

Ele se deita ao meu lado e eu deposito a mão sobre o seu peitoral ossudo. É tão bom fazer isso, parece que estou fazendo para mim. Dou-me conta de que deveria ter perguntado a papai como fazer há muito tempo, mas eu gostava de pensar que só ele tinha esse poder.

O rapaz cochila por uns minutos antes que voltemos a prosseguir nessa trilha que não tem fim. Despedimo-nos da cachoeira com lamúrias silenciosas, querendo ficar ali mais tempo. Mas a minha comida já está acabando e ainda tem mais um dia, ou meio, pela frente. Uso tudo de maneira sábia, dos alimentos à água, e a noite chega mais rápido neste dia.

– Você deveria comer mais – eu lhe digo, preparando a minha segunda fogueira na semana. – Por isso que é magro desse jeito.

– Tá bom, papai – ele diz, ironicamente é claro. – Passa alguma coisa aí.

Eu lhe jogo uma maçã e uma banana. Ele come me olhando com ódio. Não sei o que eu fiz para esse garoto me olhar desse jeito. Isso passa a me incomodar mais hoje do que me incomodara ontem. Mas já está escuro e eu só quero entrar na minha barraca.

Retorno à praia das deusas, o vento está forte e ouço alguém chamando o meu nome. Eu procuro pelas deusas, nenhuma delas está ali. O céu troveja impiedosamente e eu começo a ficar assustado, parece que meu coração vai sair pela boca de tanto medo. O bebê chora em meus ouvidos, grita, esperneia como se alguém o tivesse degolando.

Seria Lírio chorando? Ou Freya pequenina? Quem que chora deste jeito? Freya chorava demais e eu nunca vi Lírio bebê. Nós a encontramos crescidinha, marrenta e arisca. É um choro insuportável demais, dolorido demais.

O choro para e o chiado das ondas aumenta. A ausência do choro me deixa em completo desespero.

Acordo mais uma vez com a gritaria do rapaz lá fora.

Saio da barraca me destrambelhando e caindo, procurando a lanterna, tateando o chão. O grito do rapaz se distancia, ele está correndo para algum lugar. Assustou-se com alguma coisa. Encontro a lanterna e sigo os seus gritos.

– MENINO! PARA ONDE VOCÊ ESTÁ INDO?

Seus gritos continuam. As sombras das árvores se movem com a luz da lanterna, tenho a certeza de que a **minha** sombra se esconde em uma delas, pronta para me atacar. Os galhos projetados lembram-me mãos, longas e pontiagudas, ameaçadoras. Mas tento não me focar nisso, preciso encontrar e deter esta criança descontrolada.

Ouço um baque e, em seguida, somente o cantar de um urutau ecoando na escuridão.

Caminho mais lentamente, respirando fundo, a lanterna trêmula em minhas mãos, encontro um barranco e vejo o rapaz estatelado lá embaixo, entre folhas e raízes, de olhos bem abertos. Não é um barranco muito alto, e há uma cama de folhas secas sobre uma terra macia, mas ele deve ter rolado feiamente. Um filete de sangue brota de sua têmpora. Um farfalhar atrás de minha nuca me causa calafrios, viro a lanterna para trás por instinto e as sombras crescem em meu encalço, seguindo a brisa notívaga e gelada.

Deslizo cuidadosamente pelo barranco, usando meus pés como freios e me ajoelho colocando sua cabeça em minhas coxas.

– O que foi? – pergunto. – O que você viu?

– Ele está aqui, não está?

– Não, não tem ninguém aqui. É só a gente.

– Ele está sim.

O rapaz começa a chorar, chora de soluçar. Tento pensar no que fazer numa situação como essa.

– Qual é o seu nome, rapaz?

Ele me ignora, soluça alto, catarro saindo do seu nariz e escorrendo pelas maçãs do rosto. Está todo sujo, catarrento, ensanguentado e arranhado.

– Vamos, preciso que você me diga o seu nome. Precisamos nos comunicar melhor para que eu possa te ajudar. Qual é o seu nome? Olhe para mim. Qual é o seu nome? Eu me chamo Frey, e você?

– Teseu, é Teseu – ele diz, soluçando e se engasgando no próprio catarro.

– Certo, Teseu. Nós temos que cuidar primeiro desse machucado na sua cabeça, eu tenho um kit de primeiros socorros na minha mochila. Então eu preciso que você respire fundo e se levante. Eu vou te ajudar a se levantar, tudo bem? Vamos voltar para a minha barraca agora. Isso, você está se saindo muito bem. Eu estou aqui, tá bom? Eu estou aqui. Cuidado com essa raiz, levante o pé, agora vou colocar o seu braço sobre o meu ombro. Você está indo muito bem, vamos andando. Não, não pare agora. O seu pé está machucado, Teseu? Não? Que coisa ótima! Não tem ninguém aqui, é só a gente, tá bom? É só a gente. Cuidado com essa pedra, você não quer topar o pé nela. Siga a luz da minha lanterna, eu estou logo aqui do seu lado. Isso é só um pássaro noturno cantando, é o que eles fazem, tudo bem? Não tem mais ninguém aqui. Ninguém vai te fazer mal. Ninguém vai te machucar. Eu prometo, ninguém vai te machucar.

# PERDÃO

Freya bate na madeira, impaciente e aborrecida. Arreganho a porta reunindo todas as minhas raivas possíveis para gritar com essa menina chata, estou pronto para mais uma briga de irmãos.

Ela passa por mim e se joga na minha cama de bruços, enfiando a cara no meu travesseiro. Rebelde, incoerente e sem causa aparente.

– O que foi, menina?

– Efls nfão gfostfam dfe nfdfa do que eu façfo!

– Não estou entendendo nada.

Ela retira o travesseiro da cara e se senta recostada na parede, colocando o travesseiro em seu colo. Às vezes acho que Freya é um ursinho de pelúcia que ganhou vida. Seus movimentos são destrambelhados e afobados.

– Eles não gostam de nada do que eu faço.

– Quem que não gosta? – pergunto.

– Os meninos, as meninas também. Eles não gostam de mim.

– Por que diz isso, menina? – Eu me sento à sua frente, cruzando as pernas.

– Não gostam do que eu conto. Das histórias.

– Tudo bem, pois eu gosto.

– Jura? – ela questiona.

– Juro.

– Jura mesmo? – ela insiste.

– Não juraria se não fosse verdade.

Freya fica um pouco desconfiada, mas logo aceita a minha verdade.

– Eu contei sobre a lenda do Corvo das Doze Horas, e agora ficam me chamando de Corvo. Freya, o Corvo. Falam que eu tenho pacto com o mal, por isso que eu sou assim.

– É só uma história, se não entendem isso, são uns idiotas.

– Você acha que eu sou má?

– Não, não acho.

– Acha sim.

– Já disse que não acho! Beleza? Não coloque palavras na minha boca.

Freya faz uma expressão trágica e teatral.

– Olha, pode engolir esse choro agora mesmo – eu ordeno e ela obedece. – Se não gostam de você e das suas histórias, é porque eles têm inveja da sua criatividade. São um bando de imbecis.

– Eu queria saber fazer amigos...

– Você tem a gente.

– Não é a mesma coisa. Ninguém da minha sala quer ficar perto de mim. É chato.

– Você ainda vai encontrar os amigos certos.

– É por causa das minhas orelhas, não é? – Freya questiona, arredando a capa de madeixas escuras para trás com as mãozinhas e exibindo as orelhas deformadas, resultado da rubéola que mamãe teve quando estava grávida dela.

– Não é não.

– É sim! Minhas orelhas são feias, horríveis.

– Elas não são feias, pode parar com isso.

– Elas não são como as suas orelhas. Você é normal.

– Eu sou normal? – Solto uma risada. – Desde quando você acha que eu sou normal?

– Você não nasceu assim.

– Certo, e isso automaticamente faz de mim uma pessoa normal?

– Não é justo!

– Vem cá – eu digo, me encostando na parede também.

Freya deita a cabeça em meu colo e eu passeio o dedo pela sua orelha. Ela ouve 40% de um lado e 35% de outro, quase sempre precisamos falar alto com ela. Mas esperta como ela é, também aprendeu leitura labial sozinha, no intuito de não perturbar as pessoas lhes pedindo para que repitam as coisas que falam. Freya sempre esconde as orelhas atrás dos cabelos, nunca os prende em rabos-de-cavalo e detesta a ideia de fazer tranças. Ela gosta assim, cabelos selvagens e soltos, cabelos que escondem tudo.

Na única ocasião em que fora para o colégio usando uma majestosa trança feita por papai, as crianças lhe chamaram de *orelhas-de-rato*. Voltou para casa aos prantos. Mamãe chegou no colégio feito um furacão, gritando com a diretora, com as professoras e dando um sermão nos alunos. Nunca mais lhe chamaram de *orelhas-de-rato*. Agora, por conta de suas histórias de fantasmas e criaturas místicas, ela se chama Freya, o Corvo.

É difícil escapar da crueldade das crianças.

– Eu vou dizer isso só uma vez, então preste bastante atenção – eu digo, com altivez na voz. – Mamãe lutou muito para que você nascesse, sã e salva. E quando você estava prestes a nascer, papai voltou para casa. E as coisas voltaram ao que era antes. Você é a nossa melhor amiga e é essencial que esteja aqui. Não importa o quanto as outras pessoas lá foram tentem lhe dizer o contrário, te diminuindo ou te humilhando. Nada do que dizem sobre você é verdade, confie no que eu falo, tá bom?

– Tá bom.

Freya se levanta do meu colo e me dá um beijo babado na bochecha, saindo do meu quarto cantarolando baixinho. Fico aqui, sentado, pensando em como ela deve ouvir as coisas diferente do restante de nós. Como as músicas soam para ela. Ela ouve os passos e o som da chuva também? Ou é tudo indistinguível demais?

Nunca lhe perguntei, porque nunca me pareceu importante lhe perguntar.

Eu sei, eu sei. Eu deveria ter perguntado. Sinto muito por isso. Eu gostaria de ter descoberto mais sobre como Freya enxergava o mundo, ouvindo tão pouco dele.

Um campo aberto se estende em nosso campo de visão, neste ponto das matas onde vemos as montanhas logo à nossa frente, ocas de palha e casebres de madeira são moradas das amazonas que encaram, curiosas, a nossa chegada. As crianças também param de carregar seus vasos e baldes, largam seus brinquedos de madeira, para darem uma espiada nos dois estrangeiros. Crianças e adolescentes de muitas cores, brancas e amarronzadas, mestiças e retintas. As árvores aqui são mais espaçadas, há muita grama e muito verde e três grandes monumentos das Três Irmãs nos recebem na entrada. Madeira maciça, a Senhora Despedida com sua tocha, a Deusa Concha com o mundo em mãos e a Filha Maior com o seu tridente. Rainhas resplandecentes ao sol. Devem passar dos seis metros de altura. Sinto-me uma formiga perto delas.

Um grupo de altas amazonas farfalha com seus saiotes em nossa direção, os seios caídos e marrons, livres, adornos de miçangas e pedras em seus pescoços. Cocares vermelhos, azuis e amarelados em suas cabeças. Uma delas aponta para as nossas mochilas e as entregamos. Elas carregam para a gente e nos chamam para entrar no vilarejo. O jovem Teseu e eu nos entreolhamos e começamos a segui-las.

Teseu demorou para se acalmar ontem à noite. Foi uma trabalheira limpar o machucado em sua cabeça, um corte na lateral de sua testa não muito grave, mas dolorido o suficiente para deixá-lo em pânico. Ele pediu para dormir comigo na barraca, não conseguia mais ficar lá fora, disse que ainda estava sendo observado. Eu entendo o sentimento.

Um caminho de terra se exibe aos nossos olhos como um grande tapete marrom, cortando esta parte do vilarejo, as crianças tão distintas umas das outras me deixam intrigado. Mas não é hora para isso.

– Lírio, você conhece Lírio? Ela está aqui? – pergunto à amazona que carrega a minha mochila.

– Lírio? – Ela degusta a palavra em sua boca. – Ah, Mamantúa!

– Não, Lírio! Não Mamantúa.

– Lírio é Mamantúa – ela diz, dando um afago em meus cabelos.

– Acho que ela quer dizer que a sua mãe tem esse nome aqui – Teseu me explica.

– Mamantúa era o nome de minha avó.

A amazona faz que sim com a cabeça, sorrindo toda dentes.

Seguimos pelo vilarejo até encontrarmos uma grande casa de madeira, de dois andares, com telhados laranjas e grandes janelas em arco. Uma casa que se destoa completamente das outras moradas ali próximas. Quando olho para trás, percebo que há muitas outras ocas espalhadas por este grande campo aberto além deste vilarejo, miniaturas ao longe das tantas crianças curiosas, um escarcéu de cores.

Entramos na casa, cuja porta já está aberta para qualquer um entrar, e as amazonas jogam nossas mochilas no piso. Um aroma forte de palo santo se intensifica, e outros aromas de ervas se misturam formando uma orquestra de cheiros.

Vasos de plantas espalhados por esta extensa sala, banquinhos de madeira e redes penduradas em ganchos acolá. As janelas imensas iluminam cada parte do recinto. Imagino que já seja umas dez, onze da manhã. Algumas crianças latinas descem a escadaria central que leva ao segundo andar, com seus olhinhos de jabuticaba arregalados e cutucando umas às outras para cochicharem em seus ouvidos. Saindo às pressas da casa.

Numa parede do outro lado da sala vejo uma pequena moldura com uma fotografia desbotada, minha e de Freya. Freya em meus braços, pequena e bela, quieta em seu sono vespertino. Conheço o dia desta foto. Imagino papai resgatando esta foto nas águas, entregando a ela antes dela partir. Cheiro de morte no ar, sirenes na cidade, urros de dor.

Minha mãe, senhora Lírio, desce as escadas tranquila e compassadamente. Seus cabelos estão grisalhos, mas ela continua com a mesma opulência brilhante em sua pele preta. Usa uma bata e uma calça de linho branco que caem perfeitamente em seu corpo. Um colar de opalas em seu pescoço. Descalça. Como papai, recebeu dos anos somente algumas rugas mais fortes em suas expressões.

Ela se prostra à minha frente e entrelaça os dedos das mãos sobre o ventre, com um meio-sorriso em seu rosto. Imensa, em paz, senhora de si.

Olho de esguelha e vejo somente Teseu me assistindo, as amazonas já se retiraram para os seus afazeres.

– Sua escrota! Eu te odeio, seu monstro!

Mamãe continua ali parada. Ouço passos se distanciando, o menino Teseu também se retira do recinto. Noto que estou trêmulo.

– Por que a senhora fez isso? Você não tem coração? O que te fez pensar que eu não precisava mais de você? A senhora acha que eu sou um nada pra me largar desse jeito? É só isso que eu sou pra você? A porra de um nada? Era só a senhora que sofria? Quem a senhora pensa que é, pra sair desse jeito e não dar satisfação? É sério? A porra de uma carta? Acha que isso ia resolver alguma coisa? Acha que eu ia chegar aqui e te dizer que tá tudo bem? Que iria te abraçar e chorar no teu colo? Quem te deu esse direito? Me fala! Fala alguma coisa! Eu não aguento esse teu silêncio! Eu estou cansado, estou saturado desse medo que as pessoas têm de me falarem as coisas!

Ela não move um passo sequer. Somente abaixa a cabeça, olhando para as próprias mãos. Analisando as veias, o envelhecimento, a cor.

– A senhora sabe da quantidade de vezes que eu só queria falar contigo? E eu... eu não tinha coragem de conversar com o papai. Mas pelo menos ele estava ali. Eu sabia que poderia voltar a qualquer momento. Isso me dava segurança...

Lá fora, os pássaros fazem farra e as folhas produzem um som similar ao som da chuva. A algazarra das crianças ecoando.

— ..., mas eu não conseguia voltar porque a senhora não estava lá. Freya não estava lá. Nem Forseti e Hermod e a senhora Frigga e eu fiquei ali, naquele lugar, à deriva, tentando procurar por alguma coisa que me mantivesse são. E eu fracassei, eu fracassei em absolutamente tudo. Não consegui salvar minha própria filha. Eu só perco, eu só perco em tudo que faço e tudo que tento fazer. E não tenho mais nem a capacidade de segurar a porra de um lápis. E eu só queria que a senhora estivesse por perto. Eu só queria te ouvir dizer alguma coisa. Mas é claro que não poderia ter isso também. Eu não sou digno de respeito o suficiente nem pra isso.

Mamãe imóvel à minha frente. Olhos nas mãos.

— É dessa forma que a senhora me vê? Eu não merecia mais a sua atenção e o seu cuidado? Eu sou tão horrível assim que não servia mais pra ser seu filho? Eu implorei tanto para que você voltasse. Mesmo fazendo todas as coisas que eu fiz. Eu só queria que a senhora voltasse e me falasse, me abraçasse. Eu quase morri, mãe. Eu quase morri porque eu me odeio tanto que não tenho capacidade de me olhar no espelho. Eu não suporto a ideia de continuar aqui e perder as pessoas que eu amo. Eu não aguento mais isso. É uma merda. É uma merda ter a porra dessa voz na minha cabeça que não me deixa em paz. Me dizendo que eu não mereço absolutamente nada de bom que acontece na minha vida. E mesmo quando acontece tem essa parte minha que acredita que eu só estou roubando o tempo das pessoas. Que a minha labuta e o meu desespero são sinais de que está tudo errado. Que eu não sou digno nem de pena, nem de atenção, nem de amor, nem de nada. É isso o que eu sou. Um absoluto nada nesse mundo. E nada do que eu tentar fazer vai adiantar de alguma coisa, porque eu sempre termino perdendo. É só isso o que eu mereço, perder.

Um soluço rasga todos os sons que se evocam lá fora, como se a porta tivesse sido fechada. Mamãe se ajoelha perante a mim e abaixa a cabeça, encostando a testa no chão.

— Meu filho, por favor, me perdoe — ela diz, a voz embargada.

— Levanta.

— Me perdoe.

— Levanta!

– Me perdoe.

– LEVANTA DAÍ!

Mamãe não se levanta, continua com o rosto escondido no chão. Eu vejo suas mãos, espalmadas sobre o chão como se o pisassem. Os anos em suas mãos. Vejo seus cabelos grisalhos, uma massa macia e crespa de preto e cinza. Seu rosto colado no piso, irrefutável. Minha visão embaça, algo me chama, o choro de um bebê. Esse maldito bebê que não para de chorar. Eu quero estrangulá-lo.

É tão humilhante ela não se levantar. É tão horrível ela achar que eu, seu filho, pode lhe perdoar.

Perdão não cabe em mim.

Eu sou pequeno demais para isso. Merecer esse pedido de perdão... onde já se viu?

– Me perdoe, meu menino. Meu filho. Meu primogênito.

– Para de falar isso! Já chega!

– Me permita pedir pelo seu perdão.

– Já falei pra se levantar daí! Anda! Levanta! Eu não sou ninguém para lhe perdoar!

Ela, enfim, ergue o rosto do piso de madeira para olhar nos meus olhos. Eu só vejo a sua forma dilatada por um breve momento, como se mamãe fosse um fantasma, e toda essa gritaria não passasse de coisa da minha cabeça. E então eu agito as pálpebras e ela se torna nítida e me vem um gosto salgado nos lábios. Atrás de mim, o sol ilumina o recinto e a minha sombra projeta em seu rosto.

Mas ela está aqui, ela é real.

– Venha cá – ela diz, gesticulando com as mãos, sentada sobre as pernas. As mangas de linho acompanhando com graciosidade o movimento dos seus braços, dobras perfeitas e simétricas como uma pintura cubista.

– Não quero.

– Venha.

– Já disse que não.

– Está com medo da mãezinha?

– Estou.

– Sabes que não precisa deste medo. Ele já te tirou tanto, não foi? Que coisa terrível, é muita coisa para suportar...

Agora sou eu quem paralisa. É quase como se semana passada estivesse acontecendo ao mesmo tempo que agora.

Minhas pernas afrouxam e eu decido me sentar. Vejo mamãe gritando o nome de Freya e adentrando o pandemônio de feridos. Absorta. Céu trovejante. Eu corro atrás dela, eu a persigo, mas ela não olha para trás. Alguém puxa a minha perna e eu perco a mãe de vista. Bombeiros gritam, paramédicos chegam, acampamentos improvisados para os feridos. Eu chacoalho a mãe pelos ombros e ela não me escuta, ou finge não me escutar.

O mundo nos ensurdeceu. As sirenes sempre gritam mais alto.

Eu bato a minha testa no chão, soco meus punhos, acho que estou gritando, mas não tenho tanta certeza disso. Não sei se estou gritando dentro da minha cabeça ou se esse urro tilintando na minha garganta é real. Eu me encolho por inteiro, quero sumir.

Sinto um peso sobre mim, lábios beijando os meus cabelos, mãos afagando as minhas costas, indo e vindo. Fazendo caminhos dos meus ombros às minhas lombares, sumindo e voltando. Um sopro em minha nuca:

– Sinto muito, meu filho, pela minha ausência – senhora Lírio diz baixinho. – A mãe estava machucada, a mãe estava enlutada. Minha filhinha foi embora e eu não suportei. Precisava ir embora também, mas não queria morrer. Nunca quis. Precisava encontrar um jeito de me ver livre deste cinza em que meu coração se colocou. Nunca foi a minha intenção te abandonar, porque sempre confiei na sua capacidade de sobreviver sozinho. E você já estava pronto para enfrentar o mundo, meu filho. Sempre esteve. Desde muito cedo, precisando ficar sozinho em casa, eu e seu pai trabalhando. Me desculpe não ter visto o tamanho da sua solidão. Me perdoe por não estar por perto quando você precisava de mim. Mas a mãe precisava se cuidar também, para não perecer. Para fazer alguma coisa nesse mundo que ainda valesse a pena. Você entende isso, não entende? Eu sei que sim. Eu tenho certeza.

– Freya deve estar tão decepcionada comigo...

– É claro que não. Como pode dizer uma coisa dessas da sua irmã? Ela te amou tanto, não foi? Freya foi puro amor.

– Eu sei, eu sei.

– E pelo visto você já encontrou um menino para criar também, não é verdade?

Meu tronco, mais relaxado, se ergue, sinto meus pés formigarem com o meu próprio peso segurando a circulação. Mamãe se afasta e segura em meus ombros.

– Se ele quiser vir comigo, será bem-vindo – respondo.

– Pois bem, não é hora para falarmos sobre isso. Depois vocês conversam. Vamos nos preparar para a consagração.

– Que consagração?

– O Chamado das Três Irmãs. Você verá.

Eu me levanto e ela também, leves dos desabafos. Ainda doloridos, mas leves. Os abraços já aconteceram, os gestos também, não me sobrou mais nenhuma fúria para esbravejar em sua cara. E mamãe me falou somente o necessário, o essencial. Quero absorver com mais calma o que ela me falou. E acho que ela também quer fazer o mesmo. Tirei tudo, joguei sobre a mãe como se tivesse jogado um cesto de roupas sobre ela. E ela somente reuniu as roupas para colocá-las na máquina de lavar. Centrifugando tudo.

– Foi papai que te deu, não foi? – eu aponto para a fotografia do outro lado da sala. Logo abaixo, um vaso de samambaias preguiçosas ao sol.

– Foi... ele recuperou tantas coisas.

– Eu lembro do dia dessa foto.

– Eu também. Você estava tão azul..., mas Freya se aproximava e você reagia, mesmo com a raiva. Ela tinha entendido que não era raiva dela.

– Vocês deviam ter me batido. A senhora e o papai.

– E por que faríamos isso? Nunca quisemos levantar a mão para vocês, Frey. Fico magoada de você pensar dessa maneira.

– Eu era estúpido.

– Você estava machucado.

– Freya também estava.

– Freya percorreu uma trilha diferente da sua. Não faça comparações.

– Certo.

– Vamos lá em cima. Quero te falar mais algumas coisas.

– Sobre o papai?

– O que tem o seu pai? Ele está bem?

– Está sim. Se despediu de mim. Está mórbido.

– Ah, o seu pai é muito dramático. Ele sempre me dizia que já estava indo, mas nunca ia. Esse homem viverá cem anos.

– Ele parece ter aceitado muito bem, sabe, isso tudo.

– Claro que aceitou. Eu amo o seu pai. O amarei pelo resto de minha vida.

Há uma pureza muito justa em suas palavras. Não quero me demorar nisso. Prefiro finalizar este assunto. Sinto-me bem com o que ela me fala.

– Vamos lá pra cima, meu querido.

– Antes disso, preciso te perguntar mais uma coisa.

– Diga.

– O tio de Hermod não morreu num acidente de barco, morreu? Eu tenho me perguntado isso já faz um tempo.

Senhora Lírio para no primeiro degrau da escadaria, arruma a blusa de linho e me entrega um rosto duro, impossível de se ler.

– Ninguém que ousar machucar os meus filhos, sairá deste mundo ileso.

E ela, minha mãe, voluntariosa bruxa, sobe para o segundo andar de sua casa.

Mamãe me explica sobre o trabalho social com as amazonas. Mulheres que descem para as cidades resgatarem crianças perdidas e abandonadas. Convidarem a sair dos orfanatos cheios e das ruas vazias para viverem nas matas. Crianças que fugiram de casa, que foram largadas, que corriam riscos de vida. Crianças raptadas e crianças reunidas. Muitas delas. Além deste lugar, há muitos outros centros espalhados nas matas do Norte. Todos entrando em contato uns com os outros. Mamãe é a líder deste centro, escolhida unanimemente pelas amazonas.

O jovem Teseu e eu nos reunimos com as amazonas no que Lírio diz ser uma Roda de Cura, num campo aberto onde as crianças se comportam e se calam, sentadinhas neste grande círculo.

As amazonas assopram rapé em nossas narinas, nos fazendo expurgar toda a sujeira que reunimos em nossas cabeças. Fico tonto e espirro sem parar. Tenho a impressão de ver caciques me olhando quando fecho os olhos. Em seguida, colocam um colírio extremamente ardido em nossos olhos, a sananga, que nos faz cair aos prantos por minutos que parecem uma eternidade. Pitamos tabaco com cachimbos de madeira, sendo guiados a espalhar a fumaça em nossos peitos e cabeças, e entregar uma das fumaças pitadas para os céus.

– Ofereça ao universo os seus desejos.

Não penso muito no que oferecer, para ser sincero. Eu apenas faço. O que eu quero? Voltar a pintar, certo? Preciso voltar a pintar. Preciso fazer as colagens, os rascunhos, preciso criar. Mas eu penso nisso só depois que a roda de cura é finalizada.

Somos colocados numa cama de folhas no fim da tarde, e cobertos por mais folhas, nus. O vento gelado faz chegada no crepúsculo e eu adormeço, imerso neste aroma verde. Não sonho com absolutamente nada, meu sono é pesado e imperturbável como há muito tempo não tem sido. A medicação ajuda, é claro, mas não é sempre. Volta e meia ainda vou ao banheiro de madrugada morrendo de medo do meu reflexo olhar para mim e se reformular na forma da sombra. Volto rapidamente para a cama me agarrar em Jacinto, quente e adormecido.

Acordo com o calor de uma grande fogueira, mamãe me veste com roupas brancas e vejo uma amazona fazer o mesmo com o jovem Teseu. Estão todos reunidos ao redor da fogueira, as amazonas com os seus instrumentos, flautas, tambores, marimbas, violões. O fogo crepita, estala e lambe os céus. As crianças risonhas nos assistem. Os urutaus fazem coro ao fundo. O céu estrelado aqui é tão próximo que quase podemos tocá-lo. Uma minuciosa tapeçaria de pontos brilhantes como se houvessem colado incontáveis cristais numa infinita manta escura. A lua é dona de tudo e de todos.

Uma amazona nos revela o seu nome: Jurema.

– Este é o chá da vida e da morte, o chá das Três Irmãs e de todos nós: a Ayahuasca.

Jurema segura uma garrafa transparente com um líquido escuro e um copinho de madeira. Ela gasta o líquido no copinho para eu beber, é amargo e é como se eu estivesse bebendo terra. Desce com dificuldade em minha garganta e já sinto vontade de vomitar, mas me seguro. Teseu bebe depois de mim, fazendo uma careta que me rasga uma risada. Já aguardo um xingamento em resposta, e ele me surpreende com um sorriso. Seu sorriso é belo sob a luz da fogueira que bruxuleia seu amarelo-vivo em todos aqueles rostos. Enormes sombras são projetadas com a luz do fogo, e elas não me assustam.

Somos guiados a nos sentarmos em duas cadeiras a uns seis metros da fogueira, colocadas ali especialmente para nós dois. As amazonas iniciam os seus cânticos para as Três Irmãs e batem e tocam e dedilham e assopram os seus instrumentos.

*Senhora Partida*
*Senhora Solícita*
*Senhora Despedida*
*Senhora das trilhas*
*Ilumina, minha anciã*
*Ilumina minha vida*
*Ilumina os espíritos*
*Ilumina além-mar.*

Fecho os olhos com força, mas isso não me parece necessário. Esforço-me para relaxar os músculos do meu rosto gradativamente, e meu corpo inteiro parece respirar junto comigo.

*Deusa Concha*
*Estrela-do-mar*
*Traz o sol e o luar*
*Traz a força dos anjos*
*O amor de todos os santos*
*Rainha-Sereia*
*Me cuida e me aleita*
*Me cobre com teu manto*
*Me enche de amor*
*Ó Grande Anjo*
*Das águas.*

O fulgor dos cânticos ecoa como se ressoasse pela floresta inteira e por cada membro do meu corpo. Eu me encurvo na cadeira e sinto frio, muito frio. E muito enjoo. Uma mão me oferece uma sacola para vomitar e eu tiro tudo para fora. O vômito dói, eu me concentro para não derrubar a sacola com os meus fluidos. Minhas mãos estão trêmulas. A mesma mão está ali, e retira gentilmente a sacola cheia. Meus músculos amolecem como se dissolvessem dentro de mim. E ouço o choro daquele bebê voltar.

*Filha Maior*

*Filha Guerreira*
*Filha-Batalha*
*Filha-Centelha*
*Chama no fogo*
*Chama no ar*
*Chama na terra*
*Chama de luz*
*Chama nas águas*
*E me conduz*
*A lutar por mim.*

Estou caminhando pelo meu antigo bairro. Vejo-me pela janela assistindo televisão. Bato no vidro, mas o pequeno Frey não me escuta. Ele ziguezagueia pela sala, tristonho, pega um papel e um lápis para rabiscar. Espero os pais chegarem em casa. Os pais chegam e lhe enchem de beijos. Menino bem-comportado, manteve a casa segura.

Mamãe engravida e adoece. Sua preocupação se espalha por todos os cantos da casa. Papai no quarto, aflito. O que vai ser dessa criança? Mamãe chora escondido, ou tenta se esconder, mas eu ouço atrás da porta um *por favor, Senhora Despedida, poupe a minha menina*. Ela se recupera, ela corre para parir. Antes do previsto. Achou que só seria semana que vem.

Freya nasce, ela grita muito. Mamãe chega e me fala *vou à feira, fique aqui reparando a sua irmã*. Rapidinho ela volta. Freya esconde tudo em seus cabelos, as orelhas e as vezes o rosto quando se abaixa para soluçar, tímida e pequena. *Eles não gostam de mim.* Freya me implora para andar de bicicleta comigo. Tudo bem, vamos lá, não tenho nada pra fazer hoje mesmo.

Ouço-me correndo, outro eu, outro Frey, pulando nas ondas com Hermod e Forseti, gargalhando alto. A mãe olha pela janela da cozinha. O pai está sujo de graxa. Um Frey adolescente, dolorido, com raiva de tudo, entra no banheiro e se senta no vaso sanitário, urrando de dor. Fica um longo tempo na ducha, socando os azulejos. Eu não suporto ver isso. Eu quero tocá-lo e abraçá-lo. Forseti e a velha Frigga me banham, do pescoço para baixo, e eu durmo tranquilamente.

Um trovão anuncia a chegada da tempestade, eu me vejo sulcando os pés na areia molhada, se arrastando entre folhas e cipós e galhos que lhe arranham e lhe cercam e ele é engolido pela natureza enquanto os relâmpagos iluminam o seu rosto lamurioso. Ele é pequeno e cresce rápido e continua se arrastando contra a força do vento e se suja na lama e tira todas as suas roupas e berra, mas ninguém escuta, e chora, mas ninguém está por perto e ele continua crescendo até desaparecer num clarão de luz.

Estou na frente da casa de Teseu, tio de Hermod.

E dói.

Não, aqui não.

Não posso mais entrar aqui.

Sinto um calor atrás de mim e uma mulher simples e humilde com seu vestido azul de mangas compridas segura o meu ombro, olhando bem nos meus olhos. Ela é alta. A Deusa Concha é tão alta que perco a respiração. Um colar de conchas em seu pescoço faz um barulhinho quando ela se move. Suas madeixas longas batem na altura dos quadris, braços gordinhos, ombros fortes e ancas largas. Sua pele retinta absorve a luz branca do céu nublado da Praia de Pérola, deixando-a resplandecente.

– Eu não posso, senhora. Eu não consigo – eu digo. Cada inspirada de oxigênio, uma dor. – Não mais.

– Uma última vez, por mim e por você, tudo bem? – a Deusa Concha me fala, e sua voz é macia e reconfortante. – Eu sei que você consegue.

– Não, por favor.

– Você consegue. – Ela me dá um empurrãozinho.

Consigo?

Consigo mesmo?

Eu não sei e estou cansado de não saber. Um impulso me preenche. Então eu me movo e começo a caminhar, a Deusa Concha não está mais por perto. Desapareceu, voltou para os seus afazeres de senhora dos mares.

Entro na casa vazia, empoeirada, repleta de latinhas e pontas de cigarro empesteando o recinto. O choro fica mais alto. Ando a passos lentos por aquele familiar corredor e abro a porta do porão. Desço as escadas de madeira. Há pouca luz aqui. Lá no fim, vejo um cesto de vime onde o bebê se agita e chora. Apresso meus passos e desço tudo num único fôlego. Pego o bebê em meus braços e o acalento. Preciso tirá-lo daqui.

O bebê se acalma e baba em meu pescoço, arrota e ri, mas ouço outro choro se iniciar. Um menino pequeno chorando sobre os joelhos, encolhido num canto do porão. Eu me aproximo e me ajoelho à sua frente, o bebê seguro em meu colo.

– O que você está fazendo aqui? Vamos embora – eu lhe digo.

– Não! – o menino grita.

– O quê?

– Já disse que não!

– Por que não? Aqui não é seguro. Temos que sair.

– Vá você, eu vou ficar aqui – o menino diz, impassível.

– Por quê? Por que você quer ficar aqui?

– É isso o que eu mereço.

– Não, não...

– Eu me odeio. Eu mereço morrer.

– Vamos embora daqui!

– Não é não!

– O que eu posso fazer pra te convencer a vir comigo? – pergunto.

– Não tem nada que você possa fazer.

– Eu estou aqui, não estou?

Ele me encara com fúria, fazendo bico.

– Você só me machuca – o menino diz.

– Me desculpe.

– Você vive me machucando. Então eu vou ficar aqui – ele reitera.

– Me desculpe, Frey. Eu estava perdido. Eu não estava aguentando. Me desculpe, de verdade, mas você não pode mais ficar nesse lugar.

– É o que eu mereço...

– Isso não é verdade! Isso era só eu tentando te convencer disso. Me desculpe, por favor, me desculpe por tudo. Você não merece isso. Você não merece ficar nesse lugar. Eu não suportaria te deixar aqui. Olhe como você está, todo sujo e machucado. A gente precisa passar uma pomada nisso.

– Não!

– Frey, me escute. Ele logo irá voltar. Você sabe como ele é. Você sabe o que ele faz.

– É minha culpa, não é?

– Não, não é.

– É sim!

– Não é!

Ouço uma porta batendo lá em cima.

– Frey, por favor, vamos embora daqui. – Eu seguro o bebê com um braço para chacoalhar o menino. O bebê se agita e o menino me mostra a língua.

Há algo ou alguém lá na sala, barulhos de coisas sendo quebradas.

– Por favor, por favor, me escute – eu tomo a sua atenção, que está distraída com a cacofonia no andar de cima. Olhos amedrontados. – Não há nada nesse mundo que possa reparar todas as vezes que eu te machuquei. Eu queria voltar e ter feito melhor, mas não posso. Estive tentando, eu juro para você que estive tentando. E pode não ter sido o suficiente e eu posso ter me esquecido de ti. Mas eu não quero mais isso. Eu não vou mais te esquecer, posso garantir a você que não farei isso novamente. E nada do que aconteceu foi sua culpa. Nada do que ele te fez foi sua culpa. Você não precisa carregar isso, tá bom? Você não precisa carregar isso. Então eu te peço, não, eu te imploro, volte comigo pra casa.

– Estou com medo – o pequenino sussurra.

– Não tem problema. Segure-se em mim.

O menino agarra o meu pescoço, resignado, o bebê entre nós. Ele é tão pequeno e magricela, tem quase o mesmo peso que o bebê. Eu carrego um em cada braço, ele não tem forças para caminhar, seus joelhos estão machucados e suas pernas, trêmulas demais.

Subo as escadas carregando o menino e o bebê. A sombra me encontra no corredor, alta e ferina, flutuante. Não a temo. Pela primeira vez não há qualquer temor que me impeça de encará-la. Não há medo nenhum porque meu menino e o bebê estão comigo, e eu sei que ela não pode nos machucar. Eu atravesso o seu corpo espectral, ignorando as suas ameaças e a sua gritaria revoltada e sigo caminhando para sair daquela casa de uma vez por todas, arrebentando a porta com um chute.

Estou numa colina, as sementes crescem e se transformam em titânicas árvores em questão de segundos, escondendo o sol atrás delas. Uma floresta nasce diante dos meus olhos. Uma revoada de andorinhas faz círculos nos céus. O bebê escapa do meu braço e cresce, caminha sozinho e corre em círculos, rindo, vivo e livre. A cada círculo percorrido, um ano a mais. Seus cabelos descem como algas em seus ombros. Os cabelos de Freya, Freya que olha para mim, serena e risonha.

Coloco o meu menino na grama, que se encolhe em seu semblante de seriedade e timidez, para abraçar a minha irmãzinha. Eu a carrego e a giro e sua gargalhada é como um sino em meus ouvidos.

De repente, tenho o tamanho de Freya. O menino não está mais ao meu lado. Tenho dez anos de idade ao lado de minha irmãzinha.

– Sinto tanto a sua falta – eu lhe digo, e meu pranto sai agudo e infantil.

– É por isso que estou aqui – ela responde, dando um peteleco no meu nariz. – Mas você precisa se despedir de mim. Você ainda não consegue.

– E se eu me esquecer?

– Aí então você desenha. E vai ser fácil de lembrar. Mas você precisa se despedir de mim primeiro.

– Como?

Ela aperta meu nariz, seus dentinhos brilham. O sol em nossas cabecinhas infantes, os papagaios fazendo algazarras nas copas das árvores.

– Eu te amo, maninho.

– Eu também te amo, Freya – respondo, com a voz anasalada.

– Pronto! – ela exclama, dengosa. – Aí está a despedida.

Freya me abraça, me beija a testa e caminha pela praia sem olhar para trás, dando pulinhos e cantarolando baixinho. Deixando os passos sulcados de seus pézinhos na areia úmida. O vento gelado em nossos cabelos eriçados.

Sou grande novamente. Os anos em minhas costas. A sombra longe de mim. A Grande Onda chega, invencível, incansável. Freya olha para cima, para o céu, para os braços das águas que anseiam lhe abraçar. E ela aceita. Ela simplesmente aceita. E vai embora.

Vá em paz, irmãzinha. Que as Ilhas Celestiais façam festa quando você chegar.

O chilrear de uma flauta me seduz a abrir os olhos, nenhum outro instrumento além dela. A fogueira rasga a minha vista sensível e eu faço esforço para me levantar. Braços me ajudam a me levantar, olho para o lado e vejo a amazona Jurema sorrindo para mim, guiando-me com sua solicitude.

Chego mais perto da fogueira e me sento, e reverencio a fogueira porque me parece o certo a se fazer. Uma onda da mais pura felicidade encharca o meu corpo por inteiro. E estou grato. E sou livre. Meu menino está comigo, meu pequeno Frey adoecido, teimoso e dolorido. Eu me abraço querendo abraçá-lo. Eu acaricio o meu rosto querendo acariciá-lo. Meu menino, meu Frey, estou com você.

Um violão é dedilhado, fazendo companhia à flauta e ao canto de Jurema. Os tambores retornam também. As amazonas se reúnem ao redor da fogueira para bailar. E elas giram e elas valsam e se abraçam e riem. E assoviam para a fogueira e erguem os braços para os céus. Noite estrelada e magnânima. As crianças se reúnem ao baile das amazonas e tenho a impressão de que o mundo inteiro está todo aqui.

Nenhuma parte aqui falta.

Estou vivo e me resgatei. Estou vivo e bem-acompanhado. E eu sou tão grato, tão grato. Não consigo encontrar nenhuma palavra que possa exprimir o quão grato eu estou. O quão grato eu sou...

Frey, você consegue perceber a beleza desta fogueira? E destas mulheres dançando pela alegria? Filhas da Senhora Despedida, da Deusa Concha e da Filha Maior. E destas crianças que brincam e correm ao seu redor? Vá lá com elas, Frey, vá brincar com as crianças. Eu estou logo aqui, bem aqui. Vá brincar como você brincava com Hermod e Forseti. Como quando vocês quebraram um vaso da velha Frigga sem querer e fugiram pela janela, com medo de ficarem encrencados. E o alívio ao perceber que a velha Frigga somente dera uma gostosa gargalhada ao ver o vaso quebrado e pedindo a Forseti para que trouxesse a vassoura e a pá.

E o menino Frey corre com as crianças, e baila com as amazonas. E os instrumentos respiram e vibram como a terra vibra sob os seus pés. Quente, refulgente, justa.

Jurema vem em minha direção segurando a mão de uma menina, esfrego os olhos para ter certeza de que estou realmente vendo esta menina. E ela existe, e seu nome é Lírio como o nome de minha mãe. Como o nome da grande amazona que defendeu estas matas com a fúria de uma vida. E Lírio está viva como eu estou vivo. E a pequena Lírio corre para me abraçar. E eu mal consigo ter forças para falar, acho que a minha voz ainda está completamente dentro de mim. A felicidade que sinto é cachoeira que chia em meu peito.

E eu quero viver eternamente neste único momento. Mas preciso voltar para casa amanhã. Preciso voltar para casa amanhã. Não agora, agora eu abraço a filha, agora eu agradeço. E sei que ainda há muitas feridas para reparar, e sei que ainda há muitos anos de trabalho pela frente para que eu consiga aprender a me amar tanto quanto amo meu pequenino Frey e minha irmãzinha Freya. Tanto quanto amo esta filha que eu abraço. Ainda não cheguei lá, mas tenho certeza de que irei chegar. Frey, me escute. Uma hora eu consigo. Uma hora valerá o meu esforço. Eu me esforcei tanto, não foi? Eu me esforcei tanto, não posso me esquecer disso. Eu continuo me esquecendo disso, não posso me esquecer. Jamais.

Meu pequeno Frey tem valor. Não irei mais permitir que façam com ele o que fizeram comigo. Irei defendê-lo e amá-lo e nutri-lo. Eu estou aqui e a filha está comigo. E minha mãe está comigo e ela baila, leve e vívida, com as amazonas.

E a filha está comigo. Está sim.

Vamos para casa amanhã, filha. Teu pai tá te esperando, ele tá morrendo de saudades suas.

# AGRADECIMENTOS

Frey é um dos meus personagens mais antigos, eu o criei em meados de 2009 na flor dos meus catorze anos. Os anos passaram, tive inúmeras atribulações resultantes de traumas de infância e vícios que por muito tempo minaram minha criatividade. Uma vez restituído, decidi resgatar Frey e lhe dar um mundo. Vazio da Forma foi o primeiro romance que escrevi completamente sóbrio, ainda lidando com muitas sombras, e no anseio de me provar de que eu era capaz de elaborar uma mitologia inteira numa única história. Sozinho. E, no meio disso, mapear e destrinchar alguns infernos mentais que conheci intimamente.

Mas eu estava enganado, nada disso eu fiz sozinho. Então queria agradecer primeiramente ao meu pai e à minha mãe, que desde que me entendo por gente sempre encheram nossa casa de livros. Me permitiram que eu saísse de casa muito cedo para que eu pudesse me descobrir pelo mundo, e me são uma fonte de apoio infinita. Também agradeço aos meus irmãos, à minha cunhada e minha sobrinha, que me ensinaram que o amor pode ser demonstrado de muitas maneiras. Este livro, apesar de acinzentado de situações densas, também é recheado de amor e empatia nos detalhes. Algo que me foi, também, muito ensinado pela minha xamã, do Chamado da Floresta, que me resgatou de um poço que eu achei que nunca mais fosse sair. Por difíceis anos eu achei que tinha me tornado uma terra infértil, e você me mostrou que eu ainda era capaz de florescer. Minha mais profunda gratidão, Madrinha.

Se eu for citar os amigos, vai levar umas cinco páginas... Posso resumir dizendo que tenho um privilégio imenso de ser rodeado de pessoas incríveis e amorosas na minha vida. Vocês sabem quem são.

Muito do esoterismo deste livro vêm das minhas experiências com o Xamanismo, com a Ayahuasca, a Umbanda e a espiritualidade que me rege como um todo. Então eu agradeço imensamente a Deus, nosso Pai Maior, agradeço aos meus mestres, guias e mentores espirituais, que estão sempre me puxando a orelha e me mostrando o melhor caminho a ser trilhado. E agradeço sobretudo à minha mãe Iemanjá. Toda a energia matriarcal que reside nesse livro vem dela. Obrigado, de coração.

ANDREW OLIVEIRA.

Para saber mais sobre os títulos e autores da
SKULL E DI TORA , visite nosso site
WWW. SKULLEDITORA .COM.BR
e curta as nossas redes sociais.

 FB.COM/EDITORASKUL

 @SKULLEDITORA

 SKULLEDITORA@GMAIL.COM

ADQUIRA NOSSOS LIVROS:
WWW.SKULLEDITORA.MINESTORE.COM.BR

ENVIE SEU ORIGINAL PARA:
ORIGINAIS.EDITORASKULL˜GMAIL.COM